U0878215

知音动漫图书 · 新阅坊
ZHI YIN COMIC BOOK 以梦想之名点燃阅读

Illustrated by 古戈力

芥子 贰

JIE ZI

历史里的小人物

橘花散里 著

中国致公出版社 知音动漫

茫茫宇宙，三千位面。

每个人都是芥子。

不经意间，如蝴蝶翅膀扇过，改变了历史的轨迹。

这是属于我们的故事。

桐花散里

目录

芥子
贰
JIE ZI
【第一章】
妖魔道

顺治元年，明朝灭，清军入关，扬州屠城，天下大乱，奇闻异事时有发生。

壹

柳泉清冽，泉边数百棵杨柳，垂下千丝万缕，给酷暑带来阵阵凉意。

山东淄川县旁有个小村庄，村庄里大部分人都姓蒲，故名蒲家村。蒲家村是临近青州府通济南府的交通要道，虽然乱世战火尚未波及，村民们生活还算平静，日子却越发拮据起来，男人不敢喝酒，女人不敢买花。到了七八月，田里没事做，短工找不着，最是闲得无事的时节，大伙便聚在柳泉边聊天。好话坏话丑话闲话废话，小小乡村总有说不完的谈资，最近最热门的话题当属夏书生娶媳妇事件！

有来村里走亲戚的生人不解："书生娶个媳妇有何奇怪？"

好事的三姑六婆必将他拖去旁边，口沫横飞地说上两个时辰："此事何止奇怪，你且听我细细道来……"

这世间书生有很多种，有钱的书生是老爷，没钱的书生叫酸腐。夏世安这书生是酸腐中的酸腐。

夏家在蒲家村是外来户，据说祖上也是书香门第，可惜时运不济败了家，又因家乡战乱逃来此处，买了几亩薄田，靠收租过日子。夏父是个秀才，与妻子极其恩爱，夏家娘子在战乱中早产生子又受了惊，母子身体都不好，常年多病，几乎将药当饭吃，家里花费甚重，全靠夏秀才坐馆苦苦支撑，没什么余钱。五年前夏秀才意外身亡，夏家娘子闻讯大悲，重病卧床。夏世安孝顺，被庸医所骗，卖田地房屋换银子救母，可夏家娘子苦苦拖了一个月便撒手人寰。夏世安为此一贫如洗，几乎要流落街头，还是蒲家村人心善，怜其孝心，叹其遭遇，便在村头压了间草房给他勉强度日。

夏世安渐渐到了该说亲的年龄，长得眉清目秀，颇为儒雅。他也想娶个媳妇回来，托了媒婆去说，只道家世相貌年龄统统不挑，姑娘寡妇不限，只求贤良持家，结果十里八村无人肯应。

古人有云：嫁汉嫁汉，穿衣吃饭。纵使夏世安会读书，但乱世中最不值钱的便是文人，满肚子学问是能吃还是能穿？哪家女人愿意嫁给这样的穷鬼过吃了上顿没下顿的日子？有富裕人家想栽培个会读书的上门女婿，但夏世安宁死不愿入赘，终是作罢。

在所有人都认定夏世安要打一辈子光棍的时候，他忽然娶了个媳妇回来，震惊全村。

夏世安娶的媳妇叫胡丽娘，年方双十，杏眼桃腮，樱唇贝齿，是个娇滴滴的大美人，一个照面就能看直男人的眼。据说她在扬州之乱中和兄弟们逃到淄川县，遇到夏世安，她兄长赏识夏世安的人品和学问，便做主将妹妹许配与他。

夏胡氏美且富。胡家有钱，给妹妹的嫁妆丰厚，插金戴银，绫罗绸缎。她说丈夫身体虚弱，不适合住草屋受寒，强让他赁了个带院子的砖瓦大屋。两个人住在内外两进七八间的宽敞房子里，还雇了个仆役在外院干粗活，看得村人眼热。据邻居陈老太婆透露，胡家兄弟酒后还说过年要去城里给妹夫买房买铺，羡煞旁人。

夏胡氏富且贤。她从未有仗着娘家富裕看不起丈夫的言行，每日鸡叫便起床，亲手替丈夫洗衣做饭。她有双巧手，做出的饭菜味道可与镇里最好的厨子比肩，还会做几道南方的糕点，什么吉祥果、梅花香饼……别说那味道有多好了，光是精巧模样就看着舍不得吃。她还擅长女红裁剪，做出的衣服款式比村妇们做的漂亮多了，绣出的花也格外别致，其他的洗衣收拾也样样拿得出手，家里被她打理得干干净净、井井有条。

夏胡氏贤且贞。镇上有不少风流浪荡子欺夏世安身子骨软弱，慕夏胡氏貌美，觉得一朵鲜花插在牛粪上，便各施奇招，百般勾引，其中颇有口甜舌滑、擅长风月的好相貌男儿。奈何夏胡氏守得极严，眼观鼻，鼻观心，她对这些浪荡子不假辞色，连话都不肯和陌生男人多说一句，闹得狠了直接让仆役用棍子打出去。

这是多么完美无缺的妻子啊！别说小小蒲家村，就连县城里的女人和她相比也是豆腐渣。

这样的好女人怎么就便宜了夏世安这穷书生呢？

所有男人都妒红了眼睛，嫉烧了心肠，没事就对着自家黄脸婆骂骂咧咧：“看看你，看看夏家娘子，你就不能再贤惠一点吗？”

女人们对自家男人的眼睛都盯着人家转愤恨不已，以致这段日子蒲家村里夫妻吵架多了许多。性格暴躁的蒲大春闹得比较大，差点儿要休妻，何嫂子脾气也火爆，直接抱了孩子回娘家哭诉，何家三兄弟闻言大怒，冲上门来闹了一番才作罢。事后，何嫂子悄悄和闺中密友刘三娘子抱怨：“这世间哪有那么好的女人，哼，那胡丽娘来历不明，谁知道是什么东西……”

刘三娘子将此话告诉马大奶奶，马大奶奶告诉自家闺女，闺女告诉闺蜜，闺蜜告诉自己娘，女人告诉女人，女人告诉男人，男人告诉男人……

“你说那胡丽娘是妖怪变的吗？”

“胡丽娘，狐狸娘，她呀，说不准就是只狐狸精。”

“好像夏世安小时候放过一只白狐……”

“听说胡丽娘是白狐成了精找上门来报恩的。”

“妖怪就是妖怪，这世间哪有妖怪不害人？”

“告诉你，我们村夏世安娶了个妖怪做妻子。嘿，年轻人贪图美色，不知哪天就被吸干精气，被害死了。”

“上次我好像看见了她的狐狸尾巴！”

流言开始在蒲家村蔓延，说得有鼻子有眼睛。

所有人都怀疑胡丽娘是只狐狸精。

面对种种质疑，胡丽娘不屑解释，夏世安只道流言随风去。

贰

夏胡氏为夏世安赁的房子是蒲盘原老爷家的。

蒲老爷祖上也是书香传世的大户人家，如今世道不好，家道中落，不得不弃儒从商。蒲老爷有四个儿子，其中三郎年方五岁，正是精力充沛的时候，他对世界充满了好奇心，最爱听稀奇古怪的故事，经常趁着父母不注意溜出去疯玩。晒谷场、稻田、草丛也就罢了，他连井旁、河边都敢乱跑，有次差点掉下井去，若不是夏世安路过发现将他拖了回来，小命可能就交代在井里了。

因为这事，夏世安和蒲三感情很亲厚，蒲老爷也常常找借口接济夏世安，只是碍于他读书人的清高骨气没好意思直接给钱援助。听说他要娶妻赁房，立刻推了好几户想高价赁他隔壁空屋子的人家，便宜赁给了夏世安，说是与读书人为邻，闻些书香，好让家里几个孩子沾些聪慧之气，希望夏世安的稳重能对自家三郎跳脱的性子有些正面影响。

蒲三知道自己喜欢的大哥哥住在隔壁，还有漂亮姐姐的糕点吃，心里欢喜，和村里小伙伴们一起玩耍的时候不由炫耀一二，没想到小伙伴们面露惧色，给他说了个很可怕的故事。

“我娘说商朝时有只九条尾巴的狐狸精，变身成人类化名为苏妲己，长得倾国倾城，祸国殃民，还会吃人。我上次听见村头翠花嫂和周姐姐说夏大哥娶的媳妇就是只狐狸精，你说她会不会吃小孩子？你住她隔壁，要吃小孩会先吃你吗？”

蒲三吓坏了，他害怕自己和夏大哥被狐狸精害死，赶紧跑回去和父母兄长报告这事，大家却都笑话他是傻孩子，大哥更是笑得差点跌倒在地，母亲勒令他不准乱说话，免得伤了邻里感情。蒲三自觉丢了颜面，恨极，也顾不得生死安危，誓要找出狐狸尾巴做证据让大家闭嘴。他当天就跑去夏世安家里，借口要学《三字经》，死赖着不走，眼珠子盯着胡丽娘的一举一动，恨不得就把她看出原形来。

蒲三聪慧，就是不爱正经书本，只喜欢听杂书里的故事，让蒲老爷头疼不已。现在忽然静下心来向学，把《三字经》《千字文》颠来倒去地念，虽然时不时走神，但态度却很积极。蒲老爷大喜过望，斟酒割肉请夏世安好好吃了一顿，拜托他教育儿子。

夏世安本就喜欢蒲三的活泼性子，只惋惜他贪玩不上进，又感激蒲老爷对他的照顾，自是欢喜不已，只恨不得倾囊而授，趁着他有学习兴趣的时候将所有书都灌进他的脑海里。

蒲三念书念得咬牙切齿，只记着小伙伴们交付的伟大任务，苦苦煎熬。

“人之初，性本善，性相近，习相远……”蒲三背得心浮气躁，眼珠滴溜溜地转，满脑子都是狐仙鬼怪，恨不得跑出去漫山遍野地玩耍，碍于夏世安的热情和自己为留在夏家编的借口，只好硬着头皮死撑。看着夏世安谈起学问来那闪闪发亮的眼神，年仅五岁的他觉得这辈子都逃不出读书的魔爪了。

四书真讨厌！五经真讨厌！科举什么的最讨厌了！

所幸，夏世安在念书之余，也给他讲很多有趣的故事，比如《山海经》里的上古神话、《二十一史》里的人物故事，还偷偷讲了些《西游记》里的孙猴子西天取经的故事，碍于这是前朝禁书，只挑了些无妨碍的片段，但这些片段已足够让人欢喜了。

蒲三最喜欢听故事，夏世安说的故事很好听，胡丽娘也会来书房，坐在旁边一边绣花一边认真听。蒲三有心掀胡丽娘的裙子找尾巴，奈何夏世安说的故事太有趣，每次回过神来天都黑了，丽娘姐姐也跑去做饭了，他为自己的不争气扼腕叹息，每每发誓不要听故事听得那么入迷，每每到了下次又忍不住再犯。

蒲三已经等了七天没有成果，备受挫折，他觉得再拖下去，做成孩子王的时候已经是白胡子老头了。他决定问夏世安：“夏哥哥，你家媳妇是狐狸变的吗？不对，我是说你喜欢狐狸变的媳妇吗？”

夏世安眨巴眨巴眼睛，脑子没转过弯来。

蒲三再接再厉：“丽娘姐姐有尾巴吗？”

夏世安赶紧摇头：“没有。”

蒲三语重心长地叮嘱：“夏哥哥，你可不能像纣王一样笨啊。”

“怎会？谁和你说了什么胡话？”夏世安终于回过神来，试图用五岁孩子听得懂的语言解释，“商周历史记载并不严谨，多有野史流传，就如小孩做了坏事却对父母编造谎话般，周对商的历史也做了修改和抹黑。纣王未必是什么昏庸的君王，至于妲己是狐狸精的记载更是毫无根据，只是《封神演义》这本小说的虚构罢了。哎，男人祸国殃民总得找个女人背黑锅，不要脸。”

蒲三听不太懂商周恩怨，只有满心委屈：“我没有撒过谎。”

忽然，屋外传来“噗”的一声轻笑，是胡丽娘站在书房外掩唇偷笑。

一大一小两个男人都有些尴尬。

胡丽娘温柔地替夏世安披了件外袍，轻声道：“我兄长来了，带了一坛子好酒和两斤烧肉，我去厨下给你们做几个小菜送酒可好？”

夏世安有些脸红，他羞涩地反握住胡丽娘的手，又匆匆松开，急急离去，走到门口才想起蒲三，吩咐道：“今日家中有客，你且先回去，明日我再和你说故事。”

蒲三并不明白这刹那竟是一时半刻都舍不得的柔情，只觉得他们俩很腻人，似乎比娘亲不准他看的戏文里的书生和小姐更亲热，夏世安的表情比他爹送金雀钗给母亲的时候更温柔，就像纣王被妲己迷了心窍。

蒲三下意识地回头看一眼胡丽娘，不知是否错觉，他觉得胡丽娘脸上满是笑意，眼里却一片冰冷，就像个妖怪……

春天将近，屋内炭火正足，怎会忽然冷了？蒲三打了个寒战，拔腿就跑。

胡丽娘叫不住他，转身去了厨房。

蒲三溜到门口，恰好看见了胡丽娘两个兄长。一个叫胡猛，身材极高大，满脸横肉，很是狰狞；另一个叫胡勇，白皙瘦削，手持折扇，走起路来晃晃荡荡没个正行，看起来有几分狡猾。两人都穿着缎子长袍，满身金玉装束，很是富贵，就是这身锦绣打扮和气质对比很别扭，就像个暴发户。

三兄妹相貌南辕北辙。胡丽娘对外解释说他们不是一个娘生的。

蒲三总觉得他们都是妖怪，他眼看夏世安恭恭敬敬把两个大舅子迎了进去，唯恐软弱善良的大哥哥被吃，心里一横，仗着两家仅有一墙之隔，装作离开，却熟门熟路地从墙边狗洞钻了回来，避开仆人，趁着大家不留神，躲在堂屋外没装水的缸里偷听。

屋内酒香阵阵，看不见具体情景，只听胡猛喝了两杯酒，开始口无遮拦。

“夏小弟，我家妹妹长得花容月貌，自幼娇生惯养，多少有钱人家争着求娶，结果她却看上了你这个穷书生，死活要来受这份活罪。我们家捧在手掌心的可怜妹妹啊，她受苦了，受大委屈了！要是爹娘地下有知，怕是要哭着活过来了。”

夏世安拼命保证：“我知道丽娘好，我这辈子都会对她好的，只对她一个人好。”

重重拍桌声传来，胡猛大声嚷嚷：“你倒说说你怎么对她好，给她吃还是给她穿？还是动动上下嘴皮子说几句甜言蜜语就让她晕头转向，吃苦受累，活活操劳成黄脸婆？”

夏世安懦弱道：“我会继续摆摊写字挣钱的。”

胡猛的怒骂几乎掀翻了天：“你写字能挣几个钱？一年还买不起我妹头上一根簪子。”

夏世安沉默了。

胡勇开始打圆场：“哥哥别这样，书上不是说什么‘易得无价宝，难得有情人’吗？你这样呵斥妹夫，小心妹妹听见了伤心。更何况妹夫只是暂时没钱，又不是一辈子没钱，他不懂赚钱，哥哥指点他一条路子便好了，慢慢来，慢慢来，日子总会越过越好的。”

胡猛怒道：“淄川县这小地方能赚几个钱？够吃还是够花？”

胡勇笑着劝：“妹夫啊，我看你干脆跟着大哥去京城做买卖，咱们在京城还有两间铺子，应该没被战乱卷进去，看在妹妹的份上，哥哥必提携你一二，不敢说大富大贵，至少喝酒吃肉没问题。”

夏世安低声道：“可、可是我只会读书，从没出过远门，做生意这种事，我不知道……”

胡猛喝道：“大丈夫连妻儿都养不活，还有脸读个屁的书？”

胡勇劝：“爹亲娘亲不如钱亲，男人总归要赚得钱来，方有底气说话，否则走出去多丢脸啊！”

他们絮絮叨叨说了许久，话题很是无趣，听得蒲三睡着了。直到饭时，母亲发现儿子不见，遍寻不至，差点以为遇到拐子，吓得半死，邻人帮忙寻找，最终还是夏世安把他从缸里找了出来。

当晚，蒲三只吃了一顿竹鞭炒肉，屁股好疼……蒲三斜坐在屋外的台阶上，腹中饥饿，满心委屈。

夏世安走过来，悄悄塞给他一个面饼，然后静静坐在他旁边。

星夜点点，被寒霜打得残败的柳条抽出了新芽，是个新开始吗？

蒲三顾不得太多，狼吞虎咽。

夏世安仿佛自言自语问："我是否要放弃一切去京城重新开始？"

蒲三惊得忘了咀嚼，拉着他说："夏哥哥为什么要走？我不要夏哥哥走。"

"你还小，什么都不懂，等你长大就知道了。"夏世安轻轻抚过他的头，笑得极温柔，"男儿立于天地间，无法扬名立万，至少要养活妻儿。丽娘跟了什么都没有的我却什么都不计较，她温柔善良美丽贤惠，是天下间最好的女子，我不能让她过苦日子。你们都说丽娘是迷惑人的狐狸精，莫说她不是，就算她是，只要能给她换来锦衣玉食，凤冠霞帔……莫说吃了我，让我亲手把心挖出送给她也是乐意的。"

夏世安的眼角流出一滴泪，被迅速拭去，他低声道："我根本配不上胡丽娘。"

蒲三吓坏了，赶紧劝："夏哥哥你可别犯傻，心挖出来会死的。"

"说笑罢了。"夏世安发泄完也轻松了许多，顺手揉乱了孩子细幼的发丝，"放心，哥哥绝不犯傻。你长大要做个有出息的男子汉，莫要像大哥哥这样掉眼泪丢人现眼。"

"夏哥哥不丢人。"蒲三将提起来的心放了下去，他想了想，拍着胸脯道，"我要做男子汉，绝不说出去。"

夏世安再叮嘱了他几次不要乱跑，不准将他失态的模样告诉别人后便离开了。

蒲三叼着半个面饼想回去，猛地回头，却见胡丽娘站在不远处的柳树下，月光照见了她漂亮的脸，眼里的黑暗如最冰冷的井水，嘴角没有半丝笑容，她阴沉沉地看着这个方向，仿佛夜色里刚化形的妖……

蒲三拔腿就逃。

叁

夏世安辗转反侧，怎么也睡不着。他准备考虑些日子再答复大舅子的提议。离开淄川县去遥远的京城，做自己毫不熟悉的生意，怕是再难回故里，他心里忐忑不安。

丽娘在睡梦中轻轻地翻了个身，白玉般的胳膊搭上了他的腰，夏世安忽然感到了阵阵安心。他紧紧握住了丽娘的手，只要有她陪在身边，这世间就没什么可怕的。

夏世安忽然想起了父母。他们青梅竹马，感情深厚，就算战乱疾病也没放弃过彼此。父亲在外威严端庄，在内却对母亲百依百顺，只恨不得将最好的捧给她。他母亲的病情原有好转，得知失去了父亲后不哭不闹，只吐了两口血，一个月后就病逝了。他原本有些怨恨母亲寡情，不够坚强，丢下他一个人在世间苦苦煎熬。如今方知心死身灭，情深不寿。他有幸遇到了丽娘那么好的妻子，定一生不负，要倾尽全力让她过上想要的生活。

第二天早上，夏世安早早醒了，准备出去摆书画摊，他决意丢下读书人的架子，学小贩般开口吆喝，学习做生意的本事，为将来去京城做打算。临行前，他去书房收拾工具，顺便练几个字。

字是读书人的脸面，不管科举还是摆摊，都是必不可少的。笔纸很贵，可是练不好字的读书人，哪怕满肚子锦绣学问也会被看不起。夏世安家贫，不舍得用谋生的笔纸来练习，平日只用清水在桌上写字，倒也省钱。想到以后做生意，怕是用不着这些字去换饭吃，他心里难受，写起来更是用力数分，一篇诸葛孔明的《出师表》写得铁画银钩，苍劲有力，可惜随着水迹转瞬而逝，不留半点痕迹。

胡丽娘送粥进来，见他全神贯注，便静静地在旁边看了半晌。她不识字，并不明白里面的意思，只觉得这些字很漂亮，想必也是很好的文章，眼里不由流出几分羡慕。

夏世安收笔，发现妻子在侧，赶紧将粥接下。

或许是他眼里的感情太灼热，让人无法承受。胡丽娘赶紧别过头去，开始打扫书房。

夏家曾有很多书，随着家境破败一一卖尽，空荡荡的书房只剩下几本破得不能再破的启蒙读物，里面有夏老秀才飘逸俊雅的手迹，是夏世安留着的念想。书架其他地方都摆满木头做的假书，假书上写着《大学》《中庸》《史记》《诗经》等等名称，勉强摆出个读书人书房的模样来，为此村人经常笑话他是假书生。

胡丽娘也以为丈夫将这些拿来装点门面，说是念书，其实无书可读，可怜又可叹。她不好意思揭破，打扫得格外细心，回头却见丈夫随手抽下一本木头做的《诗经》，摇头晃脑地念了起来："投我以木瓜，报之以琼琚。匪报也，永以为好也！投我以木桃，报之以琼瑶。匪报也，永以为好也！"她好奇地走过去看，木头书上空无一字，可是夏世安念得却极流畅，没有停顿，没有迟疑，仿佛一页页、一行行、一个个字就在眼前，如吟唱，如高歌。胡丽娘从未想过诗歌能念得那么好听，如满盘珠玉倾泻，掩卷合书，尚有余音。她非常好奇这些深奥难懂的句子里包含了什么样的意思，能让天下读书人沉醉其中。

书卖了，文犹在，父亲的教诲刻在心头，每卖一本书他就背一本书，直到牢记心头。夏家的木制书库不过是个标记，真正的书库藏在夏家人的脑海里。夏世安专心致志念书的模样，让胡丽娘想起了以前大水时遇见的那个为救书箱跳入汹涌洪流中的书生，所有人让他放手，他却死活不肯，最终抱着书卷葬入河中。

文字有那么美吗？比金钱还美？

胡丽娘一时陷入了沉思。

夏世安轻轻地问："丽娘，你想识字吗？"

胡丽娘握紧手中扫把，摇头拒绝："哥哥说，女子无才才是德，咱们女孩家不该识字。"

“没有的事，我娘就识字。”夏世安对这番俗世论调不予苟同，他回忆儿时往事，满心都是幸福，“我爹娘青梅竹马，我娘不单能识字，还能写诗填词，我爹说女子读书才能明事理。他最爱蔡文姬的《胡笳十八拍》，说是千古绝唱，只恨没有女儿给他教养成蔡文姬那样的才女。若是爹娘在世，见到你这个聪慧的媳妇必定欢喜，定当女儿捧在掌心上。”

胡丽娘几乎握断了扫把柄，过了很久，她才别扭道：“你爹娘对你真好。”

夏世安笑道：“这世间哪有不疼爱孩子的父母？”

他以为胡丽娘不爱提及父母，不愿提及往事，是因为战乱中失去双亲悲痛难忍，所以很少去打探她的往事。没想到一句感叹却让胡丽娘变了脸色，过了许久她幽幽开口道：“在我很小的时候，认识一个女孩子，她很漂亮能干，也很聪慧孝顺，大家都喜欢她……”

夏世安开玩笑问：“她有我家娘子漂亮吗？”

胡丽娘苦笑道：“差不离吧。”

夏世安拍掌道：“喜欢她的男孩子怕是要踏破门槛了。”

胡丽娘摇头道：“那个女孩的爹是个赌鬼，天天在外头瞎混，家里越过越穷，田地卖了，屋子卖了，最后女孩回家的时候，看见家里有几个凶神恶煞的人，原来是她爹没赌资把她以十两银子卖给了……不堪的地方。那是她的亲爹啊，为了十两银子啊！区区十两银子，就把她的青春和性命统统送入了活地狱。”胡丽娘的眼泪忽然一滴滴往下落，接着泣不成声，“那是个多么可爱的女孩，她纯洁无邪，不懂世间险恶，还有很多对未来的期望。可是全部都没有了。我再次见到她的时候，她已经变成另一个人，冷酷无情，唯利是图，为了钱什么都做得出。她说这世间爹亲娘亲都不如钱亲，只要有钱，她什么都愿意做……”

夏世安沉默下来，他抱住哭得发抖的丽娘，安慰道：“对不起，我不明白你的痛苦，那定是你很好的姐妹，我会努力赚钱，赚很多很多的钱，把她从火坑里赎出来。”

胡丽娘哭着说：“你什么都不懂。她已经死了，她在地狱里永远出不来了，没有人会爱她，没有人会挂念她。”

两人默然无语，只有胡丽娘的呜咽声在屋内轻轻回荡。

不知过了多久，胡丽娘忽然说：“世安，我羡慕你。”

夏世安搂着她的肩膀，坚定地道：“春暖花开后我就去京城，我会努力跟你哥哥学做生意，一定让你成为让所有人羡慕的女人。”

不知又过了多久，胡丽娘再次开口道：“世安，教我识字好不好？”

夏世安用力点头：“好。”

肆

蒲三愁死了。夏家哥哥对狐狸精越来越痴迷，除了摆摊赚钱，回家就围着媳妇转，赶都赶不走，听说他连洗脚水都屁颠颠地给媳妇打，真是丢尽了天下男人的脸面。而胡丽娘照顾夏世安也越发细心，夏世安瘦弱的身体也有了好转，心情愉悦，脸上也有了肉。

随着胡丽娘兄长把说闲话的三姑六婆痛骂威胁了一番后，村里的闲言碎语也变少了。蒲三心里的怀疑却越发增长，他觉得猪养肥了都要吃，唐僧也是英俊白胖才遭那么多妖怪惦记。夏家哥哥相貌清秀儒雅，身材虽然不胖却很白皙，看着就像唐僧般，肯定很对妖怪胃口，狐狸精定是给夏哥哥下了迷药，等养胖了再拿去锅里炖了吃。

蒲三担心得抓耳挠腮，可惜人小言微，他说话根本没人听。每次他把分析说给村人听，都会引来一阵哄堂大笑，母亲还拿扫帚将他抽了一顿，让他不要败坏丽娘名声。蒲三被当小孩看，郁闷极了，他决定自己继续调查，没事就跑去夏家念书，或者趴在墙上看隔壁的一举一动。夏家那独眼丑陋的老仆发现了几次，赶了几次，有次还想用藤条抽他，奈何夏世安对孩子很宽容，不准他打骂孩子，蒲三才逃脱那疑似妖怪同党的毒手。

这些日子观察下来，蒲三也发现了一些不对劲。

胡家兄弟经常上门做客，话题都是劝说夏世安跟他们去京城。夏世安答应了，只是在犹豫是否要参加完院试再去。胡家兄弟强烈反对他考试，说读书没用。

胡丽娘偶尔也出门去胡家兄弟住的宅子里，胡家兄弟住在郊外，那宅子是所荒废多年的旧屋，据说闹过鬼，但是他们胆大不害怕，找中人赁了下来居住。旧屋荒凉，也没怎么打理，看着和鬼屋似的，有路过的孩子还说宅子里偶尔会传来个老妇的声音。

胡丽娘父母双亡，哪来的老妇？蒲三将这个重大发现报告夏世安。

夏世安不以为意，说人家兄妹感情好，小聚不是问题，而且他们迟早要离开淄川县，自然不会将屋子修缮得多漂亮。他还难得严厉地批评了蒲三多管闲事的行为，让他不要瞎说混话败坏别人名声。

蒲三气得半死，却拿不出证据。为了夏哥哥，为了自己的清誉，他决定冒死潜入鬼屋查探，非要找出狐狸尾巴，让大家心服口服！

蒲三自懂事以来就爱满山野跑，母亲想尽办法都拘不住他，他极擅长捉迷藏，爬惯了狗洞，翻惯了花墙。他绕着鬼屋转了两天，很快就找到墙壁松散处，扒出个狗洞来。鬼屋里的院子没有打理，处处都是茅草和废石，处处都是藏身的好地方。蒲三研究好地形，找了个胡丽娘出门的日子，悄悄潜入了房子，躲在窗外几丛高大月季后，等胡丽娘和兄弟、老仆都进了屋后，从窗缝处望了进去。

屋内装饰得金碧辉煌，桌上放着玉如意，床脚堆着金元宝。贵妃榻上卧着个鹤发鸡皮的老妇，穿着绫罗绸缎，浑身珠光宝气，额头上还戴着镶嵌羊脂白玉的抹额，手持一根乌木福寿杖，眉眼里笑眯眯的，看起来颇慈祥。

胡丽娘和兄弟们规规矩矩地服侍着这老妇人，斟茶的斟茶，递烟的递烟，捶腿的捶腿，神色里似乎对这老妇人非常畏惧。

老妇人抽完了一袋水烟，敲敲烟袋问："夏家那小子的事办得怎样了？"

胡勇恭恭敬敬再给烟袋满上，一边打火一边讨好道："那小子犯蠢！不过也被说服得差不多了，只是碍于外头风声尚紧，天气尚寒，怕娘亲的腿脚受不了不好赶路，儿子想在这蒲家村再避些日子，等天气暖和些再上路。"

老妇人幽幽道："就怕夜长梦多。"

胡勇笑道："丽娘办事从未失手，娘有什么不放心的？那小子魂都系在她身上了，保管跑不了！嘿嘿，外头都说她是狐狸精，那男人也不肯相信呢。"

老妇人点头道："哼，任他们说去，狐狸精也不是想做就能做的。乖女儿，你要切记，咱们这条道上的人可别对男人动了心，否则便有杀身之祸。"

胡丽娘恭敬道："女儿明白。"

蒲三在外听得胆战心惊，冷汗淋漓，他以为自己进了妖怪窝，拔腿想跑。刚跑了两步，踢翻了瓦砾，发出一声轻微的碰撞声。

胡猛听见动静，立即冲出来查看，蒲三慌乱无章，人小腿短，哪里跑得过高大汉子，转瞬便被擒了回去。

胡勇变了颜色，狰狞道："是夏小子邻居的孩子，他听到咱们说话，怕要宣扬出去，让大哥把他杀了？"

蒲三魂飞魄散，抱着脑袋哭："妖怪饶命！妖怪饶命！我什么都没看到，什么都没听到，不要吃我！我的肉少不好吃，救命——"

胡丽娘"噗"的一声笑了，附在老妇人耳边说了几句话。

老妇人迟疑片刻，走下了贵妃榻，用拐杖挑起孩子下巴，喝问："谁让你来打探的？"

蒲三拼命磕头求饶："我不做孩子王了，不要找狐狸尾巴了，求妖怪大王不要吃我。"

老妇人有些窘迫，胡家兄弟在旁边笑得前仰后倒。

胡勇半开玩笑道："你倒知道我们是妖怪？"

蒲三反应过来，尖叫道："不！我不知道你们是妖怪！"

老妇人略一沉思，转转眼珠，笑道："我们可是鹊山的妖怪，丽娘是只小狐狸，那夏家小子对她有恩，所以跑来相报，这可是犯了天道禁忌的事情。所以我来找她，让她报完恩便回去。”

胡勇瞬间懂了老妇人的意思，他指着还在莫名其妙的胡猛大笑道：“我家大哥是只虎妖，我是条蛇妖，我干娘是只九尾狐狸精，丽娘则是头玉面狐狸，那老仆则是个没出息的柳树精。”

蒲三得到了肯定的答案，看了看胡猛，高大威猛，面相狰狞，确实像头猛虎，再看看胡勇，白皙瘦削，体柔骨软，确实有几分蛇精模样。至于老妇人，她打扮得花枝招展，浑身脂粉香气，怎么看都不像自己认识的正经老太婆，倒像个妖怪。

他抱着最后一丝希望，小心翼翼地问：“你们会妖法吗？”

胡猛顺手拿起块青砖，一拳砸了个粉碎；胡勇的手在空中晃了两晃，有朵花凭空出现在他掌心；老妇人拿出个装满清水的酒壶，念动咒语，倒出的却是美酒……

这等妖法，只有妖怪才变得出！

蒲三知道自己小命要交代到锅里了，心里悲哀，后悔不该冲动行事。

未料，老妇人笑道：“看在丽娘的分上，我倒是可以放过你，可是你必须忘了今天的事，不得对任何人提起，也不能再去夏家捣乱，否则我不但吃了你，还要吃了你全家人！”

蒲三死里逃生，点头如捣蒜。

老妇人逼他发完毒誓后闭上眼睛。

蒲三闻到一阵好闻的烟味，渐渐失去了意识。再次睁开眼睛的时候，他躺在村里的柳树下，天气尚好，太阳照在身上暖洋洋的。他茫然地回到家，恰好遇到丽娘出来倒垃圾，丽娘亲切地对他打招呼，还问他脸色怎么这么苍白，是不是身体不舒服。刚刚看见的景象仿佛是场梦，他分不清哪里是真，哪里是假。

蒲三跌跌撞撞地进到屋去，大病一场。

伍

夏世安知道蒲三病了，前去看望。

蒲三躺在床上，圆润的小脸整整瘦了一圈，活泼的性子也变得沉默起来。他害怕九尾狐狸精杀了自己全家，不敢将见到的事情告诉夏世安，心里难安，想了好久才劝道：“夏哥哥，你不要去京城好不好？”

夏世安皱眉：“为何？”

蒲三忍不住要说真相，抬头却见门外丽娘在和自己母亲说话，回头给了他一个威胁的眼神，赶紧将所有话都吞回肚子里，低声道："我只是舍不得你……"

夏世安拍拍他的脑袋，安慰道："傻孩子。"

蒲三号啕大哭。

胡丽娘走进来，将亲手做的白糖糕递给他，笑道："都快六岁了，怎么还哭鼻子？"蒲三畏惧地往角落缩了缩，再不敢碰自己喜欢的糕点。

夏世安看着有些奇怪，回头询问胡丽娘。

胡丽娘耸耸肩，满不在乎道："这孩子始终认为我是狐狸精，你说可笑不可笑？"

夏世安无奈，安慰道："童言无忌，你多多包涵。"

胡丽娘笑着问："如果我真是狐狸精，你该怎么办？"

夏世安肯定："你不是。"

胡丽娘竟失了以往的端庄，调皮地不依不饶，非要他说个所以来："不管，我就是想知道，如果我是狐狸精，你该怎么办？"

夏世安大笑："夏某何德何能，能娶如此贤惠狐妻，原来怎么样还是怎么样。"

胡丽娘做出个威胁的表情吓唬他："狐狸精可是会吃人的。"

"丽娘，你记得你见到我的那一天吗？我穿着我最好的长袍，用所有的钱打了酒肉，坐在柳林里高歌。我遇到了你的兄长，便邀他们一起喝酒，你兄长醉后将你带到了我面前。"夏世安忽然岔开了话题，"你说我名士风流，倜傥不羁，一见倾心。"

胡丽娘笑道："你那时的模样我犹记心头。"

"丽娘，对不起，我骗了你。"夏世安苦笑道，"我根本不是名士风流、倜傥不羁，那天我如此开怀，是因为我已无法忍受孤独寂寞，我想念我爹娘，所以我穿上了最好的衣服来到柳林，用所有的钱买了酒菜，打算无拘无束地吃完人间最后一顿饭，然后去见爹娘。就在我死意坚决的时候，我遇到了你的兄长，遇到了你，你是那么的明媚鲜活，浑身都洋溢着春天的气息，你夸我是世间最好的男儿，你说了很多很多好听的话，你说要嫁给我……那一瞬间，我从坟墓里活了回来，觉得自己是世界上最幸运的人。"

胡丽娘愣住了。

夏世安紧紧握住她的手："丽娘，我的命从那天起便是你的了，你想拿我怎么样便拿我怎么样，不管你是妖怪还是凡人，不管你是爱我还是不爱我，我统统不在乎。"

"哪怕我要吃了你？你也不在乎？"

"嗯。"

"你真觉得遇到我是幸运？"

"这辈子最大的幸运。"

“世安。”胡丽娘眼神有些闪烁，她左右四顾，确认老仆不在身旁，低声道，“不管哥哥怎么说，怎么闹，你一定要参加院试，你一定要中秀才，然后考举人、进士……在此之前，绝对不要去京城。”

“为什么？”

“我想要凤冠霞帔，做诰命夫人。”

“好。”

“世安，不要告诉哥哥。”

“好。”

陆

夏世安坚决要参加完院试才去京城。胡家兄弟气得暴跳如雷，勒令胡丽娘好好劝他离开。

胡丽娘私下笑道：“他考了四五次都没中，这次也不会中的，他如今发了读书人的傻念头，不让他碰个头破血流是不会走的。我看蒲家村气候合适，官府查得也不紧，这书生又是个傻的，特别好糊弄，咱们露不了馅。让娘在这里好好养几个月也不错，你们也休息一阵子，反正到手的肥肉是跑不掉的。”

胡猛半信半疑：“你该不是对他动了心？”

胡丽娘鄙夷道：“我看上谁也看不上那痨病鬼啊。”她伸出青葱般的手指，轻轻滑过胡猛的胸膛，甜腻笑道，“我喜欢的自然是义兄这样威猛的身子，等咱们多干几票，赚够了银钱，做对长久夫妻如何？”

胡猛窒了片刻，回过神来：“呸！谁信你这满口胡话的狐狸，若信了你的鬼话，连皮带骨头都要被吃干净。你这辈子喜欢的只有银钱！”

“义兄果然懂我。”

“哼。”

“除了银钱，我最喜欢你，信不信？”

“我……罢了罢了，一切随你安排，义母那里你自己去解释……”

柒

夏世安忽然发现家里多了一大堆笔纸。

胡丽娘将桌子铺好，替他研墨，吩咐道：“夫君，你不可再用清水写字，清水练字省则省矣，长久下去，字落纸上时会迟疑不决，缺了几分自信。”

夏世安犹豫地问：“可是，我还是考不中怎么办？我想我没有科举的命……”

胡丽娘坚决果断地道：“放心，我替夫君算了一卦，夫君是鱼游浅水之命，所以才华满腹却屡试不第，水涸鱼死，是险象环生的必死之命。我却命犯水劫，所以夫君遇到我后，死命已改，从此鱼跃龙门，化作大富大贵之命，所以此次院试，必中无疑！”

夏世安半信半疑：“真的？”

胡丽娘笑问：“你说遇到我是你最大的幸运，此话作假？”

“不！我相信你！”

“你相信我说的每句话？”

“我相信，可是……”

“嘻嘻，我是狐仙啊，狐仙能掐会算，我说你会中秀才，你就必中秀才。”

“好，我家丽娘是狐仙，狐仙说的话必定是准的。”

“世安，若你中了秀才，又中了举，做了举人老爷，你还要我这个狐妻吗？”

“我要给你挣凤冠霞帔，让你做诰命夫人。”

“那时候你还会喜欢我吗？”

“我会把你捧在手心上一辈子。”

“可我是狐狸啊。”

“狐狸也要捧手心上。”

“他们会笑话你的。”

“我不怕。”

“如此，足矣……”

院试将至，夏世安将以前忐忑不安的心定了下来，专心读书，心里竟是前所未有的自信。他本就聪慧有才华，只是对自己没有信心，进了考场就脑海一片空白，下笔总是瑟瑟缩缩，瞻前顾后，写出来的东西平淡无奇，中规中矩。如今卸了心结，下笔顿添几分豪情，洋洋洒洒数千字，写得淋漓尽致，字迹俊雅飘逸，有君子之风，得到考官一致的赞赏。

放榜之日，夏世安名列榜首，官员交口称赞，夸其前途无限。

夏世安兴冲冲回到家中，却见胡家兄弟脸色难看，丽娘双眼红肿，似有哭过痕迹。他中了秀才，得到官府赏识有什么不好吗？

夏世安不解其意，拉着胡丽娘问。

胡丽娘淡然道：“我只是高兴坏了。”

胡家兄弟铁青着脸，过了好久方憋出一句：“恭喜妹夫了。”然后拂袖而去。

当天夜里，夏世安又失眠了。他不停和胡丽娘说话，畅想着他们的美好未来：“举人老爷很看好我的前程，想要栽培我，说要资助我去参加乡试，还要介绍个有学问的先生给我，让我跟先生好好读两年书。丽娘，你说得没错，我遇到你以后运道就好起来了，这都是你带给我的福气，我一定会拼尽全力用功，让你做举人娘子、进士娘子，当诰命夫人的！丽娘，你穿上凤冠霞帔的样子一定很美，比县令夫人更美。”

胡丽娘泣不成声：“好。”

“丽娘，别哭了，哭多了对眼睛不好。”

“我只是太欢喜了，只要你将来念着我一分情，比什么都好。”

“丽娘，我不明白。”

“睡吧，明天就是新的开始。”

那天夜里，夏世安闻到了一阵很好闻的香气，他浑身失了气力，脑子也变得迷迷糊糊。恍惚间，他看见胡丽娘站在床边，穿着整齐，手里拿着个小包裹，似乎要悄悄地离开。

夏世安又惊又急，他伸出手去，抓住了她的裙摆，想问她去哪里，想问为什么，喉咙里却只憋出几个细微的音节。胡丽娘察觉了他的惊醒，迟疑地回过身去，淡淡的月光透过窗台，映在她的脸上，满满都是泪痕。

“不要走。”夏世安挤出的声音细微得连自己都听不到。

胡丽娘听到了，也听懂了，她含着泪弯下腰，对他说：“夫君，你是君子，我是狐妖，我救了你命，你还了我情，恩义两清，从此大道两边，南北各行。”

“不……”夏世安挣扎着，死活不放手。

胡丽娘流下了一滴眼泪，落在他的手背上，她说：“人妖殊途，邪魔非偶，我们在一起天道不容。从今往后，你的命会很好很好，此次离别，再无重会日。丽娘祝君金榜题名，再娶贤妻，儿孙环绕，一世安康。”

夏世安轻轻地摇头，哑声道：“这些我都不要，求……求你，别走……”

胡丽娘从怀中抽出一把小刀，割断了裙角，转身离去。夏世安想追，却沉沉地摔落在地上。

胡丽娘看着他的模样，不忍地停下了脚步，她沉思片刻，转身回来对他说：“这世间唯一能改命的是功名。你若能金榜题名，便去京城。什刹海西海西北小岛上，有镇水观音庙，庙里有棵桃树开得最好。你若还喜欢我，便在树下等我，我或许会来见你，那是最后的希望，如果见不着，便是今生无缘了……”

夏世安痴痴地问："真的？"

胡丽娘含泪笑道："我是狐仙，信不信由你。"她决然离去，窈窕身影没入月色间，如灵狐般消失不见。

夏世安清醒过来，发现胡丽娘的东西已全部消失，床头留下个十两重的金元宝。他四处打听，遍寻不至，只好调养身体，发奋图强，寒窗苦读。

胡丽娘和她的兄弟仿佛一夜间销声匿迹，城郊大宅恢复了残破模样，世间只留下狐仙报恩的传说。

蒲三："夏哥哥，丽娘姐姐真是狐仙吗？"

夏世安："嗯，她是狐仙，狐仙是世间最善良的妖怪。"

蒲三："夏哥哥，妖怪真有趣呢。"

顺治九年，夏世安金榜题名，高中进士。人人皆夸他才华横溢，年少英俊，前途无量。

捌

江浙最近破了件耸人听闻的大案。

有个号称黄半仙的老太婆收了几个义女义子，坑蒙拐骗，布仙人跳捞钱。更残忍的是他们会伪造身份，挑选一些父母双亡、无亲无靠的男子和女子结为夫妇，拐带到外地，伪装恩爱，然后在有钱的客栈酒楼商铺内将其害死，从而宣称为夫妻复仇，向商家勒索。此计极为隐蔽，商家重利，怕惹上官司，只好乖乖就范，献上重金赔偿。黄半仙死后，她的义女黄小仙接衣钵成头领，凭借美色和心计，贿赂地方官员，疏通黑道，竟发展成一个无恶不作的大帮派。

官府调查多年，终于发现破绽，将其一网打尽，送来京城，判处秋后问斩。

黄小仙出身青楼，擅风情，就算关在牢里蓬头垢面也不掩国色天香。案发后，许多同伙喊冤哭屈，唯有她静静坐在女囚的最深处，不哭不闹，毫无悔意，置生死于身外，就像一只冷血无情的妖怪。所有女囚都怕她，离她远远的，就连看管囚犯的婆子也不想多事去招惹这杀人如麻的女魔头。总归秋后就要问斩了，再坏的恶魔也要伏法，何必多管闲事？

两个看大牢的婆子坐在外头说闲话："今年殿试颇有几个风流人物，有个叫夏世安的进士，长得可真风流，好多大姑娘小媳妇都看迷了眼，不知道家中娶妻没有。"

牢中的女恶魔暗淡无光的眼珠忽然动了动，竖起耳朵认真听。

"你不知道，那夏进士是个呆的。徐翰林家书香传世，徐夫人家境豪富嫁妆无数，他们夫妻俩膝下无子，只有个独女，那可是捧在心尖尖上的明珠。长得如花似玉就不说了，人更是聪慧无比，端庄贤淑，琴棋书画、女红烹饪、持家理事无一不通，京城多少男子求娶，徐家女儿谁也看不上，竟看上那夏呆子，非君不嫁。徐翰林也喜欢那夏呆子，想招他做女婿。你想想，有这么个岳父老泰山，那前程不是锦缎似的吗？还有徐夫人也放话出来，自家金山银山全部陪嫁给女儿，据说古董珠宝无数，金银首饰满箱，还有十几个上好的庄子。我的乖乖，这么大份家财，换作普通男人，就算家里有黄脸婆也该休了，偏偏那个夏呆子不同意啊，气得徐翰林半死。”

“男子情深意重，也是好事。”

“普通妻子就算了，问题是那夏呆子说自己妻子是头狐狸啊！这不是发热说胡话吗？他拒绝了徐翰林的提亲，每天跑去什刹海的观音庙等什么狐狸妻子，说她答应了会回来便会回来，哎，那狐狸精说话也能信？”

“呆子，大呆子，天下第一呆子！若是我儿子非打折他的腿！”

“听说徐姑娘每天都去观音庙烧香，盼他回心转意呢。”

“呵呵。”女牢里忽然传出几声无比畅快的笑声，紧接着笑声越来越大，越来越疯狂，原来淡定自若的女魔头竟笑得弯了腰，笑出了眼泪，仿佛遇到了世界上最高兴的事。旁边和她一起犯案的女子喜形于色，低声问：“姐姐，他是不是你说的那个人？他中了进士，又那么喜欢你，你快想办法告诉他，让他救我们，他不会不管的。”

“你在说什么，我不明白。”女魔头骤然收了笑声，森森道，“夏世安的妻子是叫胡丽娘的女人，她温柔又美丽，贤惠又端庄，和黄小仙有什么关系？我不认识什么夏世安，我只是个心狠手辣、为了钱什么都做得出的恶毒女人。至于胡丽娘，她是个善良的狐仙，她会在夏世安的梦里，永永远远在一起。”

“可是……”

“如此甚好。”

冷血无情的妖魔终于流下了泪。那是喜悦的泪。

早春微寒，什刹海，镇水观音庙，桃花开得正好。

桃红点点，落在树下年轻男子的头上、身上。观音庙灵，来进香的女子极多，都忍不住偷偷打量这俊雅的新科进士。可是，他却没有看她们一眼，只痴痴地看着远方，仿佛在等待着谁。

妖魔道，一念善，一念恶。

正邪路，一步青云，一步地狱。

举棋无悔，落子无怨。

他和她终归陌路。

唯狐仙故事流传于世。

蒲松龄，山东济南府淄川县蒲家村人，字留仙，一字剑臣，别号柳泉居士，乳名蒲三，著短篇小说集《聊斋志异》，描绘狐仙鬼怪、奇闻异事，备受推崇，被誉为中国古典文言短篇小说的巅峰之作。

芥子
贰
JIE ZI
【第二章】
乌江别

秦皇暴政，重税赋，多徭役，苛刑法，焚书坑儒，百姓生活水深火热，社会动荡。

壹

“阿鸣，你知道吗？项少主身高八尺余，我从未见过比他更高大的男人。听说那天他带人冲进太守府，手持长剑，以一敌百，所过之处，无人敢挡，威风凛凛如天神，大丈夫当如是。”

“阿鸣，你知道吗？项少主长得伟岸，眼睛有重瞳子，和传说中的舜一样，就是不笑的时候有些凶。我第一次见他的时候以为是杀人大魔王，吓得两宿没睡着，真替咱们娘子担心。没想到他对咱们娘子可温柔体贴了，不说百依百顺也差不太离，每次说话都带笑的，连带对我们这些服侍的人也极好。我上次不小心把水弄到他盔甲上，他也没生气。”

“阿鸣，你知道吗？项少主笑起来可好看了，我觉得就像暖洋洋的太阳。”

“阿鸣，你知道吗？项少主最重情义，父母给他订了门亲事，夫人福薄，刚过门还没圆房就病逝了，他说夫人红颜薄命实在可怜，对妻族关照有加，大家都说他是好男人。”

“阿鸣，你知道吗？项少主出身显贵，却一点也不贪花好色，别人给他塞美人他都不要，这么多年只有咱们娘子一个姬妾。咱们这些陪嫁丫鬟再漂亮，他连看都不看一眼。阿雅可喜欢项少主了，为此伤透了心，不过这也说明咱们少主是情深义重的好男人。不像姓刘那穷汉，稍微得点势就左一个右一个往窝里搂女人，也不想想自己劳苦功高的妻子，真是臭不要脸。”

“唉，阿鸣，你说像项少主那样的大丈夫也只有咱们虞娘子配得上吧？咱们娘子可是吴中第一美人，知书达理，文武双全。咱们项少主独身了那么多年，谁都看不上眼，遇到咱们虞娘子就派人上门提亲了。只可惜咱们娘子门第还是略差了点，被他叔父反对。不过我曾偷偷听见他和虞娘子说话，说他心里只有娘子，将来功成名就，娘子再生一男半女，定扶她为正室。”

“阿鸣，这世间不会再有项少主那样的男人了吧？就算有，也只有我们娘子那样的女子方配得上他。”

“阿鸣，我好羡慕我家娘子啊……”

“阿鸣，我只告诉你一个人，我好喜欢少主……”

马厩里，圆脸少女絮絮叨叨地说着心事。

她名字叫阿笑，是虞娘子身旁的侍女之一。由于项少主对虞娘子的疼爱，所以她们这些侍女走到哪里都会被人高看一眼。阿笑从小就服侍虞娘子，虞娘子嫁给项少主后，她也跟着一起陪嫁来了。

至于阿鸣，是虞娘子家里的一个小马倌，项少主听说他养马养得好，便一块儿带走了。

阿鸣是个无父无母的哑巴，也是老马倌的养子。听说那天老马倌喝得醉醺醺回家，看见路边横七竖八躺了一地尸体，鲜血尚有余温，似乎是个商队，财物被抢劫一空。他吓得酒醒，慌乱想逃，逃了几步，却在大石后发现一个瑟瑟发抖的孩子。孩子全身有多处伤痕，他亲眼看见了父母的死亡却一滴眼泪没掉，一句哭声不出。老马倌心善，带他回了会稽，报案替他父母收殓，官员问他姓名家世，孩子听力正常，却无法说话。郎中来看过，查不出原因，只说是受惊失语。老马倌便收养了这个可怜的孩子，将自己微薄的口粮分给他，给他起名叫阿鸣，希望他有朝一日能开口说话。

阿笑喜欢笑，更喜欢说话，只要有她在的地方，总是欢声笑语一片，她每天都过得兴兴头头。但阿鸣总是被大孩子欺负，不是被抢食物就是挨打，阿鸣不哭也不闹，被绊倒就站起来，被吐口水就擦掉，被抢了东西就当从未有过……看起来又笨又迟钝，像块呆呆傻傻的木头……阿笑看得生气，经常替他赶走那些不懂事的大孩子，对他多有照顾。阿鸣便成了阿笑的小尾巴，走哪儿跟哪儿。

阿鸣虽笨，养马却极有天赋，他仿佛能明白马说的话，养出来的马匹匹膘肥体壮，技术青出于蓝而胜于蓝。后来老马倌去世了，因为性格孤僻，丧事办得冷冷清清。阿笑担心阿鸣伤心坏了身体，特意送了些丧仪看望，却发现阿鸣并没有哭，他只是默默地办了义父的丧事，静静地接过义父的衣钵，成为府里的新马倌。阿笑看他还算冷静，总算放下心来，时不时在虞娘子面前替他说些好话。

虞娘子对阿笑极好，她很喜欢阿笑的活泼和忠心，就是有时嫌她太聒噪不够稳重，常叮嘱要谨言慎行些，别乱说话惹麻烦。阿笑却是个肚子里藏不住话，不说就难受的人，最后她想了个折中的办法，专门找阿鸣倾诉心里话，反正阿鸣不嫌她多嘴多舌，不会笑话她，更不会把她的小秘密到处说。

阿鸣性格孤僻，却很老实，他被欺负惯了，不擅长拒绝人，更何况是从小一起长大的阿笑。所以，不管阿笑说的话题多无聊多没意思，他都会老老实实地听，就是表情毫无变化，不知道心里在想什么。阿笑很喜欢这样的阿鸣，至少阿鸣从不让她闭嘴。

虞娘子将阿笑列入陪嫁候选时，阿笑既高兴又烦恼。陪嫁侍女的地位高，多数会成为主人的左膀右臂，她高兴自己的忠心勤劳得到了虞娘子的认可，又听到关于项少主的传闻，什么以一当百人挡杀人，她既担心遇到个凶神恶煞、随便打杀下人的男主人，又挂心阿鸣老被欺负，便郁闷得再无法痛快说话。

做陪嫁侍女到底好不好？阿笑烦恼极了。不去，她担心虞娘子被欺负；去，她担心阿鸣没好日子过。阿笑翻来覆去，几天没睡着，眼睛下面都乌黑了，可惜决定权不在她手上。待得到陪嫁名单确定时，她忍不住去找阿鸣好好叮嘱一番："你以后要保重自己，提防小人，不要被人欺负了，阿姊怕是再也无法照顾你了。"想到此去遥遥，不知何年再回，说不定两人这辈子再也无法见面，阿鸣会被人欺负得死去活来，她伤心得眼泪都快掉下来了。

阿鸣的表情依旧没有变化，仿佛对她的离去没有任何难过。

阿笑看着他没心没肺的模样，略感宽慰。她想，阿鸣或许是个没有感情的人，所有友情只是她一厢情愿的想法。乱世无情，没感情也是种福气，至少不用为生离死别而悲伤。

未料，过了几天，项少主来访，在马厩遇到了阿鸣。

项少主发现阿鸣伺候过的每匹马儿都特别精神，就连桀骜不驯的乌骓也愿意主动和他亲近。军中不可无马，养马需要好马倌，有好马才有好骑兵。项少主和旁人打听了阿鸣，知道了他的本事后，大喜，立即将他要走，说要带回军中做马倌，专门侍候最好的马。

项少主爱马如痴，他心尖尖上的肉，虞娘子数第一，乌骓就是第二。项少主年少气盛，是性情中人，不太擅长掩饰喜怒，他疼虞娘子疼得如珠如宝，宠乌骓宠得无法无天。乌骓略有几分不适，他就恨不得住马厩去亲自伺候，为此还用鞭子抽过几个照看马匹不够细心的马倌。阿鸣细心勤快，又懂马的心思。乌骓被伺候得格外舒服，毛色又油亮了两分，对这个新马倌很是喜欢，甚至喷着响鼻，允许他摸自己的鬃毛。

项少主爱屋及乌，对阿鸣也很是喜欢，经常夸他忠厚，甚至破例让他入了亲兵名额，享受亲兵待遇。

阿笑得知此事，喜出望外。她想，阿鸣终于懂得要出人头地了。

贰

阿笑并不知道，阿鸣没有从军的兴趣，他害怕血，讨厌杀戮。

阿鸣永远无法忘记五岁那年的噩梦。他的亲生父母是一对小商贩，走南闯北，运气不错赚了几个钱。秦皇暴政，很多百姓被苛捐杂税逼得活不下去，只好做山贼，社会动乱，豺狼横行。父亲见世道越来越乱，母亲又怀了孩子，便决定不再走商，想回去买几亩地过日子。父亲也算小心谨慎的人，尽可能跟随商队行动。奈何山贼成群结队，越发猖狂，商队人再多在他们眼里也只是群羔羊。

阿鸣亲眼看到父亲被山贼砍死，母亲见势不妙，将他藏在附近的石头缝隙里，轻声告诉他："不要哭，不要出声。"紧接着，商队的人一个又一个被杀死，母亲跪在地上，抱着肚子苦苦求饶，却依旧没有得到任何怜悯。没有心的豺狼将利刃捅入了母亲腹中，母亲的鲜血在草丛中一直流，流到了阿鸣脚下。她想看儿子最后一眼，却不敢看儿子最后一眼，她的眼里只有彻头彻尾的绝望。

杀死母亲的山贼"悲天悯人"地说了句："这世道，活着有什么意思？不过受苦罢了。"

母亲用最后的气力答道："要好好活……"

山贼听得莫名其妙，只有阿鸣知道，这是母亲留给他的最后一句话。

同行十七人，只有阿鸣一人活了下来。

从此他的生活发生了天翻地覆的变化，他从商人的长子变成了马倌的儿子，从聪明伶俐的男孩变成了不会说话的哑巴，从衣食无忧的自由民变成挨打受骂的奴仆。他从云霄落到了地底化作污泥，他甚至不知要怎么活下去，为什么活下去，可是为了母亲，他要拼命活下去。

地狱般的遭遇给阿鸣留下了无法抹去的精神创伤，原本活泼开朗的他再无法表达出自己的喜怒哀乐，也无法开口说话。

所幸，阿鸣遇到了两个好人，帮他渡过了最大的难关。一个是老马倌，一个是阿笑。

老马倌是阿鸣的恩人，是他给了阿鸣衣食住处，让幼小无助的孩子得以生存下去。

阿笑是阿鸣的百灵鸟，叽叽喳喳的，带来春天般的温暖。

老马倌收养阿鸣的时候，弄不清他的出生年月日，只看阿鸣幼时身材比同龄人瘦小，随便说了个年龄，恰好比阿笑小了半岁。阿笑在他面前便以阿姊自居，这个称呼直到阿鸣长大，身高远远超过了阿笑也没有更改。阿鸣的名字也是阿笑取的，老马倌没有文化，左右想不出名字，准备随乡下孩子般叫他狗蛋。恰好阿笑听虞娘子说故事，故事里有鸟三年不鸣，一鸣惊人，便向老马倌提议给他起名阿鸣，老马倌觉得此名颇有吉兆，拍板定下。阿鸣很喜欢自己的名字，也喜欢阿笑。他已失去了老马倌，决不愿再失去阿笑。

所以，阿笑在哪里，他就要在哪里。

纵使身边每个人都说项少主气魄非凡，得天时地利人和，乃天命英雄，只要紧紧跟在他身边，未来封王拜相未尝不可。可是战场始终是战场，刀剑无眼，变化莫测，就算项少主再有自信护得住虞娘子，就算虞娘子再疼爱阿笑，时时带在身边，阿鸣还是不放心阿笑的安危。他从旁人口中得知项少主爱马，便动了个小心思，故意在项少主来马厩时偶遇，让他亲眼看见自己的勤勉，再费尽苦心地讨好乌骓，显露出养马的本事，从而被带去楚军旗下，陪在阿笑身边，随项少主出征。

阿笑不疑有他，只以为是阿鸣命好，格外欢喜。阿鸣不知用什么表情来再现重逢的喜悦，只好木木地带过去。

日子一天天过去，阿笑不知何时和其他侍女一般对项少主有了思慕之心，她觉得虞娘子是世界上最幸福的女人，得到了世间最好的男人。每当她看见项少主和虞娘子舞剑弄琴，心里总有些暗暗的羡慕。可惜神女有心，襄王无意。虞娘子从不把献殷勤的侍女放在心上，偶尔还拿来打趣，因为她知道项少主对她们不屑一顾。碰壁的次数多了，大家都很沮丧，渐渐歇了心思。阿笑对虞娘子忠心耿耿，早就将所有心思埋葬，从不往项少主身边凑，反倒得了虞娘子的喜爱，因此越来越受器重。

阿笑的小小心思只愿说给阿鸣听："虽然我喜欢项少主，可我更喜欢项少主对虞娘子的一心一意。如果他喜欢虞娘子之外的女人，哪怕是我，我也不稀罕他了，喜新厌旧的男人有什么好？阿鸣，你说是吧？"

阿鸣被推了两把才反应过来，狂点头。

阿笑继续说："虞娘子真幸运，能嫁给那么好的男人，我的未来却不知道在哪里。虞娘子说决不随便处置我们的婚事，定要把我们嫁给如意郎君，还问我们要什么样的男人。哎呀，女孩子哪好意思说什么嫁不嫁？哎，说起来项少主胆子可大了，杀人打仗都不带眨眼的，他上战场咱们虞娘子一点也不担心。虞娘子说她和项少主是一条心，项少主活她也活，项少主死她也死。我想这才是情深义重。哪像我娘，我爹那么疼她，结果我爹去世不到半年她就改嫁了，说是要保护我和妹妹混口饭吃，结果看着我们在后爹手里挨打受骂她也只会哭。对不起，我知道后爹生活担子重，有时脾气暴躁也难免的，我不应该抱怨后爹，生活那么艰难，他养活我和妹妹这没血缘关系的孩子已是厚道人，我更不应抱怨我娘，她是真心爱我的，只是有些事情无能为力。可我真的好想我亲爹，我爹生前最疼我，最喜欢我笑，我皱皱眉头他都会难受死……"阿笑每次想到亲爹，眼泪都会在眼眶里打转。

阿呜放下马刷，摸摸她的头，表示不要哭。

阿笑继续往下说：“阿雅对虞娘子开玩笑说要把我嫁给阿初，两个叽叽喳喳的最好配一对。阿初是个好人，可不适合我，他老喜欢埋汰我，眼珠子总盯着阿雅看。我也知道自己相貌比不上阿雅，聪明比不上阿静，能干比不上阿梓，不应该奢求那么多，我只想要个普普通通、能和我同生共死的男人，就像虞娘子和项少主，像你爹和娘一样。”

阿呜沉默。

“对不起，对不起。”阿笑察觉失言，赶紧打着自己的嘴巴道歉，“我不是故意提起你爹娘的，我嘴巴大，又说错话了，你千万不要放在心上。”

阿呜摇摇头，表示不介意。

阿笑小心翼翼地问：“你真不生气？”

阿呜再次摇头。

阿笑幽怨：“虞娘子说我什么都好，就是话多不好，我也想忍着不说话，可就是做不到，阿呜你也讨厌我多嘴吗？”

阿呜继续摇头。

阿笑释然，开心地道：“阿呜人最好了，我最喜欢和你说话。”

阿呜看着靠在稻草堆上的阿笑，哪怕在最阴郁湿冷的冬天，她的笑容都比阳光灿烂。阿呜觉得她叽叽喳喳的声音就像百灵鸟，无忧无虑，欢快动听，仿佛能唤来春天，将冰冷的土壤解冻，将枯死的柳条抽出新芽，带来幸福的气息。

阿呜知道阿笑是个笨女孩，喜怒哀乐总是流露在脸上，忠诚，没有心机，容易被哄，容易信任人。

阿呜知道阿笑是个热爱生活的女孩，她喜欢说话却不喜欢说人坏话，大部分话题都是围绕世间美好的东西。她会兴致勃勃地将春天开的一朵花的颜色描述给阿呜听，也会兴高采烈地述说厨子做的新菜，就连邻居大娘子的儿子学会走路也会让她开心地叨唠一番。至于虞娘子的事更被她放在心尖尖上，虞娘子用的东西、虞娘子说的话、虞娘子做的事永远不会错，每样她都会虔诚地膜拜，真心地赞赏。在她眼里，一朵花，一粒沙，一箪食，一瓢饮，简简单单的东西都是有趣的。在她心里，她认识的每个人都不是坏人，哪怕行事有些不妥，也是为生活所迫，情有可原。

阿呜喜欢这样的阿笑，善良而美好，鲜活而生动。他知道阿笑对自己或许是同情，是友情，甚至是姊弟情，就是没有任何男女之情。可是阿呜却无法这样看待阿笑，她是最特别的那个人。所以阿呜从不嫉妒阿笑喜欢的项少主，他心里觉得也只有这样的英雄才配得到阿笑的倾心爱慕。

有时候，阿呜恨自己不会说话，无法讨阿笑欢喜。有时候，阿呜感激自己不会说话，哪怕是睡梦中也不会泄露心中的秘密。

更多的时候，阿呜害怕，如果让阿笑知道自己的心意，阿笑会再也不愿理他。

他只盼能永远像现在这样默默地陪着她。

叁

秦二世三年，楚怀王以宋义为上将军，封项羽为次将，范增为末将，率兵五万救赵。

宋义停军安阳，拒不发兵，每天饮酒作乐。项羽求见数次，请其征赵未果。军中粮草越发短缺。

今日已是停在安阳的第四十五天，阴雨连绵，楚军又冷又饿，原本高昂的士气也渐渐散了，大家虽不敢公然违背军规，但私下怨声载道。

项少主的亲兵待遇比普通士兵稍微好些，多少能填饱肚子，但下雨无法操练，大家天天蹲在帐篷里闲得无聊，就开始想婆娘。

虞娘子身份高贵，不敢亵渎，但她有几个如花似玉的陪嫁侍女。侍女们倾慕项少主者不少，可惜少主眼高于顶，不管是马还是美女，统统只要最好的那一个，所以他得了乌骓就看不上旁的马，得了虞姬也看不上别的女人，硬生生撕碎了侍女们的一片芳心。项少主不要就算了，女孩子年纪大了总归是要嫁人的。虞娘子心疼自家侍女，不愿送她们去给老头做妾室。项少主便发话，等侍女年纪大了，便将她们许配给自己最优秀的亲兵为妻。

这个消息一传出，亲兵们都乐坏了，个个奋勇杀敌，争先表现，只盼娶个美人儿回家。

美人儿有好几个，究竟要选哪个？这是自认在项少主心里排得上号的亲兵们最纠结的问题……

军中帐篷潮湿，带着入骨的寒意，堆满干稻草的马厩则温暖多了。上将军自个儿寻欢作乐不管规矩，士兵们也不想回帐篷，不当值时会来这里歇脚喝水，坐在稻草堆里和朋友谈天说地，也算苦中作乐。

亲兵也有等级，通常以战功而定，功高可以做官。将军身边亲兵个个武艺高强，杀敌无数。阿呜凭养马成亲兵，是亲兵里的另类，平时没少被大家欺负。大家聚在马厩聊天时，总是让阿呜烧水做饭，跑腿打杂。阿呜也不反抗，特别乖巧听话，大家使唤得非常顺手，又知道他是哑巴，说话也就不避他。

阿虎勇猛，立功无数，最得项少主欢心，说不定将来能做校尉。项少主最近赏了他一匹青鬃马，膘肥体壮，是难得的好马，阿虎爱得不行，没事就带着朋友往马厩里跑，唯恐阿鸣照顾得有半点儿不尽心。

“瞧你美的那德行，马是能暖炕还是能生孩子？要我说，啥时候项少主把美人儿赏到你怀里再笑也来得及。”说这话的是阿初。他自诩立功比阿虎更多，只恨运气不好，那天服侍项少主身边的是阿虎不是他，没得到这匹青鬃马。如今看着膘肥体壮的好马，再看自己的坐骑就怎么也不顺眼了，只要有机会就开口打击阿虎两句，装得云淡风轻，把好马说得一文不值。

阿虎抱着宝贝马，正美着呢，听他泼冷水，横了一眼，冷笑道：“我倒知道某人没事追着雅娘子转，还想献殷勤，结果被雅娘子一盆洗脚水泼得畅快淋漓，就这副德行还想项少主把美人儿赏你？滚远点去吧，莫在这里丢人现眼。”

阿初怒了，差点扑过去和阿虎打起来，同袍情深，大伙都知道他们只是做个空架子，很容易就劝了下来。

男人除了吃饭睡觉干活，空闲下来就喜欢想女人。军营里女人稀少，血气方刚的好男儿更是想女人想得挠心挠肺。话题很快被牵扯到虞娘子身边的美人儿身上，紧接着就起了争论。

“雅娘子太傲了，不是过日子的料。”

“熊瞎子，你眼珠子是瞎的！咱们军中虞娘子是第一美人，阿雅就是第二！那腰细得用力拗一下就得断，大眼睛小鼻子小嘴巴，皮肤白嫩嫩的，还绣得一手好花。也就你这粗汉，就知道养猪种田，美人给你也是糟蹋，让少主在乡下给你聘个村妇就得了！”阿初气势汹汹，他对雅娘子的倾慕明眼人都看得出。奈何雅娘子的美貌众人都看在眼里，竞争极大，尤其是虎视眈眈的阿虎，两人玩命似的比杀敌比立功，比献殷勤，就是盼项少主高看一眼，把雅娘子许配给自己。如今听阿雄说雅娘子不好，心下大怒，当即要为心上人死掐。

“小雏鸡，你就不懂了吧？年轻人就是年轻人，不懂事。”男人之间的感情可以从称呼里看出来的，越亲厚越是绰号难听，阿雄仗着年长几岁，毫不客气地反驳，“媳妇又不是用来看的，是用来过日子的，当然要找好生养能持家的。衣服上绣几朵花顶个屁用！能吃还是能喝？依我看，还是梓娘子最好，虽然容貌比雅娘子逊色几分，但胜在粗脚大手，高挑丰满，一看就是好生养的。我听说她娘生了六个孩子，想必她生孩子也不差，贤惠能干，做一手好菜，最适合居家过日子，有这样的媳妇放在家里，干活都有劲。”

“媳妇要那么能干做什么？自然是聪明为上，我看静娘子最好，嘴巴甜，能干，和谁都处得好，估摸再难缠的婆婆都挑不出错。媳妇聪明家里最省心，我那个大伯就是娶妻不贤，娶了个厉害媳妇，闹得家里鸡飞狗跳。二伯吸取教训，娶了个懦弱媳妇，结果被自己娘折腾得鸡飞狗跳。还是三叔最聪明，娶了个嘴甜会做人的媳妇，家里和和睦睦。我看静娘子就很好，性格太招人喜欢了。”阿苟能识几个大字，最有理智，素来是同伴里的狗头军师，分析起来头头是道。

“娶你个仙人板板，竟敢和我抢阿静！明明是我先看上的！狗蛋你不要脸！”刚成为亲兵没多久的阿晓跳出来叫，紧接着被和阿苟亲近的阿雄一掌拍翻到草堆上，想站起来又被阿初绊了一脚，摔倒在地，气得半死。

大家哈哈大笑，阿初取笑道：“就你这蠢样，应该把阿笑许配给你，以后两口子一个叽叽喳喳，一个咋咋呼呼，两个傻瓜正好相配，连名字都差不多，岂不是天定良缘？”

“我呸！”阿晓仿佛受了侮辱般怒了，“谁要阿笑那婆娘？身材瘦得和麻秆似的，没前没后，大风一刮就没影了。皮肤黑嘴巴大，长得又不好看，又喜欢多嘴多舌，叽叽喳喳吵得脑仁疼，谁娶她是倒了八辈子血霉。”

阿鸣在旁边刷马，仿佛没有注意这边动静，只是用力咬了咬唇，几乎咬出血来。

大家继续尽情讨论，话题越发猥琐起来。

“阿笑虽瘦且丑了点，但那双脚还是不错的，细细白白，小小巧巧，把玩起来不错。”平日里最猥琐的阿健忽然开口。

“你怎么偷看人家的脚去了？真下流啊！告诉我哪里看的？”

“上次行军中途休息的时候，她去河边给虞娘子洗衣服，不小心弄湿了鞋子，偷偷在河边晾干。我偷了她的鞋子，那丫头追着我，求我还她，我让她叫我好哥哥才还她，还鞋的时候我还趁机摸了两把，她哭得那个眼泪鼻涕一起流啊，那场景笑死人了。我威胁她敢告状就把这事广而告之，那丫头就没敢说。”

“哈哈，阿健你果然是个贱人，真是色高胆大不要脸啊！你不是答应不说的吗？”

“自家兄弟，知道也没什么大不了的。”

“要我说，在河边晾鞋，也是她不检点在先。”

“就是就是，不守妇道的女人。”

众人讨论得热火朝天，忽然身上传来了火辣辣的痛，回头看去，却见阿鸣两眼通红抄着条马鞭朝他们抽来。

这胆小怕事的哑巴是失心疯了吗？

变故发生得太快，他们被打得措手不及，待回过神来，大家都是能征善战的勇士，怎会怕个哑巴马倌？

众人勃然大怒，三五招便将阿鸣的鞭子夺下，围着他拳打脚踢。

阿鸣被打得满地打滚，嘴里却咿咿呀呀地叫不出声音，干脆一口咬在阿健腿上。

阿健被咬得差点跳起来，夺过马鞭，劈头盖脸地打下去。

阿鸣被打得头破血流也不肯松口，险些把阿健腿上的肉给咬下来。

他知道那天在河边发生的事，阿健说的根本不是事实！阿笑并不是害怕才没有将被调戏的事情告诉虞娘子，只是事后阿健回过味来，也知道自己做得过分了，便低声下气地和阿笑求饶，说自己不过当她是小妹妹，忍不住逗她玩，若是被虞娘子知道告诉项少主，他会被狠狠责罚，说不准要送了性命。阿笑素来心软，虽然生气，也知道虞娘子会让项少主重罚调戏她侍女的人，项少主对虞娘子的抱怨都很放在心上，出手会很狠，若是让阿健送了性命也不值得。所以她让阿健承诺不再犯，不将此事告诉别人，便作罢了。况且，女孩子被男人调戏，名节会受损。

阿笑事后找阿鸣偷偷哭过，掉了不少眼泪。阿鸣最怕阿笑哭，她哭起来一点儿也不好看，只有笑容才适合她。他们俩万万没想到，阿笑的善良和隐忍，反倒给了恬不知耻之人恶意造谣诋毁自己的机会。

阿鸣实在无法再忍耐，他无法痛骂这卑鄙无耻的小人，只能用鞭子宣泄胸中怒火。

在没有悬念的战斗面前，勇气没有任何作用，战果已定。阿鸣被打得遍体鳞伤，不过他也在阿健腿上留下几个带血的牙印。

军中斗殴是大忌，好事者远远看见这般景象，立刻报告给项少主。项少主在宋义将军处碰了一鼻子灰，心里正不自在，看见自家小兔崽子还不老实，觉得在别的将军处丢了面子，勃然大怒，勒令将他们六个统统捆来面前，亲自审问，誓要重重治罪。

阿鸣被五花大绑着，因伤势过重，软绵绵地倒在地上。项少主知道他不能说话，便绕过他问其他亲兵。

大家争先恐后将罪过推到他身上："我们坐在马厩好好的，是阿鸣莫名其妙地朝我们抡鞭子！我们只是不得已还击而已！"

一个从未上过战场的马倌单挑五个杀敌无数的沙场战士，这理由傻子都不信！何况英明神武的项羽？

阿笑在虞娘子耳边说了两句，虞娘子掩唇笑了："这谎话撒得也颇有几分意思。"

项少主自觉在美人面前丢了面子，怒发冲冠，命人取铁鞭来，要亲自执刑。众亲兵被吓得魂飞魄散，他们很想说出事实真相，把所有责任都推给阿鸣。

可是项少主问他们在讨论什么惹阿鸣动怒，他们能说是私下议论虞娘子身边的侍女？看着旁边和虞娘子亲热说话的阿笑，还有随立在侧的雅娘子、静娘子和梓娘子，他们痛苦地发现说真话会更倒霉……最后还是阿苟脑子转得快，知道此时最好把祸水引到其他地方。他想了想项少主最近恨什么，赶紧低下头，“羞愧”承认：“我们错了，是我们主动惹的阿鸣，可是项少主，我们也不想这样做的啊！咱们跟了项少主那么多年，项少主素来怜下，对我们那么好，从来不让我们饿肚子。可是现在军中粮食匮乏，那该死的宋义将军的亲兵，仗着自己跟着上将军，硬说地位比我们高，挑吃捡喝，把咱们的粮食侵占了一部分去。我们不敢和宋义将军的亲兵对抗，怕惹您在上官面前不好做，忍无可忍就偷吃了阿鸣的食物，想着他那么瘦小，吃不了多少……”

阿荀想到可能挨罚，眼泪都出来了。

阿健回过味来，跟着道：“项少主，咱们跟着你征战那么久，何时受过这等委屈啊？”

其余人也想通关键，纷纷跟着附和，大编瞎话，有多委屈就说得多委屈。

阿虎闷闷道：“项少主，我们在这里闲了那么多天，都快闲出鸟来了，啥时候才能上战场再杀一场？”

阿初拼命和阿鸣道歉：“阿鸣对不起，是兄弟刚刚冲动了，忘了前些日子听说宋义的人抢过你食物，只想着你吃得不多可以分些给我们，可没想到那是你仅有的食物，还怪你小气。我能明白你的愤怒，是兄弟不对，兄弟该打，要不你再抽我们一顿？”

“都是宋义将军不好！早早打入赵地哪有这些破事？”

“项少主，我还想立功娶媳妇呢，啥时候打仗？”

“项少主，大家饿得不行，军心浮动啊！”

“项少主，我们委屈啊！”

“项少主，我们就算饿着肚子也要追随你！”

“不争气的废物！”项少主是真性情的人，脾气刚烈。他再次想起了在宋义将军处三番四次碰的钉子，想起宋义将军那趾高气扬的模样，想起他帐篷内丰富的美食、漂亮的歌姬、动听的音乐，再想到自己忠心耿耿的将士饿着肚子受委屈，怒不可遏，一巴掌将几案拍得粉碎，将所有怒火都转移到宋义身上，哪里还管几个亲兵打架的事？军心动摇，食物短缺，阴雨连绵，亲兵打架，虞娘子心情不好……统统都是那宋义狗贼的错！

项羽护短护得理不直气却壮，对几个犯了点小错的亲兵也宽容起来。处罚是雷声大雨点小，只让人打了二十军棍，不准再犯。执刑人知道项少主的心思，打起军棍来是高高举起，轻轻放下，毫不伤筋动骨。

众人对阿荀的灵机妙计感激不尽，也不太去找阿鸣的麻烦了。

肆

楚军停安阳四十六日，项羽于晨见宋义，杀之，提其头，言之将士：“宋义想和齐联合谋反，楚怀王暗令我将其杀死。”诸将惧于其威，不敢抗拒，暂推项羽为上将军。桓楚报此事于楚怀王，楚怀王命项羽为上将军。

项羽率军渡河，与秦军大战九次，章邯败走，继续北上，进攻王离。

楚兵以一当十，呼声动天，逼退章邯，一鼓诸侯军之势。诸侯军与项羽攻王离，斩杀苏角，生擒王离。

大破秦军之后，项羽于辕门召见诸侯将领，诸将无不跪着前来，不敢仰视项羽。至此，项羽为诸侯上将军，诸侯归附于他。

伍

天下动乱，民不聊生，百姓没有不怨恨暴秦的。各路诸侯军中将士大多给秦服过徭役，受尽鞭挞折磨，如今秦军投降，正是发泄心头恨的时候，纷纷将秦军当奴隶来使唤。

阿鸣身边也来了个原秦军的老头子，头发花白，走路颤巍巍的，还和年轻人抢着做叉粪挑水等活计。

阿鸣是恨秦的，若非秦朝暴政，就不会有那么多山贼，他的爹娘也不会死。

阿笑也恨秦，她亲爹就是在服徭役的途中病死的。

阿虎交代阿鸣：“以前他们欺负咱们，如今也该轮到咱们欺负他们了，兄弟特意给你留了个最好欺负的，尽情使唤，别让这些老兔崽子爬到头上来。”

老头名叫王寿，是个很好的老人，他读过书，学过医，是得罪了人之后被抓去从军的。他很善良，不愿伤害任何人，上官见他年纪老迈不堪大用，便让他做了秦军中的郎中。他不但会医人还会医马，正好有几匹马儿在战场上受了些伤，便让他来救治。

王老头发现阿鸣是哑巴，便主动给他施针医治。他的医术比乡下郎中高明，几次针灸下来，虽不能让阿鸣开口，却让他睡得安稳许多，没有再做噩梦。阿鸣实在没法为难这样一个好心肠的老头，常常想办法护着他。

渐渐地，两人熟悉后，王老头劝阿鸣学写字，这样别人就能知道他心里的意思。阿鸣答应了，他指手画脚试图让老头知道自己想先学阿笑的名字。

老头见状，乐不可支。他念了一首很好听的诗：“关关雎鸠，在河之洲。窈窕淑女，君子好逑。参差荇菜，左右流之。窈窕淑女，寤寐求之。求之不得，寤寐思服。悠哉悠哉，辗转反侧。参差荇菜，左右采之。窈窕淑女，琴瑟友之。参差荇菜，左右芼之。窈窕淑女，钟鼓乐之。”

阿鸣不太明白这首诗的意思，却隐隐约约记得音调，似乎在年幼时听过父亲对母亲吟唱。等他明白这首诗的意思后，顿觉这是世间最美好的语言，只配阿笑。

秋天，项少主和虞娘子带着侍女们赏红叶。

阿鸣在放马。王老头好奇，想看阿鸣心心念念的心上人，结果一眼看见了虞娘子，忍不住夸赞：“手如柔荑，肤如凝脂，领如蝤蛴，齿如瓠犀。螓首蛾眉，巧笑倩兮，美目盼兮，倾国绝色当如是。”

阿鸣弄明白诗歌意思后大喜，他家阿笑可不就是这样的美女吗？他只恨没有早认识王老头，恨自己不识字，竟不知有这样好的话可以形容出阿笑的美貌。在他心里，什么虞娘子，什么阿雅阿静阿梓阿猫阿狗，统统没有阿笑的一根头发丝儿好看，不管多少女孩站在一起，他第一眼看到的肯定是最瘦小的阿笑。

可阿笑总是很自卑，若听到有人这样夸赞她，定会开心吧？于是阿鸣拼命用木炭学写字，想博阿笑开心，可是《诗经》里的字都好难，阿鸣怎么也学不会。

阿鸣和王老头相处的日子虽短，却极投缘，若非怕旁人闲话，他恨不得拜了王老头做先生。

王老头却乐观地道：“有机会的，天下很快就会太平了，我也可以回去看孙子了。”闲时絮叨中，他说自己的孙子年龄和阿鸣差不多，很是聪明伶俐，就是被他这个罪人拖累不能读书，如今秦朝覆灭，他可以回家教孙子了。反正项少主应该不会要他这样的老头儿当兵，很快就会放他回家，只要想到这美好的未来，他就算受诸侯军欺负也是兴兴头头的。

原来，很多秦兵也痛恨秦的暴政，只是君有命不得不从，无可奈何。如今秦朝覆灭，大部分人都没有怨恨，甚至松了口气，盼望着明君出现，重回太平盛世，大家回家种田养猪娶媳妇，过上平平安安的日子。可是，他们的愿望和妥协并没有减轻诸侯军的怨恨。

大家只要想起秦朝给予的痛苦，就忍不住把这份痛苦发泄在这些俘虏身上，折磨、欺辱，甚至毒打……诸侯军将领统统当看不见，就算死了几个也不过当死了几条狗，正好节约粮食。二十余万秦军，什么样的人都有。有些秦军不堪折辱，心生怨恨，他们私下联络，暗做打算。

消息传到了项羽耳中。

项羽大怒，他对秦朝深恶痛绝，对秦军也没什么好印象，平白拿着军粮养着他们已是恩惠，没想到他们还那么不识抬举，简直养出了一群白眼狼。他召集黥布、蒲将军等人商议，众将认为，秦兵数多，若入关中后其心不服，必引后患。项羽遂下令，将秦降卒二十余万于新安城南连夜坑杀。

陆

王老头被凶神恶煞的诸侯军拖走时，正是子夜。

秦军身上的军衣被剥下，武器被卸下，被逼站在巨坑面前，茫然不知发生何事。直到被一批又一批地推入坑中填土活埋，他们才明白过来。

“上将军为什么要杀我们？”

“饶命啊！我们什么事都没有做啊！”

……

他们的哭求得不到任何怜悯，坑里尸体堆了一层又一层。

阿呜很早就被拖出来挖坑，挖了半天，他也不明白这些坑是做什么用的，等知道时已来不及了。

他看见和自己交好的王老头绝望地站在被活埋队伍的末尾，赶紧跑过去拖住了他的手，咿咿呀呀地想向诸侯军求情。他不明白项少主为何要杀这些秦军，他只知道王老头是个好人，他想活着回去看孙子，不想死。

阿呜不成话语的乞求没有用，很快被踢到了一边。他眼睁睁地看着王老头和旁人一样被赶入坑中。

月光里，黄褐色的泥土纷纷撒在他花白的发间，哭声中，王老头在坑中站得笔直，发出了最凄厉的哀鸣。

阿呜听过这样的声音，就像被屠刀穿透的牛羊，带着透骨的绝望。

有谁知道，他曾有过的希望？

泥土毫不怜悯地撒下，脚、胸口、脖子，直至将整个人埋没。

王老头看见了跪倒在坑边脸色发白的阿呜，他在死亡边缘，流着泪，发出了最后的声音：“好好活着。”

紧接着，巨坑被填平，坑里还有微弱的声音。

阿呜看看自己满是泥土的手，仿佛二十多万人是死在自己手上般，斑驳血迹怎么洗也洗不去。

“好好活着。”

阿娘的话，王老头的话，重叠交织在耳边。

反抗是死，妥协是死。

打仗是死，投降是死。

阿鸣感到了无力，他不知在这乱世洪流中，怎样才能好好活下去。

柒

阿鸣病了，病得很重。

项少主关心阿鸣的身体，不但亲自看望，还派阿笑来照顾他。阿笑知道阿鸣对王老头的感情，也知道他的病来自心头，劝慰：“你可是被王老头的死吓到了？”

阿鸣沉默不语。

阿笑也没见过那么大规模的杀人，怕得几天都没睡着，但她听虞娘子说过，这些秦兵不杀会威胁到项少主的安危，便很努力地自我安慰：“项少主是天命英雄，那些秦兵虽然命苦，可是……也不能怪项少主的，他也有苦衷的。要是那些人背后对项少主捅刀子该如何是好？虞娘子说成大事者不拘小节，有些牺牲是要咬牙付出的。我也不知道到底对不对，可是我们这些下人自然要听主人的，项少主对我们那么好，他做的事定是对的。”

阿鸣面无表情。

“阿鸣你不要难过，这事不是我们这些小人物可以决定的。”阿笑继续努力劝，“这就是命。虞娘子说这世间没有比项少主更重要的事情，只要能除掉威胁项少主的东西，她连自己的命都可以不要，何况这些秦兵的命？他们的命还能比项少主和虞娘子更重要？你别难过了，这事不能怪你啊。我听说这世间有轮回，他们这辈子那么倒霉，下辈子肯定会过上好日子的。”

或许是阿笑的不懈努力，或许是时间的力量，阿鸣的情绪总算稍稍回转过来，继续做他的马倌，只是更不愿和人来往。

阿笑也不复以往爱说爱笑，沉稳了许多，偶尔来马厩，倾诉着自己无法对别人说出口的话。

“阿鸣，你说如果，如果有一天，我成了项少主的负累会怎么样？”

“阿鸣，别担心，这种事不可能，项少主那么厉害，全天下都要拜服在他脚下，我们跟着他肯定安全。”

“阿鸣，刘家那混混越来越强大，要是项少主输了怎么办？”

“阿鸣，我说笑的啦，刘家那上不得台面的东西不过暂时嘚瑟，哪是我们家少主的对手啊！”

“阿鸣，你说项少主输了，我们会死吗？”

“阿鸣，阿雅和阿静都说，如果项少主有什么三长两短，她们就跟着一起死，绝不做负累。”

“阿鸣，如果有那一天，我也不能做项少主的负累呢，死有什么可怕的？眼一闭就完了。”

“阿鸣，我其实有点怕死……”

“阿鸣，答应我，无论发生了什么，你都要好好活着。”

捌

谁也不曾想到刘邦的势力涨得那么快，实力那么强。

楚霸王四年十二月，刘邦、韩信、刘贾、彭越、英布等五路大军向困守垓下的十万楚军发起进攻，决战就此展开。楚军后勤断绝、无粮而守，被迫迎战。此战，楚军伤亡四万余，韩信率领全军压上，彻底包围了楚军大营。

夜晚，楚军闻四面汉军大营中传来楚歌声，以为刘汉已尽得天下，顿时人心惶惶。

项羽决意带亲兵和虞娘子一起突围，虞娘子为不拖累心爱的男人，竟举剑自刎。项羽大悲，含泪点齐亲兵，准备突围而出。

阿鸣是亲兵，养马多年擅长马术。他临时被叫去集合，不知虞娘子死讯，只知以虞娘子在项少主心中的地位，项少主要走定会带上虞娘子，阿笑也会跟在虞娘子身边，便主动跟随左右。待到军中，左右四顾，不见虞娘子和阿笑，他心里不安，却无法开口询问。待随军走了十余里路，却见阿初不停拭泪，念念叨叨都是雅娘子的名字，说什么今生无缘，来生再见。

阿鸣琢磨再三，懂了。他瞬间调转马头，往楚军营而去。

楚军营怕是被汉军占领了，他回去岂不是找死？

“呸，认识那么多年，就知道他是怕死的胆小鬼！”

“逃跑还跑错方向了，往汉军营去了。”

“该不是想投降吧？”

“项少主，你那么多年白厚待他了。”

“罢了，咱们继续往前冲……”

没有理解，只有嘲笑和不屑，所有人都以为阿鸣疯了。

阿呜冲到了楚军营，原本喧哗热闹的地方早已冷冷清清，虞娘子的尸体被端端正正地放在软榻上，血迹已干，嘴角带着满足的微笑。她身旁是梓娘子的尸体，她的双手紧紧握着匕首，刺入自己的小腹，似乎是刚死不久，血尤暖。屋外树上挂着静娘子和雅娘子，原本如花似玉的美人儿、被大家爱慕的女孩子一夜之间都变成了冰冷的尸体。她们的死亡，有对主人的忠心，更多的则是出于对落入敌军之手的恐惧与恨恶。

那么漂亮的女孩，运气好点儿就被当成礼物送给老头子军官做妾室，运气不好就沦为军中玩物。无论哪种结果，都是心高气傲的她们无法承受的。

阿呜砍断静娘子和雅娘子脖子上的绳索，将可怜的女孩们放在地上，抱着最后一线希望，疯狂地寻找阿笑。他害怕极了，怕找到的阿笑也是一具冰冷的尸体。

汉军的军号声渐渐靠近，危险也渐渐靠近。

阿笑到底藏在哪里？

阿呜张开口，拼命想呼喊她的名字。他必须说话，一定要说话，为了阿笑，那是他的唯一。他平生从未如此痛恨自己没用。

汉军号角再次逼近，军营里藏身的地方太多，阿笑到底在哪里？

阿呜差点疯了，他用尽全身的气力，喉咙里竟憋出了个沙哑的音节：“笑——”这一个字仿佛是打开被封闭的瓶子的仙法，憋了多年的语言如流水般蜂拥而出。

“笑，笑，阿笑，阿笑，阿笑——”

他发出的声音越来越清晰，越来越响亮。

“阿笑，你在哪里？在哪里？”

汉军似乎听见了他的呼唤，围攻而来。

箭射来，马倒下，阿呜摔落地上，他不顾身上的痛苦，继续拼命地狂奔。

忽然，他在路边发现了一串小巧的脚印，蹒跚着迈向溪水旁。

楚军中，只有阿笑才有那么小的脚。

阿呜顺着脚印冲去，却见溪流边，全身湿透的阿笑坐在岸边哭。

她还没有死……阿呜出生以来，头次感激老天的厚待。他冲过去，不顾男女之别，紧紧抱住了阿笑，死也不要松手。

“对不起，我没死成。”阿笑像个愧疚的孩子，哭得涕泗横流，“阿梓抢走了匕首，阿雅和阿静用了绳子，我没有找到多余的绳子和匕首，所以想投河自尽，可这里的水太浅了。”

阿呜轻轻拍着她的背，如那么多年来她安慰他那般安慰她：“没死就好。”

阿笑继续痛哭忏悔：“对不起，我撒谎了。阿笑是个懦弱无能、没有勇气的笨蛋，要死的时候我才知道我好害怕，阿笑不想死。我好没用，对不起虞娘子，对不起项少主……”

阿鸣没有回答，他知道像阿笑那么热爱生活的女孩子怎会想死？这世间没有人喜欢死。

阿笑泣不成声：“虞娘子死了，项少主走了，我该怎么办？”

“好好活着。”

“可是，怎么才能活下去？”

“总会有办法的。”

“你会陪着我吗？”

“我会一直陪着你。”

坚定的承诺，在绝望的谷底燃起了希望，也带来了幸福的喜悦。

阿鸣的脸上仍旧没有表情。可这一刻，阿笑终于明白了他的心思，也明白了自己的心思。

会不会太晚？

玖

两道小小的身影趁着汉军在楚军营中大肆掳掠，悄悄逃走，融入了深深的夜色之中。有几个汉军发现了他们的踪迹，可是看身形以为是附近农家迷路的孩子，觉得没有威胁，并未放在心上。两天两夜的逃跑，他们终于来到了官道上，状若乞丐，衣服破破烂烂，脸上满是泥巴。

此时，项羽在乌江自刎，享年三十。

他死了，留下一代枭雄的传奇，留下了霸王别姬的凄美，留下宁死不愿过江东的傲骨。

此时，阿鸣正背着阿笑走在官道上，疲惫不堪。

天下很大，路却很窄，不知通往何方……可能会很艰苦，可能会没有尊严，可能要受尽委屈。可是，他们有很多很多的决心。

不管遇到任何事，任何困难，他们都要好好活下去，一直活到满头白发，儿孙满堂。

拾

汉五年二月甲午，刘邦于泛水之阳即皇帝位，定都洛阳，国号为汉，立王后吕雉为皇后，太子刘盈为皇太子，追尊母为昭灵夫人。

江东的小小村庄里，有一对年轻的夫妻，妻子喜欢叽叽喳喳说话，丈夫却是个闷葫芦。

“阿呜，我怎么也想不明白，你那时怎么会说话了呢？”

“阿呜，我现在明白了，只要活下去，就会有希望。”

“阿呜，咱们不要同生共死，如果我死了，你也要活下去，你死了，我也活下去，好吗？”

“阿呜，我们都要好好活着。”

“好。”

项羽，秦末著名军事家、中国军事思想“勇战派”的代表人物，是力能扛鼎气压万夫的一代英雄豪杰。

芥子 贰

JIE ZI

【第三章】鹿台祭

商，帝乙崩，应立长子启，虽启与辛同母，但生启时其母是妃，生辛时其母是后，故长子启不能立，立少子辛为王。

帝辛长巨姣美，筋力超群，可百人之敌，乃天下英杰也。

商末，帝辛发动大军攻击有苏部落，有苏部落无力抵挡，屈膝投降，献出牛羊财宝为保全族性命。然，帝辛闻有苏氏部落首领苏护有女名妲己，乃天下绝色，命其献女求和。

壹

苏护要疯了。

兵临城下，他再怎么疼爱女儿也不能罔顾一族性命，他想要献女求和，可不知是哪个糊涂官在帝辛面前把妲己夸成身段妖娆、艳光四射的尤物，更谓此女只应天上有。来使宣旨，苏护听一个词就一个哆嗦，他压根没法从这些描述中认出自己女儿的相貌来……

虽说孩子在自家父母眼里都要美上几分，但是苏护再怎么昧着良心，也只敢说自家女儿身材高挑，相貌清秀，而和什么婀娜多姿、天真烂漫、仪态万千更是沾不上一点儿边。商女性地位很高，很多地方生子从母，有苏部落地处偏荒，更是民风彪悍，没汉人那么多讲究。妲己从小和哥哥们一起长大，性格异常泼辣彪悍，能骑善射，颇有英名，走在外面说是他苏护的儿子也有人信，有时还会招来不明真相的小姑娘的青睐。听说前前前任商王武丁喜舞刀弄枪的武勇女子，莫非帝辛继承了祖上遗风，对美女口味与众不同？还是哪个和他有仇的商臣在帝辛面前造了谣？

有苏一族性命当头，顾不得那么多了。

苏护迟疑许久，在他硬着头皮要答应献女时，商使好心再传噩耗：“别犹豫了，你两个儿子都在大牢里关着呢，若看不见妲己，王要屠有苏部落，定拿你儿子先开刀，如今王许你舍一女救子救全族，真是天大的恩惠。”

苏护愣了一下，帝辛发兵有苏部落，他两个儿子都去参战，大儿子刚开战便战死，尸首都被送回来了，二儿子被俘，哪里还多了一个被俘的儿子？

苏护扳着手指算了几次都觉得不对，详细问使者两个被俘儿子的姓名相貌，听完差点跳脚，关在商军大牢里多出来的那个儿子不就是他女儿妲己吗？他去哪里再找个妲己换妲己啊？苏护瘫软在地，老泪纵横，只道有苏部落灭于今朝。

商使看着不忍，临行前好心劝慰：“您要顾全大局，想想全族性命，不要舍不得女儿啊。您的女儿年轻貌美，说不准入宫后就受宠，如今后位空悬，这可是大好的前途。”

苏护泣不成声。

大军在城外对有苏一族虎视眈眈，只待帝辛命令去屠城。

妲己的问题必须解决，不择手段也要解决！

苏护擦干眼泪，开始思考问题的源头。

为什么大家会说妲己是个绝色美女？

苏护很快想到了答案——妲华。

有苏部落习惯在称呼年轻女子名字时加妲字，妲华的名字是华，从小就是妲己的贴身女奴。偏远地区的小部落没中原那么讲规矩分尊卑，妲华和妲己年龄相若，一起长大，同吃同住，亲似姊妹，更胜姊妹。妲华明眸皓齿，身段窈窕，姿容绝色，虽然不怎么聪明，但对妲己忠心耿耿，是苏妻早早为妲己定下的陪嫁人选。

妲华从小就跟在妲己身边。她脑子单纯，特别好骗。别人骗她说世界是圆的，说不准哪天会掉个头摔下去，她居然信了，担心得几夜没睡好觉。大家知道后哄堂大笑，谁不知天圆地方，当年天崩地裂，还是女娲娘娘砍了巨鳌的腿撑着呢，若大地是圆的，下面的人不早摔下去了吗？这种荒谬的谎言只有妲华才会信！

妲己极宠爱这个笨拙又美丽的女奴，唯恐她被浪荡男子花言巧语骗上手欺负，时时带在身边，保护照顾。妲华对妲己极其依赖，逐影随波，言听计从。

三年前，妲己和妲华都十四岁。

有苏部落举行了一场盛大的宴会，各路诸侯都派使者来参加，其中包括商王的使者。席间多有青年才俊，酒过三巡、迷迷糊糊之际，苏护想起女儿已是可以议亲的年龄，便想叫出来露个脸，炫耀一下吾家有女初长成，看看能不能捞个好女婿……未料，妲己没给父亲面子，和姬考遛马去了，临行前，她命妲华来席间将这个消息传给苏护。

苏护记得那天妲华的装束，淡绿色的裙子，头上戴着桃花和柳条做的花冠，手上是迎春花编的花环，胸前插着数朵海棠花，花香扑鼻，压不住少女绝色容颜，人花相映，满室生辉，仿佛春神降临。她被妲己惯得厉害，又有点缺心眼，素来不懂天高地厚，面对满屋子手握生杀的大人物也不知畏惧，就这样满不在乎地走进来，笑嘻嘻地朝大家行了个礼，蹦蹦跳跳地跑到苏护面前，将妲己吩咐的话小声转达给他，又蹦蹦跳跳地离开了，留下一室花香。

妲华走后，苏护满脑子都是女儿勾搭上了西伯昌长子姬考的事情，真是大好姻缘！他光顾着高兴，没留意宾客们看着妲华消失的背影的眼神是多么痴迷。

商朝使者问了句："你女儿？"

苏护赶紧回答："女儿顽劣，让大家见笑了。"

众人释然，继续喝酒。

商使还想打听妲己的事，苏护作为父亲，哪能说还没定亲的宝贝女儿坏话？果断扬长避短，百般修辞万般掩饰，容貌方面谦虚几句，力夸其聪慧善良，孝顺体贴，乃世间一等一的好女儿。

如今想来，莫非商使问的妲己是妲华？

苏护委屈啊……

贰

妲华被传召到苏护面前，原本抵死不开口的她得知妲己被俘后慌了，马上招供："是忠公子煽动娘子去的，他说有苏一族要灭了，要去给大哥报仇，娘子就穿了盔甲提了弓箭跑了。娘子让我别急着告诉你们，怕你们担心……"

苏护气得脑袋都要飙血了，咆哮道："难道我现在就不担心了吗？你这笨丫头怎么不早说？"

妲华懦懦道："可，可这是娘子吩咐的……"

苏护怒："她吩咐你就不说？"

妲华："娘子说了不能说，我就不能说。"

苏护："你个蠢货！你知道你不说害苦人了吗？！"

妲华："不能说就是不能说！"

苏护被气得没脾气了。他知道妲华就是个漂亮的蠢货，平生唯一会做的就是听妲己的话，妲己说东绝不往西，妲己让她跳火坑绝不上刀山。

有次闲聊说起战乱饥荒时，有人吓唬她：“若是有苏部落遇到饥荒，你家娘子没饭饭快饿死，你该如何是好？”妲华毫不犹豫地道：“娘子可以吃妲华。”

此言一出，众人哗然。

妲己极其严厉地喝止了打趣的人，不准他们用这方面的话题来捉弄妲华。他们都不知道，妲华第一次见到妲己，就是在屠夫的案上。

那年，九州闹饥荒，为了活命，人食人时有发生。妲华的母亲早已饿死了，年仅七岁的她也奄奄一息，有路过的人贩子花言巧语用些许粮食从家人手中将她买走，说是给贵族做奴隶，实则卖给了屠夫。人肉也是肉，肉就是用来吃的。她被五花大绑，跪在血污中浑身发抖，听着旁人对她挑肥拣瘦，讨论哪里味美。商议结束，屠夫举刀，要杀人卖肉。

那年，妲己七岁，随兄长出门拜访其他部落，路过修罗场，看见了她。

妲华永远记得，那天阳光很灿烂，妲己高高地坐在车上，腰佩白玉坠，耳挂明月珰，两匹骏马油光水滑，旁边是十余个仆妇，衬托得她如神灵般高贵。她命仆妇擒拿了屠夫，痛斥这种伤天害理的行为，声称灾荒是因暴虐而被神灵降罪，命人将这杀人如麻的恶棍杀死祭天，并将其余人重罚。

她英勇果断，有理有据，下手干脆。妲华从未想过，小小的女孩能如此威武，就像满天神灵的光辉都笼罩在她身上。她仿佛无所畏惧，无所不能，只要站在她身边，就有说不清的安全感，说不清的幸福。

妲己亲手为她解了束缚，拉过她肮脏的手。白皙幼小的掌心，有着春天般的气息，让人舍不得放开。妲华忽然决定了一件事——这辈子，她要为她活，为她死，她要死死跟在妲己身边，哪怕是刀山火海也不离开。

妲己很怜惜这个命运多舛的小女孩，问明她不愿归家，便收留了她在有苏部落成为自己的女奴。知道她没有名字后，便为她命名为“华”，她说：“冬去春来，你会像花一样盛开。”

春天在，花才会开。

妲华看着妲己嘴角洋溢出的温柔，忽然感到春天降临了。

两个女孩，年龄相若，又有这样一段刻骨铭心的经历，感情格外好，很快就成了朋友。

妲己讨厌纺织，喜欢习武，她最崇拜的人是商王武丁的王后母辛。母辛天生神力，能将近二十斤的虎纹铜钺挥舞自如，她是武丁最心爱的王后，也是武丁最英勇的将军，她为商国征战二十余次，无一败绩，战功赫赫，生前封侯拜将，死后万民敬爱。有苏部落以狐为图腾，擅长狩猎，妲己气力不如母辛，骑射却极好，部落里鲜有敌手，兄长们每次围猎都会带上她，她的战果从不逊色于男人。久而久之，兄长们也不怎么把这个妹妹当女孩看。

妲华不太喜欢出门，讨厌政事，对和自己没关系的人与事毫不关心。她喜欢梳妆打扮，烹饪绣花，每次妲己和她说天下局势、历史人物这类话题时，她总是很努力地听，听着听着就神游天外了，脑子里只剩下哪件衣服好看，袖子上绣什么花别致……

久而久之，妲己知道她不喜欢这类话题，偶尔抱怨，也被妲华以“娘子知道不就好了嘛”撒娇带过。

苏护说：“人有五指，长短不一，不以长比短。”

妲己看着厌恶至极的纺机，推己及人，明白了妲华的心情，不再勉强她学自己没兴趣的事，反正像妲华这样贤淑持家的女孩嫁到哪里都不愁讨人喜欢。

如今商朝和有苏部落打仗，大公子战死，妲华再迟钝也知道有苏部落可能要倒霉了。妲己告诉她自己要替兄长报仇，妲华想到沙场刀箭无眼，心里是百般不情愿，她不明白为何要和商打仗，还不如进献牛羊粮食，自己少吃点饭呢。

妲己听完她天真的见解，饶是沉浸在兄死的悲痛中也忍不住笑了几声，命令她守好家，不准告诉父母，之后便离开了。妲华虽不情愿也只能听从吩咐，内心担忧不已，待苏护告诉她妲己被俘，她整个人都慌了。

苏护痛斥：“两个，不，三个成事不足败事有余的糊涂蛋！”

妲华拉着苏护拼命哭求：“妲华错了，请主人救救娘子，妲华虽死无怨。”

美人哭得梨花带雨，绝艳中带着楚楚可怜，别有一番旖旎风情。

苏护看了半晌，忽然有了主意。

帝辛要的是美人妲己，只要美人到了，谁是妲己要紧吗？只要有苏部落献出的天上美人得了宠，谁是妲己要紧吗？

献美人，帝辛察觉真相，不喜，有苏部落灭。不献美人，帝辛不喜，有苏部落灭。

横竖都是死，倒不如把美人交出来博上一记。

妲华再美也只是个女奴，怎比得上亲生女儿？哪有父亲愿意将女儿献出去换富贵的？若是冒险将妲华冒充妲己献上，帝辛得了美人，他保护了宝贝女儿，有苏部落的危机解除，将来尚可徐徐图之。若将真妲己献上，就算帝辛不嫌弃她的姿色，将她带回朝歌，女儿便成了商的质子，他有别的打算也要缚手缚脚了。

苏护看着妲华，越看越喜欢。他弯腰亲自将小女奴扶起，命人拿出最好的衣服首饰，替她沐浴焚香，梳妆打扮。乌云般的秀发梳成高髻，插着数枚刻有鲜花的白玉簪，翠绿色的衣裙绣着繁复的吉祥云纹，大幅的裙摆如云般翻滚，脚上踏着最精致的绣花鞋，鞋头缀着珍珠，走起路来婀娜多姿。精心装扮后的妲华美貌逼人，世间罕见，唯女娲娘娘降临人世方可比拟，真真是倾国倾城的天下美人。

苏护越看越欢喜，有苏部落献出如此美人，还怕帝辛不心动？

妲华不解其意，有些不安。

苏护问："你对妲己的忠心有几分？你可愿为了她去死？"

妲华跪下道："妲华的命属于娘子，妲华愿为娘子受世间一切苦难，万死不辞。"

苏护大笑，将她扶起，安慰道："我不需你去死，我只要你去享福。"

妲华不解。

苏护含笑："从今天开始，你便是我的心肝宝贝女儿妲己。"

妲华大惊，跪地请罪："妲华无德无能，不足以与娘子媲美。"

苏护知道她没明白自己的意思，便深入浅出地将有苏部落的困境和商朝的要求说了一番，花了好些口舌，才让这个小女奴明白事情的严重性和必要性，并将商朝的富饶夸得如人间仙境，告诉她只要瞒下身份跟了帝辛，这辈子就能享尽世间荣华富贵。

妲华只呆呆地问："妲华是娘子，娘子又是谁呢？"

苏护摆手道："你不需忧虑，待妲己回来，我便将她隐姓埋名送去岐山姬考处。过个几年，等风平浪静，我就找个信任的朋友将妲己挂在他名下做义女，嫁给姬考，希望那傻小子还愿意娶她……"

妲华再问："是不是妲华做了妲己，娘子就能活命，过好日子？"

苏护肯定地答道："是。"

妲华再次盈盈跪下，含泪道："女儿愿前往商，服侍帝辛。"

铜镜里，眼下泪痕难褪。

女奴们匆匆用滚热的鸡子替她敷眼睛，纷纷嫉妒她飞上枝头做凤凰的好运气，可是妲华的眼泪却怎么也止不住地往下垂。她不害怕帝辛这个传说中的暴君，可是她害怕离开妲己。

"不，我是妲己。"妲华看着镜子，咬着牙，一遍又一遍地对自己说，"我是妲己，我是妲己，我就是妲己，妲己什么都不怕……"她狠狠地合上了铜镜，镜背刻着有苏部落的图腾——狐狸，这种世间最狡诈聪慧的动物，对感情忠贞不贰。

她要学着做只狐狸，努力用欺骗在猎人手中保护自己最心爱的东西，哪怕是死，她都不能露出狐狸尾巴来。从今往后，妲华已死，世间唯有妲己。

叁

商使再催，见妲己姿色，高傲的态度瞬间变得恭敬有礼起来。

苏护献女，送妲己入商。

朝中有人控诉苏护不臣之心，劝帝辛将其父女一同斩杀。

妲己上殿，盈盈跪下，三呼“万岁”，声音千娇百媚，如出谷黄鹂，身姿曼妙，如岸边柔柳。帝辛再三催促，她缓缓抬起头来，双眼如皎洁明月，明月有泪，如万点波光，白净的面颊上带着少女娇羞，欲拒还迎，欲语还休，楚楚动人处，仿佛能将心化了去。

满朝文武皆惊艳。

帝辛坐拥天下，见过很多美人，可是没有一个像妲己这样打动他心扉。他恨自己生得太早，他恨妲己生得太晚，不能青春年少，厮守终身。

妲己照着苏护的吩咐，为父请罪，一片孝心可动天地。

帝辛慌忙起身，亲自扶起美人，赦免了有苏部落的罪过，放回苏护和他的“两个”儿子。

妲己谨记苏护教导，百般讨好帝辛，六宫专宠。

一月封妃，二月封夫人，三月封后。

肆

帝辛对妲己的天真烂漫爱之入骨。

可妲己对帝辛的奉承中，总有一丝抹不去的忧伤，仿佛在思念什么。

起初，帝辛以为她嫌自己不够疼她，便将如山般的珠宝首饰赏赐下去，找来各色歌舞杂耍，博她一笑。

妲己没有展颜。

后来，帝辛以为她是思乡，便为她建了摘星楼，站在楼上可以遥望家乡。

妲己没有展颜。

最后，帝辛猜测她是思念亲人，命苏护夫妇入朝安抚女儿，可惜苏护临行前生了场重病，实在无法行动，只好辜负天子好意，命人带来了情深切切的口信，闻者皆为父女情感泣下如雨。

妲己还是没有展颜。

那夜，帝辛痴痴地看着她年轻美丽的睡颜，再摸摸自己眼角的皱纹，露出了苦笑，他也曾是能引少女倾心的英俊男子，现在却老了。他从未像现在这般痛恨世间没有返老还童术，他想过无数次年轻的他和妲己站在一起时的情境，定是英雄美人，天生绝配。

不要奉承，不要讨好，不要献媚。

他想要妲己真正的心，是不是太晚了？

刚愎自用的帝辛忽然有了一丝胆怯，他不敢告诉妲己自己的心事，他清楚这样的告白只会得到虚假的答复和厌恶的眼神，他庆幸自己是商的王，拥有天下，可以将妲己留在他身边，像一只笼中的鸟儿，只是他无法制止鸟儿爱慕蓝天的心……

他把一个男人可以给的情意统统给了妲己。

他把一个帝王可以给的珍宝全部给了妲己。

后宫嫔妃来自各诸侯，她们的失宠让诸侯们怨声载道。帝辛一点儿也不在乎，他甚至决定，若妲己能生个儿子，便将最好的封地赐给她；若妲己无法生子，便过继一个没有母亲、性格忠厚的儿子给她，让她无忧无虑地过一辈子。

诸侯利益被牵动，朝歌骂声四起，污蔑妲己野心勃勃，祸国殃民。

帝辛勃然大怒，连杀上书大臣数人。

他恨那些昏庸无耻之徒，那么天真善良的女孩怎么就碍了他们的眼？那么温柔懂事的女孩怎么就成了妖妃？还拿夏朝的亡国之后妹喜和她相提并论，能比吗？简直胡说八道！他哪次决定大事不是依照规矩去卜卦的？什么时候听信妇人言了？他们不过是怕有苏部落仗女得势，分薄了他们的利益而已。其实妲己非常自重，对政事没任何兴趣，平日在宫中除了服侍他，就是做女红刺绣，根本没有为有苏部落谋过任何利益。

他唯一愿意承认的错误是在卜卦问妲己可否立后的时候，卜卦结果不怎么理想，他命巫女伪造了卜卦结果。可是妲己从头至尾都没要求过做王后，还再三请辞，奈何他心里只有妲己配得上王后之位罢了。

他凭什么不能宠爱妲己这样品貌双全、德色兼备的好女人，非要去宠爱他们进贡的那些只知道钩心斗角的贪心不足的庸俗女人？

自先帝下令削减殉葬奴隶开始，那些诸侯就颇有不满，如今还越来越混账了。朝歌谣言愈演愈烈，连妲己是狐狸精变的都说出来了。

无耻，无耻，太无耻！

帝辛气得脑袋疼，脾气都暴躁了几分。他知道这一切谣言的根源在哪里。

微子启，他的兄长。

当年，他和子启都很优秀，年岁相差不大，只是他擅武，子启擅文。大臣分两派争执不休，箕子一派支持子启继位，比干一派则支持他。父亲在传位时很是犹豫，最后是比干说服了父亲，说子启出生的时候母亲还是妃，应该算庶出，他出生的时候母亲成了王后，是正室嫡出，庶长子和嫡子之间，理应立嫡。

为此一言，他得了王位。

箕子为此极为不满，横挑鼻子竖挑眼，总能找出他做得不够好的地方，小动作不断。民间也谣言纷纷，说他暴虐、庸俗、荒淫、无能……民间又有谣言，说子启贤良、诚实、礼贤下士、有君子之风……

帝辛恨之入骨，数次想杀子启和箕子，以除后患，奈何抓不到散布谣言的把柄。子启又在他面前泪如雨下，怀念母亲恩情，他想着母亲慈爱，幼时情深，怎么也下不了狠手，最后他只好把子启远远打发去微。他想找箕子算账，还没动手箕子就疯了，胡言乱语，形状可怖，再加上众臣求情，他只好夺取箕子的官位，贬为奴隶，关押起来。帝辛处置了子启和箕子，散播的谣言也收不回来，甚至有愈演愈烈之势。

大家都说他害怕子启才能，嫉恨箕子贤德，所以驱逐兄长，残害忠良，是不仁之君。

帝辛是个直爽坦荡的人，做事喜欢光明磊落。他勤勤勉勉执政多年，南征北战，自觉品行无亏，有功于社稷，却被人污蔑至此，心里痛苦煎熬，年年月月，累积成恨，性情也越发暴躁起来。妲己的入宫安抚了他的痛苦，让他得到片刻的快乐和宁静。

可是，朝中没有人理解他，也没有人愿意理解他。

伍

“妲己，比干又在朝廷上骂我了，他说我做得还不够好，比不上子启。其实在他心里，我做得再好、再多，也比不上子启吧？”

“妲己，为何比干喜欢将我做的错事反反复复拿出来说，我做的好事却被视为理所当然呢？既然他对我那么失望，干脆去微服侍子启算了！”

“妲己，大家都说不是靠比干力争，我根本坐不上王位，简直胡说八道！”

“妲己，比干扶持我登上王位，是欣赏我的才能还是为了他自己的野心？”

“妲己，比干酒后终于吐了真心话。他后悔支持我做商王，他说我不如子启大度，不如子启有才华，只是觉得嫡庶分明才能安定天下。再加上我在柱子倒塌时救过父亲，父亲对我一直有偏心，认为支持我才会胜利，他说他做的一切都是为了商，不是为了我。”

“妲己，我杀了比干……”

“妲己，我知道比干是忠臣，可是我真的忍不住。”

“妲己，我是昏君吗？”

妲己总是静静地听，从不发表意见，偶尔问几个问题，或回答几句，都是非常愚蠢的，比如，“你是国王，国王也有不能做的事吗？”“我在部落里听说国王是最了不起的，坐拥四海，想要什么都有，大家都羡慕你，如今看来，国王也很不开心啊。”“我不喜欢做的事情就丢下，去绣会儿花，做几个花环，做点喜欢的事情，过会儿就不想了。”“国王为什么就不能做喜欢的事情？你不是天底下最厉害最了不起的人吗？”“我最喜欢漂亮的东西，每次伤心的时候娘……娘亲便会买有趣的东西哄我，有时是春天开出的第一束花，有时是冬天冰雪做的雪莲，有时是泥娃娃，有时是草编的蝈蝈，反正什么有趣她就给我什么，我很快就开心了。”

她每句话都发自肺腑。

她不明白朝廷政务是多么不容易的事，也不明白国王和普通人一样有很多不得已。她以前眼里最大的人便是有苏部落首领苏护，可帝辛把苏护打得抬不起头，被迫献女求和，所以帝辛比苏护要厉害，她必须讨好帝辛才能让有苏部落无恙，让娘子过上好日子。

帝辛这辈子受够了尔虞我诈，受够了那些懂得太多为己谋私的嫔妃，反而喜欢她不明白里透着的单纯。他只有两个遗憾，第一是妲己不会嫉妒，不管他是去其他嫔妃那里，还是故意把贵重首饰赏赐给其他女人，她从来不生气；第二是有苏部落贫寒，妲己似乎弄不清贵重物品的价值，不管是价值连城的宝物还是简单的花朵，在她眼里都是一样喜欢。

妲己不懂，他懂就够了。

他要修建最好的宫殿，里面装满最好的珍宝送给她。

鹿，是世间最美好的生灵，太昊始设嫁娶，以鹿皮为礼，是夫妻同心的象征。

他要将这座宫殿命名为鹿台，献给她。

陆

鹿台耗费巨资，终于落成。

妲己游幸鹿台，终于露出了惊叹的表情，很是喜欢。

帝辛问妲己：“我是世间对你最好的人吗？”

妲己犹豫片刻，开口道：“是。”

她以为自己将心思隐藏得很好，眼里却有不安。

帝辛迟疑许久，再问：“我是你最喜欢的人吗？”

妲己仿佛连呼吸都停顿，直到问第二遍时，方道：“是。”

这次，帝辛轻而易举地在她的神色中找到了勉强……明明早已认清，年轻美丽的她不会真心爱上日薄西山的自己，为什么心还是那么难受？明明早就猜到，她在有苏部落有喜欢的人，或许被他强行拆散，心有不甘，为什么还是不能怨恨她分毫？

妲己喜欢的男人到底是谁？

一颗嫉妒的种子悄悄埋入了帝辛的心里，渐渐生根发芽，再加上朝廷不安，各路诸侯拥兵自重，天下有动乱之势，他变得越发多疑、暴躁。

帝辛暗地招来出使过有苏部落的使者，问他们妲己的事。

曾在席间被妲己惊艳过的使者忽然想起一事："那日宴席，王后匆匆而来，匆匆而去，期间苏护曾提过，她要和西伯昌长子姬考骑马游玩，而且苏护似乎有将妲己许配给姬考之心。"

姬考？他就是妲己喜欢的男人？

帝辛知道这个名字，也知道他很年轻，很英俊，也很有才华。嫉妒的种子生根发芽，化作参天巨木，一发不可收拾。

帝辛命姬考入朝歌晋见。

姬考奉旨，带仆从侍女数人入朝歌，其中便有改名为"思"的真正的妲己混在里面。西伯昌早有反意，有苏部落暗中投靠，他听说了帝辛对妲己的宠爱，也知道妲思对妲己的影响力，命妲思暗地里好好劝说一下妲己，希望能里应外合，灭了帝辛这个昏君。

妲思对妲己代她入朝极其悔恨，日日盼望重聚。

妲己"恶行"谣言传到岐山，众人都相信妲己是个妖妃毒妇。妲思拼命替她辟谣，她压根儿不相信善良的妲己会对争权夺势有兴趣，会去做伤天害理的事情。

西伯昌相信妲思的判断，并承诺商朝灭后，只要妲己能里应外合，便赦妲己无罪，让妲己、妲思各自归位，两人都做回真正的自己。

妲思知道西伯昌养精蓄锐许久，又得各路诸侯配合，有和商一争高下之力，她必须去朝歌告诉妲己小心过日子，千万不要掺和到政事里去，最好两边都不要得罪，顺便看看"妖妃"谣言之源在哪里，是否可以替她澄清一二。

姬考对妲思早就有情意，也盼着她能归位，名正言顺做自己的妻子，所以对这次行动很是配合，并为怎么让两人见面费尽了心思。

鹿台，帝辛召见姬考。

妲己知道思念多年的妲思前来，兴奋不已，眉梢都带着喜意，每天都想着有什么话要和她说，挑选首饰也格外细心，想挑些自己喜欢的送给她。可是妲思喜欢穿男装，配饰也喜欢简洁的款式，帝辛送给她的首饰大部分是华丽繁复的款式，所以妲己挑得好为难，一宿一宿地睡不着。

帝辛看着欢欢喜喜挑首饰的妲己，就连她母亲来朝歌看望都没像现在这样那么开心那么用心，断定她是为见久违的“心上人”而欢喜，更加妒火中烧。当他看见姬考衣冠楚楚、风采夺人的样子，见到他行为举止无可挑剔，和自己年轻时相比也不逊色太多时，他几乎是耗尽全身气力才把恨意压了下去。

朝歌女孩纷纷为姬考的英俊温柔倾心，暗中还发生过几起争风吃醋。

帝辛心里不断怒骂：不过是个平头正脸点的男人，瘦弱无力，连个铜鼎都举不起的废物！如今女人的品位越发不堪！

可不管怎么骂，他知道自己是永远无法回到姬考这样年轻的时代了，他也知道，就算杀了姬考，他也夺不回妲己的心，只会惹得她恨他。横竖妲己是他的人，就算心里对姬考有别的念头也不可能了，有必要杀了姬考触怒西伯昌吗？可是不杀，他又不甘心。

姬考，这头和他抢女人的畜生，到底是杀，还是不杀？帝辛百般煎熬，犹豫不决着。

帝辛自持商王身份，言行端庄，举止威武，甚少透露心思，没人知道他在想什么，就连姬考和妲思也不例外。他们坦荡荡地从未将自己和妲己在私情上挂过钩，事实上也没有……妲思和妲己的感情纯洁无比，类似亲情。所以姬考策划托人让妲思作为自己的侍女和妲己单独见上一面，两个女人聊聊天，怎么也不会引起误会，帝辛忙于朝政，也不至于将这点小事放在心上。可他万万没想到，波澜不惊的表面下，帝辛对他的注意力是无可比拟的。

妲思刚去鹿台见妲己，就有侍从将这个消息传给了帝辛。

帝辛知道姬考派人私会王后，热血涌上脑间，口中一股腥甜，他怒得几乎发疯，亲手拔出宝剑，直奔鹿台。

那厢，妲己见到妲思，眼泪立刻落了下来。她挥退侍女，拉着妲思的手，恨不得将这些年受的委屈统统告诉她：“我不喜欢这里，这里的人都喜欢说我坏话。宫里人都讨厌我，欺负我，我没有朋友，我想回家，和你在一起。我很努力地做‘妲己’，可我真的不配做‘妲己’，我是个笨蛋，没有娘子的聪明能干，我总听不懂别人话里面的话，经常做错事，被骂了都不知道，我给娘子惹了好多笑话，对不起，妲华不是故意的……”不擅长隐藏秘密的女孩拥有一个最大的秘密，一个绝不能暴露的秘密。她每天惶恐度日，连睡觉都特别小心，唯恐梦话吐出真相。如今在真正的妲己面前，她终于卸下心防，委屈和伤心的眼泪怎么止都止不住。

妲思知道她的痛苦，安慰道：“他对你还好吗？”

妲己哭得眼泪汪汪：“他对我很好，可我不喜欢他。他不爱笑，看起来好凶，生气时还会杀人，我好害怕他知道秘密后再次发兵攻打有苏部落，杀了娘子。妲华不怕死，可妲华不想娘子死。可是我真的好怕，每天都害怕，比当年在屠夫手里还害怕，至少那时候我知道眼一闭就完了……”

妲思怒骂：“傻丫头，不准想那时的事，谁准你死了？”妲己扑在她怀里哭个不停，眼泪怎么止都止不住。

西伯昌嘱咐妲思，希望妲己能利用帝辛的感情更加胡作非为一点，尽可能再虚荣奢侈些，怂恿帝辛多做昏庸之事，最好能挑拨离间再干掉几个忠臣，让商更加混乱，诸侯反意更加坚决些。妲思明面应下，暗里却并无此打算，她告诉妲己：“晚些日子天下会混乱，你别听西伯昌胡说八道去为非作歹，到时候他不会认账的。要尽可能明哲保身，不要参与政事，最好做些贤良的事，弄些好名声，商不出事你就继续做王后，若商出事我也好想办法求姬考保你……”

妲己擦着眼泪，喃喃道：“我根本不想做什么王后……”她拿来许多美丽的玉饰，献宝般地送给妲思，“喜欢吗？这些都是帝辛送我的，我选了很久才找到你喜欢的款式。”

妲思随手拿起一块雕着白鹿的玉佩，为帝辛对妲己的感情有些吃惊，更为妲己将这份感情随便送人吃惊。她代入妲己的思路想了想，忽然懂了。

妲己在有苏部落的时候，没有受过正统的贵族教育，对这种常识问题不了解，进宫后又过度受宠，遭到太多嫉恨，所以她没有交好的朋友，更没人教过她男人送鹿是什么意思。妲思只好谢绝：“这块玉佩我不能收。”

妲己不解：“为什么？”

妲思解释：“这是感情的象征，我不能轻易收下，帝辛送你这个的时候没说过什么吗？”

妲己对帝辛说的话都是东一耳朵西一耳朵地听，她模模糊糊记得帝辛送她玉佩时说过白鹿代表感情好，所以特意挑来给妲思，如今遭到拒绝，有些伤心：“你为什么不能收，我挑了好久呢，我希望戴着这块玉佩的人能想到我……”

妲思知道她又犯了糊涂，再次开口，想要解释。

“好一对奸夫淫妇！”忽然，殿外发出一声如雷怒吼。

帝辛持剑冲入殿内，双目通红，浑身都是杀意。他刚到殿外便听到妲己说她不想做王后，紧接着又要把代表情意的白鹿佩托侍女送给那该死的男人，这行动代表什么？原来他对她的爱，从头开始就是个笑话！

帝辛有窒息的感觉，他浑身的每寸肌肤都被撕成一片片，有千刀万剐之痛，竭尽全力也无法压下脑海冒出的杀意和怒火。

他冲进殿内，抢过妲思手中的白鹿佩，狠狠砸向柱子，象征夫妻同心的玉佩化作碎片，如同他的心。他举剑想砍向这不知廉耻、背夫偷汉的王后，可是剑在途中，对着那张不知所措的美丽面孔，怎么也无法落下去。他舍不得，纵使她不爱他、背叛他，他还是舍不得杀她。

“立刻把姬考给我杀了！碎尸万段！”帝辛用如受伤猛兽般的嘶吼下了命令，然后泄愤般地狠狠将宝剑刺向了妲思。

“不——”原本呆滞的妲己仿佛从梦中醒了过来，她用和平时迟钝毫不相符的速度扑上去想抱住凌厉的宝剑，可还是晚了半分。她眼睁睁看着利刃穿透了妲思的胸口，然后拔出，飞溅的血花喷了她满身。

妲己带着浑身的鲜血爬上前，抱紧倒下的妲思，拼命想合拢她胸前的伤口却徒劳无功。生命消逝得那么快，快得怎么也留不住，她发出一声绝望的尖叫。

“不！”紧接着是不停的尖叫，“不！不！不……”除了这一个字，她再也说不出别的话。

心流出的血为什么那么多，怎么止也止不住。她拉着妲思的手，恍如那天初见，她最后一次呼唤她的名字：“华……”

那个在屠夫手中救下她的女孩，给她起名、爱说爱笑、像春天般充满勃勃生机的女孩就这样消逝了，同时带走了她心中的支柱。

支离破碎……

她跪坐在血泊中，歇斯底里地尖叫，叫完又开始笑，疯狂地笑。

美丽的面孔布满狰狞的疯狂和绝望。

春天去了，花也谢了。

如果真正的妲己死了，她又是谁？

帝辛愣愣地看着状若疯狂的王后，开始怀疑自己可能弄错了什么……

柒

西伯昌病逝后，姬发因其兄姬考被帝辛所杀，故得以继位。他继承父亲遗志，筹备伐商。受命九年，姬发在盟津大会诸侯，前来诸侯八百人，共操练伐商。

妲己在这些年里，过得如行尸走肉，性情也变得嚣张跋扈，荒唐任性，经常提出无理要求，不断刺激帝辛的底线，仿佛希望他杀了自己一般。

可是帝辛统统都答应了她。

受命十一年，帝辛持续发动征讨东南夷之战，令国困民乏。姬发见时机甚佳，便联合庸、蜀、羌、髳卢、彭等部族，亲率战车三百辆、虎贲三千、甲士四万五千人，进攻商。

有苏部落也参与了造反，大家都说父亲将女儿性命弃之不顾。妲己知道此事，大笑一场，不予置评，继续哼着歌曲梳洗打扮，她清楚那个所谓的“父亲”不会在乎小小女奴的生死，却会为真正的女儿复仇。

朝歌众臣提议杀了妲己泄愤，将首级送给她父亲。

帝辛仍力压这个提议，对妲己宠爱如昔。商王昏庸之名愈演愈烈，甚至有“君王只听妇人言”的流言传出。

烽火连天，节节败退。

帝辛的表情仍看不出什么变化，他拼尽全力调动军马，保护国家，保护商人，这些他爱着的子民。朝政繁忙，通宵达旦，偶尔休息，他总会抽空躺在妲己的腿上，闭上满是疲劳血丝的双眼，听她唱着乡间小曲，虽然那悦耳动听的歌声中没有任何的感情，仿佛一块美丽的玉雕，可是他依旧不在乎……

“我想要更多的铜鼎，更多的铜器……”

“好。”

“我要更多的珠宝，更多的首饰……”

“好。”

“我想要你多陪着我，听我唱曲子。”

“好，都依你。”

捌

商还是输了。

周军在牧野大败商军，攻入朝歌，一群异族蛮人，烧杀掳掠。文武百官，后宫美人，该死的死了，该跑的跑了，该投靠的投靠了，剩下的哭哭啼啼，盼望能找到出路。

帝辛平静地坐在鹿台的宝座上，喝着酒，看着众宫人如无头苍蝇般乱转，不断发笑。能和造反诸侯扯上关系的嫔妃宫人，都统统想方设法找旧主人去了，剩下的哭的哭，闹的闹，逃的逃，自杀的自杀，偶尔还有抢劫财物分赃不均发出的杀人惨叫声。

只有妲己乖巧地坐在他旁边，一如既往地替他斟酒助兴。今天的她，穿着打扮格外美丽，仿佛在参加什么欢乐的庆典。

鹿台里的绝望闹剧，就是她眼里最有趣的歌舞。

“今天天气似乎不错。”帝辛莫名地冒出了一句。

妲己斟酒的手微微顿了一下，笑道：“是的，阳光很好。”

帝辛问："你不逃吗？"

妲己摇摇头："我愿送王最后一程。"

帝辛大笑："好！"

妲己忽然笑了："我告诉你一个笑话好吗？其实我不是妲己，我只是个女奴。哈哈，偏远部落来的卑贱女奴竟欺骗了睿智的王，成了王后，万千宠爱集一身，你觉得这个笑话有趣吗？"她在真正的妲己死后，每天每夜每时每刻都在算计着商的灭亡，幻想在商灭的时候，用这个秘密来让他痛苦绝望，这几乎是她撑着活下去的唯一念头。

可是，帝辛笑了，他将杯中酒一饮而尽，淡淡地说："我知道。"

妲己得意的笑容凝在了脸上，过了许久，她不敢置信地问："你知道？"

"那天，我杀了那个叫妲思的侍女，便起了疑心，私下派人去有苏部落做了调查，结果知道那天死的人是妲己，而你的名字是妲华。妲华，妲华，这名字可真好听。"帝辛仿佛松了口气，"那时我就知道我做了错事，你心里挂念的是妲己，不是姬考。和姬考有私情的也是妲己，不是你。所以有苏部落对你不理不睬，和西岐筹谋造反，苏护不在乎你的生死，却在姬考和妲己死后勃然大怒。"

女人震惊地站了起来，仿佛从未认识过这个枕边人："既然你知道我欺骗了你，为什么不揭发我？为什么不灭了有苏部落？为什么不杀了我？"

"因为我爱你，从第一次见面，我就知道我爱你。"帝辛起身，将她搂入怀里。

国王终于撕下了高傲的面具，抛开了顾忌重重的心锁。他的脸上再没有暴戾和骄傲，只有说不尽的温柔，他用宽厚粗糙的手掌轻轻抚上她柔软的脸颊，看着那双秋水般美丽的眸子，第一次也是最后一次诉说真正的心里话。

"妲华对不起，我用我的暴躁和猜疑伤害了你，让你失去了心；妲华对不起，我明知道让你陪在年华老去的我身边是很残忍的事情，却不顾一切强留你在身边；妲华对不起，我知道你是个好女孩，故意胡作非为只是为了报复，为了求死，然后为妲己殉葬，却死也不肯放手，导致你名声尽毁；妲华对不起，我爱你……"

商朝将灭，仇恨已了。

原以为藏得最深的秘密和心事，他竟什么都知道。

原来他们不需隐藏，可坦诚相对。

妲华并不后悔复仇，可是复仇成功，她的心里也没感到什么快乐，只有说不尽的空虚，还有一丝不知道为何而来的痛苦和乱七八糟的感觉。

骄傲的国王第一次也是最后一次开口祈求："妲华，你可以叫一次我的名字吗？"

"帝辛……"

“妲华，这不是我真正的名字。”

“子受……”

帝辛终于满足地笑了，他放下酒杯，缓缓走向鹿台最高处，将准备好的灯油和干柴撒开。

妲华跟了上来，不知出于什么心理，她竟忍不住出声询问：“子受，你为何不逃？趁西岐军还没攻入鹿台，你可以化妆趁乱逃跑。”

明明是穷途末路，帝辛的举止仍是最高贵的商王。他站在高台上，看着底下大肆屠杀的叛军，如在神庙宣读祭文般，一个字一个字地宣布：“我是父亲的儿子，他将商交到了我的手里，商存，王活；商灭，王自该殉葬。”

妲华呆呆地站在高台侧，仿佛第一天认识这个男人。

帝辛命剩下无几的仆从将女人拉出高台，吩咐：“当年那位真妲己带着西伯昌的口谕来找你，你依令而行，对周有功，你可以去找姬发，他或许会留你活路。”

待女人走远后，他点燃了烈火，坐在华丽的宝座上，喝着酒，唱着歌，看着尚未撤离的宫人们丢下财物，疯狂地逃离鹿台，绝望而有趣。

忽然，有个窈窕的身影冲入火海，是妲华回来了。

“为什么回来？”他震惊地问，心里却有些欢喜。

“因为天下之大，没有属于我的地方。苏护不是我的父亲，他不会要我的，只会恨我没陪娘子一起死。至于西岐，娘子生前曾说过，不帮西伯昌做事，或许能活，若帮了西伯昌，我必死无疑。娘子是世界上最聪明的人，她说的话从未有错，可惜我事事听从娘子的吩咐，却在最后一件事上违逆了她的意思。”妲华上前，为自己斟满了美酒，一饮而尽，却觉得很是苦涩，“很早的时候我就决定，娘子死了，我定要殉葬陪她，如今晚了那么多年，也不知娘子还要不要我。”

“如今，你要陪我一起走？”

妲华沉默。

“妲华，你可有一丝爱我？”

妲华继续沉默。

“妲华，告诉我。”

“对不起，我不知道。”

满不在乎的假面崩溃，大滴的眼泪从美丽的面颊滑落，爱恨在心头混乱交织，她本不是聪慧的女子，怎能理清那么复杂的情绪？她只是想在这火海里，不管不顾地陪这个生平最恨的男人静静地走完生命的最后一程路，再不回头。

“谢谢你。”帝辛明白了她的心，轻轻牵过她有些发冷的手，捂在胸口。

妲华最后一次哼起了歌，帝辛用银筷敲击金杯替她合拍。她的歌声像天空中轻快的鸟，无拘无束，回荡在奢华的殿堂，穿梭在灼热的火海里。

这世间再没有秘密，没有束缚，只有自由和快乐。

直到熊熊烈火笼罩了整个鹿台，楼阁崩塌，鸟儿的歌声永远消失……

玖

周王朝建立，定都镐京，周武王追封父亲为文王，并分封诸侯。周人深恨帝辛，称其为“纣”。

微子启持祭器访武王军门，肉袒面缚，左牵羊，右把矛，膝行而前，痛斥子受暴虐，示其情。周武王甚感矣，乃释其缚，“复其位如故”，仍为卿士，“贤德”美名传世。

商朝没有正式的文字，甲骨文留下的资料非常稀少珍贵。

《尚书》中对周灭商的牧野之战是这样描述的：“前徒倒戈，攻于后以北，血流漂杵”，并非《史记》所说的“兵不血刃”“皆无战之心”，而在后世儒家传说中，牧野之战乃周军“前歌后舞”、在天的庇佑和人民的拥护下轻松取得胜利的天命之战。

商朝灭亡之后，商人不甘被异族统治，在帝辛儿子武庚的带领下，进行了强而有力的反抗，虽被镇压，但帝辛的威望可见一斑，这同时也证明了商与周的矛盾并不在于帝辛一人。

周作为战胜者，为了彰显自己的正义与正统地位，对帝辛的描述多有不实。《尚书 · 牧誓》有记：“今商王受惟妇言是用，昏弃厥肆祀弗答，昏弃厥遗王父母弟不迪，乃惟四方之多罪逋逃，是崇是长，是信是使，是以为大夫卿士。”武王伐纣时，帝辛的罪名仅有三条：听信妇人的话；轻视祖宗祭祀而不报答；轻弃同祖兄弟而不用，反而推崇任用身份低微的人。

周以后，纣王的污名化程度一步步加深，最终奠定了他万恶不赦的暴君形象。

芥子
贰
JIE ZI
【第四章】
花衢词

北宋年间，东京汴梁，太平日久，繁荣昌盛，群花会聚酒楼茶肆，妙龄少女个个靓装迎门，朝琴暮歌，荡人心神，引文人骚客留下无数风流诗词。

壹

黄昏将暮，清平坊内美人尚未妆毕，行院门前已急急挑起彩灯，窗台掠过美人影，混着喧哗笑闹，试琴问调，声声勾着风流，挑着春心，引着男人如狂蜂浪蝶般往里扑。

会仙阁内，龟奴已催了三次，蝶娘仍在不紧不慢地梳妆。

白玉万福簪嫌素，黄金累丝镶宝簪又嫌俗，选了又选，挑了又挑，最后勉强在乌油油的鬓边插了两支黄金珐琅玻璃蝴蝶钗，配着最近从恩客手中得到的红宝石镶成的桃花耳环，映着晚春春色，最是别致。

妆毕，龟奴再请第四次，笑劝：“小姐已是天仙绝色，就怕客人一看酥了魂。”

会仙阁是东京数一数二的行院，里面美人千娇百媚，各具风情。蝶娘早些年也算是小有名气，现如今年纪见长，姿色衰退，渐渐不敌阁中新调教出的妙龄小姐。如今龟奴奉承得力，让她心里欢喜，一边笑骂贫嘴，一边丢了把赏钱，正欲出门，又看见年轻貌美的佳娘和虫娘一众路过窗外，赶紧揽镜自照，又多添了几分脂粉。

后院响起小女孩闹着要回家的哭声。

蝶娘听得难受，皱眉问龟奴：“妈妈又进了新人？”

龟奴赔笑：“妈妈刚买了几个乡下小姑娘，刚进门总是不识抬举，待过上几年，明白此间好处，便是赶她也舍不得走了。”

好处？蝶娘忍不住笑了。

比起布衣粗食，此间确实大有好处。如今太平盛世，行院最多花间浪子，捧着大笔大笔的财帛为博美人一笑，更有甚者，攀比斗富，倾尽家产在所不惜。稍微有些名气的行院小姐哪个不是绫罗绸缎满身，金玉首饰满头？若有幸成了花间魁首，更是金碗银筷，奴婢成群，奢华无度处，寻常大户人家千金娘子都不可比。听说现在有不少贫家不盼生儿盼生女，从小精心伺候，养大后若有姿色便送入行院，不济便卖给富人做妾，运气好些直接脱贫致富。若是哪家父母不幸早逝留下未成年女儿，又没有善心长辈主持公道，便是送了旁人好大一笔横财。

院子里，鸨母恐凄凉的哭声惊扰了行院里的欢乐气息，命龟奴们将小女孩拖去柴房教导。在荆条的伺候下，她们很快就不敢放声哭泣，只有偶经门外才能听到几声无助或绝望的“爹娘”，似乎还盼着有谁来搭救自己一把。等她们知道谁也不会来的时候，就会乖乖认命了。

蝶娘自嘲地笑了两声，起身出门。

月娘和锦娘看见她前来，暂停笑闹，略弯腰行了个礼，道：“姐姐。”两人口气虽软，眼里却也没什么恭敬。

正当红的虫娘斜斜看了她一眼，点点头算是向前辈见礼，随手拢了下鬓边，不经意露出只上等羊脂白玉雕的缠花草臂环来，引得其他姑娘们纷纷惊赞。

蝶娘知道，自己在她们眼里已不年轻了。从前恨不得将她捧在手心里疼的鸨母已让她为新人腾了三次房间。就算行院讲究以艺侍人，也少不了色相，相熟的姐妹大部分已离开，如今趁着姿色犹存，她也是该想退路的时候了。

她们这些贱籍之人，退路不外乎几种。大部分是被有钱恩客赎回去做妾室，若遇上大妇软弱宽厚，可在后院平静过完后半辈子；若遇上大妇心狠手辣，过上几年便静悄悄地不知所终，当天被打死抬出来的也不是没听说过。还有些嫁了龟奴戏子，留在行院做教习，生了儿女再操旧业。更有性子刚烈的，受不得被冷落的委屈，直接嫁了河神。

每个小姐都知道行院生活再好，也是昙花一现，转瞬即逝，待到年老色衰之日，便是凄凉之时。盼着能在迎来送往间遇到有情人救她们出火海，有成功的，有失败的，有被骗的，有从来就未曾走出去过的……

蝶娘也盼着在年老珠黄前有人救自己离开，不求大富大贵，只求知冷知热，让她安稳度日。

这世间能有这样的好男人吗？

“妾发初覆额，折花门前剧。郎骑竹马来，绕床弄青梅。同居长干里，两小无嫌猜……”

窗前是佳娘在用李太白的歌试嗓子。年轻的女孩总觉得来日还很遥远，噩梦永远不会降临。她看着窗外来来往往的风流士子，波光流转的眼里有着热切的希望，仿佛在盼望着谁。她的歌声极美、极柔，仿佛将人带回了年少时那无忧无虑的岁月。

蝶娘忽然想起了那个人……

他是否还记得她？

贰

在很久很久以前，蝶娘还不叫蝶娘的时候。

扬州参军有独女，名叫叶崇娘。

叶崇娘年仅十岁，相貌极好，任谁都看得出是美人胚子，整个扬州城的同龄男孩都围着她转。可惜叶崇娘自恃才貌双全，心高气傲，对这些男孩没一个看得上眼，家世好的嫌不够温柔，温柔体贴的挑剔没有才学，有才学的嫌弃不够英俊，英俊的又嫌家境不好……最最讨厌的是杨大户家的臭小子，家里连个当官的都没有，不过是有俩臭钱的土财主，仗着他们俩爹爹有过同患难的交情，两家又住在一条街上，他就三天两头往家里跑，缠着她“妹妹”“妹妹”地叫个不停。

臭小子的名字是杨璞，人倒是个好人，就是脑子笨，缺心眼！

他爹盼着他读书，他背完上半句就丢了下半句；他爹盼他算账，他练了两年，算盘珠子都拨不对；他爹盼他学行商，他性软好骗，几句好话就被哄了；他爹盼他学待人接物，他分不清真话假话，只会闹笑话。最后他爹死心了，决定将来多划几个庄子给他，让他做个什么都不用管的小地主，安安稳稳混一辈子。反正杨家人厚道，家庭关系很好，杨璞的两个哥哥都乐意照顾这个小弟弟，怎么也饿不着他。

杨家是暴发户，种田起家。杨璞的娘原本是个村姑，穿着打扮极其粗俗，最喜欢大红大绿的料子，最喜欢金银硬通货，镯子要粗要大，簪子要宽要奢华，伸出手来四五个戒指，恨不得全身披金戴银才能显出自己的身价。她说话嗓门大，用词粗俗，不会看人脸色，经常惹人发笑，有次席间还滔滔不绝地说起牛粪养田之事，全场震惊欲呕，她却茫然不觉。叶崇娘只要想到她描述的画面，一天都吃不下饭……

杨母劝解：“女孩子不能吃那么点，太瘦不好，圆润些才好生养，是兴旺之相。”

叶崇娘羞得恨不得死了过去。

叶母倒是很喜欢杨大户一家，她总说杨母话粗理不粗，性情直爽不扭捏，经常积善行德，是个好人。她知道杨母初入富贵人家，不善交际，处事间很是惶恐，便为她指点穿着打扮，教她大户人家的礼节和人情往来。杨母很是感激，言谈虽然还是粗鄙，礼节却慢慢妥当起来，手上的金戒指也从四个变成三个。

杨璞尚未成年，可以出入后宅，杨母经常带他上门来，希望熏陶点大户人家公子哥的书香做派。杨璞在先生的严厉教导下，倒也学会了些礼节，可是叶崇娘不止一次看见他背着人，像个泥腿子般蹲在路边吃街头小贩卖的大饼，吃得满嘴都是渣。

杨母看见了，恨铁不成钢，一巴掌拍到他脑袋上："吃！就知道吃！专吃这种上不得台面的东西！你咋就不会学人家公子哥吃千层糕呢？这大饼香不？给娘一个！"

杨璞乖巧地递上大饼。母子俩便一起毫无仪态地蹲在路边吃得不亦乐乎。

叶崇娘都无语了，她一点都不想和这样没教养的人搭上关系。奈何她娘很喜欢杨母和杨璞，说他们忠厚老实，是最踏实的人家，日子轻省，还私下开玩笑说过如果自家是个穷秀才或土财主，门当户对，把女儿托付给他家也是不错的。

叶崇娘吓得半死，和娘闹了三天别扭，直到叶母保证再也不开这种玩笑才作罢。

杨璞却没有自知之明，他每次看见叶崇娘都会发呆，从来不眨眼，总是跟在她后面说着傻话，任叶崇娘怎么赶都赶不走，像条追着肉骨头的小黄狗。

叶崇娘最看不上他这没出息样，婉转说过几次，也让丫鬟去告诫和冷嘲热讽了几次，让他不准跟着自己，他就蔫头耷脑地夹着尾巴跑了。过了几天，叶崇娘发现他又忘了告诫，继续跟在背后，气得没奈何，又顾着大家闺秀的脸面，不好当众骂人，满肚子气都快憋死了。

大家都把两个孩子闹脾气当笑话看。

杨母知道自己儿子的心意，更知道叶崇娘是整个扬州首屈一指的女孩子，才貌双全，知书达理，又是官宦千金。虽然爱得不得了，可自家除了几个钱什么都没有，儿子除了性格老实、身体健康、高大壮实些没任何出色之处，还是个文不成武不就的缺心眼儿。别说叶杨两家门不当户不对，就算门当户对，她也不能为了自家傻小子求娶人家那么出色的女儿，这不是糟蹋人家吗?!

杨母做事干脆，是个爽快人，趁着还没闲言碎语的时候，回家揪着儿子的耳朵，狠狠用藤条将他教育了一番，告诉他叶家对自家的恩情，告诉他什么叫癞蛤蟆想吃天鹅肉，勒令他不准跟着叶崇娘，不准和叶崇娘说话，更不准对叶崇娘动心思，连念头都不准有，若是给人家姑娘惹了不该惹的闲话，就让他爹用板子揍死他。

杨璞号啕大哭了一整晚，被迫应下。

叶崇娘松了好大一口气，回首又觉得他傻得有些可怜，可是门户之别和感情之事是不能勉强的，杨璞的做法本来就不合适……

淳化五年，柳宜以赞善大夫调至扬州，柳永随往，习作《劝学文》。年仅十岁的孩子，竟写出：“父母养其子而不教，是不爱其子也。虽教而不严，是亦不爱其子也。父母教而不学，是子不爱其身也。虽学而不勤，是亦不爱其身也。是故养子必教，教则必严；严则必勤，勤则必成。学，则庶人之子为公卿；不学，则公卿之子为庶人。”小小年纪，竟如此好学，扬州学者皆感叹，只道有子当如此。

柳永出身官宦世家，不但聪慧，长得也很俊俏，行事间风度翩翩，性格温柔体贴，待人和蔼可亲，哪怕面对粗俗仆妇也彬彬有礼，从不仗势欺人，也不恃才傲物，大家都说只要不出意外，必有锦绣前途。整个扬州的女孩子都悄悄喜欢他，每次茶会花宴，小女孩全部都围着他转，缠着他给自己念些诗，哪怕是听不懂，听着他那抑扬顿挫的吟诗声也是极好的。

叶崇娘是所有女孩中最耀眼的明星，她能听得懂柳永说的每句话，念的每首诗。

柳永最喜欢的，也是叶崇娘，大部分的时候都和她在一起。很多小女孩都想和他搭话，可是他的眼里只有叶崇娘，旁人连看都不看一眼，从不往心上过，揉碎了不知多少芳心。他只和叶崇娘两人漫步后花园，偶尔讨论李太白和杜牧，偶尔说说孔孟老庄，偶尔又说说历史洪流里的名人轶事，真真是兴趣相投、见解相近，经常从早上说到下午，难舍难分。

柳叶两家越走越近，双方都觉得对方的孩子才配得上自己优秀的孩子，口头试探几番，暗里问了生辰八字，唯恐过早定亲误了柳永学业，便约定等两个孩子长大，柳永考得功名后便正式说亲。

叶崇娘早对柳永芳心暗许，隐约知道父母的打算后，又是害羞又是欢喜。

柳永对叶崇娘已是坐上琴心，得讯后更加奋发努力起来，学业一日千里。

春日，桃花开得正好，又逢叶母生辰，叶家在后花园办了戏酒，请相好人家上门做客，柳家、杨家皆在列。歌舞热闹过后，戏台上咿咿呀呀唱的都是母慈子孝报应轮回的故事，老人家听得欢喜，孩子们却觉无趣，纷纷散开玩耍。

叶崇娘和柳永避开狂蜂浪蝶，在水榭处闲聊诗词，玩的是斗诗游戏，斗的是和“虫”字相关的诗词。

柳永说：“霜草苍苍虫切切，乐天先生。”

叶崇娘回：“暗虫唧唧夜绵绵，也是乐天先生。”

忽而，湖石侧探出个犹犹豫豫的脑袋来，看着叶崇娘，欲语还休。

叶崇娘认出是杨璞，起身想离开。

柳永不知其中关系，见他衣着富贵，知是宾客，起身主动招呼。

杨璞低声呼唤：“崇，崇，崇娘……”

柳永“噗”的一声笑了，开玩笑道：“刚说虫虫，正是虫虫。”

叶崇娘脸都红了，半晌无话。

杨璞不解其意："什么虫虫？毛毛虫吗？"

柳永哈哈大笑，"虫虫""虫虫"叫个不停。

叶崇娘气急，一跺脚对杨璞怒道："不学无术的家伙，我才不要和你说话。"

杨璞想追，又想起母亲的训导，失魂落魄地走了，不当心脚下踩到青苔，竟滑落水中。春日水寒，池塘颇深，杨璞碰不到湖底，又不识水性，吓得拼命扑腾起来，连连呛水。

在场的柳永、叶崇娘再加两个小丫鬟都是孩子，从未遇到过这般场景，吓呆了。

柳永回过神来，连连高呼，命丫鬟跑去找大人来帮忙。

水榭地处偏僻，大部分的仆役都去宴席上伺候了，一时半会儿赶不过来。叶崇娘看着杨璞挣扎得都快沉下去了，唯恐他送命，便寻了把扫帚，伸过去拉他。杨璞高大，崇娘力弱，柳永赶紧跟上来帮忙，好不容易才把人拉上来，杨璞已送了半条命。

杨母急急奔来，抱着儿子号啕大哭，对叶崇娘和柳永谢了又谢，直呼"恩人"。

众人也夸赞他们当机立断。

事情平复后，柳永给叶崇娘起了个绰号叫"虫虫"。叶崇娘起初还不高兴，她可讨厌毛毛虫这种恶心的东西了。

柳永说："蝶是虫化的，虫虫一定是最美丽的那只蝶。"

叶崇娘听得欢喜，便接受了这个绰号，可是她不允许除柳永之外的人这般唤她，尤其是杨璞那笨蛋！他脑子里想的"虫虫"绝对是毛毛虫！

叁

至道元年，叶父调职离开扬州，家眷随行。

青梅竹马，两小无猜，情意强拆。

叶崇娘哭得肝肠寸断，柳永哭得死去活来。

两个小儿女，一般私密话。

柳永说："虫虫，你等我，等我金榜题名，定去你家提亲。"

叶崇娘含泪应下："定不负君相思意。"

杨柳依依，临别依依，送至长亭外，终须一别。

车队走了许久，日渐黄昏，路上尚有马蹄声。

叶崇娘回过头去，是杨璞在默默地跟着车队，走了很远很远，直至杨家派人把他抓了回去，像个傻瓜，真是傻瓜。

肆

至道三年，柳宜屡迁至国子博士，命其弟携画像前往故里崇安，以慰家母之思，柳永随叔归乡。同年，官场倾轧，叶父被罢官查办，家财散尽，病死狱中，叶母病中闻讯大哀，药石无医，撒手人寰，临去前送信数封，托人照料唯一的女儿。

叶崇娘扶灵回乡，因祖父母早已不在，寄居大伯家。大伯贪财好赌，见叶崇娘姿色出众，竟瞒着族人将其卖入行院，得财无数。

叶崇娘哭过、闹过，可是行院的人皆心狠手辣，什么手段没有？软的硬的狠的，折腾得小小弱女子叫天天不应叫地地不灵。她也曾捎信让人救自己，得回来的消息是，叶家其他长辈怕她在行院的经历连累了自家清白女儿的名声，也没人愿意出大价钱赎她，竟命她自尽保节，对外宣称叶崇娘已死。

叶崇娘得到这个消息时，大哭了一场，大笑了一场。

“蝶是虫化的，虫虫一定是最美的那只蝶。”

“虫虫，虫虫，待我金榜题名，便来娶你……”

蝴蝶陷入烈火地狱，再没有生还的希望。

她抛弃姓氏，改名蝶娘，学艺三年，挂牌迎客。她和许多同样美丽的女孩子一起迎来送往，争奇斗艳，千金卖笑。

她渐渐忘了曾经的坚持，忘了父母的教诲，忘了廉耻，也忘了自己。

行院是她唯一的家，只是午夜梦回，她经常会想起那个人。

梦里，她等了一天又一天，她盼了一年又一年，盼着他白马簪花，将自己救出苦海逃得生天，从此鸳鸯美眷，幸福一生。

这个梦整整做了十年，每天睁开眼，她看见的，依旧是行院美丽而冰冷的摆设。

她是个傻瓜，为什么还会做这样的梦？

明明知道，谁家好儿郎愿意娶个行院女子为妻？

明明知道，谁家长辈愿意要个行院女子做媳妇？

梦醒时分，泪满衣袖。

永郎，虫虫只想再看你一眼，可以吗？

伍

咸丰五年，柳永进京考试，由钱塘入杭州，因迷恋湖山美好、都市繁华，遂滞留杭州，沉醉于听歌买笑之中。

咸平六年，孙何知杭州，门禁甚严，柳永作《望海潮·东南形胜》，前往拜谒。此词一出，广为传诵，柳永亦因此名噪一时。

他才华横溢，相貌英俊，性情温柔，对每个女人都谦谦有礼，诗里更是极尽风流。

不知何时开始，民间开始流传，只有被柳永写诗歌咏过的美人才是当之无愧的花魁。此流言一出，行院娘子们不管是爱诗的，还是不爱诗的，都削尖了脑袋想见柳永，百般讨好，只为求得一诗抬高身价。

“乘醉听箫鼓，吟赏烟霞。异日图将好景，归去凤池夸。”蝶娘如获至宝地捧着他的词，念了一遍又一遍，怎么也念不够。她日日夜夜都盼着曾经的青梅竹马来京师，盼着他能一眼就认出自己，把她赎回去，从此褪尽风尘，过上平静的生活。

大中祥符元年，柳永初入京师，各个行院争相邀请。

柳永来的第一间行院便是会仙阁，要见虫娘。

虫娘年方二八，正是妙龄，她听见柳永来，大喜过望，使足了手段要勾搭，只为求得墨宝，坐上行院花魁之位。更有佳娘、酥娘、心娘不甘示弱，各展手段，要与其一争高下。

蝶娘拼尽全力求鸨母，才得了个弹琵琶的角落。她拼命装扮，希望能让自己看起来年轻些，盼柳永认出自己，可惜再厚的脂粉也遮不住眼角岁月留下的痕迹，她永远也无法回到最美好的时光。

虫娘忙着和酥娘比美，为裙子颜色争得不亦乐乎，心里正憋着股气，回头看着比平时更花枝招展的蝶娘，忍不住嘲弄：“隔夜饭菜真难吃，怎上得了台面？有些人打扮得再漂亮也没人看的。”

心娘也跟着笑：“妈妈真是的，柳公子赏花无数，咱们一桌子春华正茂，怎能给一朵快谢了的花在旁边？要是破坏了柳公子的诗兴如何是好？”

鸨母想想也是，命蝶娘再往角落挪点，服侍陪伴柳公子来的其他客人。

蝶娘不敢反抗，含泪听命。

那夜，柳永来了，他已不再是当年青涩的少年，而是翩翩公子，风华夺目，引得众小姐争风吃醋。

蝶娘期待地看了又看，可是他的目光只在蝶娘身上轻轻掠过，更多地留在了虫娘身上，然后再也离不开了。他为虫娘、心娘、酥娘、佳娘各写了一首《木兰花》，将她们的舞态、歌声、仪态描写得淋漓尽致，尤其是虫娘，一句“坐中少年暗销魂，争问青鸾家远近”，道尽思慕意。次日，又为她单独写了首《集贤宾》，只道“算得天上人间，唯有两心同”。很快，虫娘和柳永感情一日千里，越发深厚，不是夫妻，更胜夫妻。

某日席间，柳永酒醉，蝶娘趁虫娘重梳妆，悄悄走到身旁，斟上一杯解酒茶，问他为何爱这烟花柳巷，为何对烟花女子如此温柔体贴。

他道：“自是虫虫。”

蝶娘忐忑再问：“谁是虫虫？”

柳永道：“我曾有个青梅竹马的女子，她叫虫虫。虫虫美丽聪慧，纯洁善良，是世间最好的女子。我们曾约好金榜题名时我便去提亲，可是她没有等我。”

蝶娘大喜，又问：“你可知虫虫何在？”

“天道不公，最妒红颜。”柳永哀伤不已，“她父母双双去世，她小小年纪被狠心的亲戚卖入行院，性情刚烈，自尽身亡。我每每去行院，看着挨打受骂的女孩，就会想起当年苦命的她，如果当年有人怜惜她、疼爱她，她是否还能活在这世上？世间最苦是情意，碧落黄泉，生死茫茫，情深不至，奈何？”

蝶娘感动得快要哭了，原来他也一直记着她。

少年约，从未忘。

柳永想着和虫虫的温柔岁月，满心心事无处诉，越发凄苦难耐，取得纸笔，一挥而就，就是首《征部乐》：“雅欢幽会，良辰可惜虚抛掷。每追念，狂踪旧迹。长只恁，愁闷朝夕。凭谁去，花衢觅。细说此中端的。道向我，转觉厌厌，役梦劳魂苦相忆。须知最有，风前月下，心事始终难得。但愿我，虫虫心下。把人看待，长似初相识……”

诗未尽，情难掩，泪沾巾。

蝶娘站在他旁边，期待地问：“或许虫虫未死呢？”

“我已负了她。”柳永将目光在蝶娘满是脂粉的脸上掠过，略停顿。

蝶娘心下大喜，含羞想开口。

柳永却道：“你身上的香味有些俗，荷香淡雅不适合你，应用茉莉香。”

蝶娘一愣。

“什么茉莉香？”虫娘施施走进来，绿罗裙，青色纱，不用首饰，不施脂粉，只在鬓边别着朵茉莉花，散发着醉人香气，配着二八少女娇嫩模样，无忧无虑，恰有那般风流在里头，正似当年虫虫。行院有不准抢客人的规矩，她以为蝶娘在和她别苗头，心下大怒，命她下去，再换上温柔表情替柳永披上外袍，然后细细看桌上诗词，嗔道：“你负了虫虫，又负虫虫。”

“不敢不敢。”柳永大笑，挥毫填上最后一句词，“况渐逢春色。便是有，举场消息。待这回，好好怜伊，更不轻离拆。”他抛开笔，握着虫娘娇嫩的手，眼里满是喜悦，他的目光再没有停留在蝶娘身上，哪怕一瞬。

这种感觉好生熟悉。

蝶娘忽然想起了当年的他和自己。

他也是这样看着虫虫，眼里心里都是她，看不见旁人。

如今他有了虫娘，怎能看见虫虫？他爱的虫虫，是年幼的时光，是青梅竹马的爱恋，而不是现在改变了容颜、模糊了性格的蝶娘。所以他在花衢苦苦追寻，可是无数次来到她的面前，却认不出如今的虫虫，最后他却爱上了和当年虫虫相似的虫娘，看不见她在角落哭泣的身影。

虫虫是虫虫，蝶娘是蝶娘。

青梅竹马已无法回到最初。

如果勉强打碎他的记忆，他会放弃虫娘来爱她吗？还是彻底放弃对虫虫的最后一丝思念？如果他愿意接受自己，他们俩还会不会有未来？

蝶娘唯一可以确定的是，不管是虫虫还是虫娘，就算留住柳永的感情，都不会成为他的妻子了。

因为柳永已有门当户对的妻子——倩娘。

世间男人心里，妾同玩物，应无情。

如果柳永有情，愿意把她赎回去做妾，就是对倩娘的伤害；如果柳永无情，不愿意赎她回去，她将彻底绝望。

蝶娘胆小，瞻前顾后，迟迟无法做出决定。

陆

二月十九，观音诞，各地寺庙皆有香会，热闹非常。

听闻观世音菩萨大慈大悲，救世间苦难。

蝶娘告了假，前去参拜，祈求菩萨怜惜，为她指明前路。她添了香油钱，跪在菩萨面前，虔诚磕头，眼泪却止不住地往下流。

她破茧成蝶，再从云端跌落到地狱，落入网中，苦苦挣扎。母亲说女孩子要温柔善良，父亲说女孩子要德才兼备，她学四书五经，学琴棋书画，学女红管家，她学得很好很好，可是有什么用？

他们都盼着她能嫁得如意郎君，从此琴瑟和鸣，恩爱一生，白首不相离。

良人何处寻？

幼时的争强好胜早已烟消云散，如今的她已不敢再奢求有情人，只盼能得可靠之人把她赎出苦海，给她个名分庇护，得以过上太平日子，哪怕是将她送去乡下，就是长伴青灯古佛都没关系。

蝶娘拜了又拜，虔诚无比。

隔壁有位女子拜得比她更虔诚，美目含泪，口中念念有词：“信女倩娘，盼观音大士慈悲，一盼柳郎身体安康，永无苦愁；二盼柳郎金榜题名，一偿夙愿；三盼柳郎搁下痴念，花衢无挂念；四盼虫虫福报，柳郎生死相忘，再无牵挂。”

蝶娘心里微微一震，回首看去，却见隔壁美人。她打扮得极其美丽别致，可脂粉掩不住眼角的憔悴，口脂遮不住唇边的干裂，她的声音嘶哑，眼角似有流不尽的泪。可惜她心心念念的丈夫，尚在花衢处醉生梦死，挂念着心娘和酥娘的舞、佳娘的歌、虫娘的解语。

蝶娘在迎来送往中见过很多这样的女人，如今文人骚客汇聚花衢，皆以和花衢美人有情为风流。在大部分男人心里，妻子只是家中打理家务、生儿育女的责任所在，他们的感情留在了花衢来来往往的美人身上，若得花魁青睐，一掷千金在所不惜。

有些可怜的妻子，她们爱上了丈夫，爱深妒极，妒极哀伤，哀伤损寿。

正如倩娘，正如虫娘，正如那些为他倾倒的女子。

蝶娘看着憔悴的倩娘，仿佛看见了虫虫嫁给柳永的结局。

柳永心中的虫虫已死，何须花衢寻？倒不如珍惜眼前人。柳永既爱虫虫，为何还要和行院年轻花娘们打情骂俏？为何那么轻易地相信她死了，不愿多调查一点？说是在花衢里找虫虫身影，为何不想着虫虫年纪渐长，多在年纪渐大的女子里看一眼？

醒了吧，看清吧，其实他爱的不是虫虫，只是心里那个爱着虫虫的自己，爱着他最美好的少年时光，那段浪漫多情的风流岁月。

蝶娘忽然觉得，青梅竹马，索然无味。

倩娘久病体弱，拜得久了，晕晕欲倒。

蝶娘急忙伸手去扶，倩娘却认出了行院娘子身上的脂粉香气，迁怒恨极，毫不客气地拍开了她的手，任由自己摔倒在地上。服侍的丫鬟急急冲上来扶起主人，又让人去告知婆婆，倩娘起身鄙夷地看了一眼蝶娘，傲慢地转身离去。

蝶娘想起柳母当年对她百般疼爱，忍不住问道：“你还好吗？我想知道柳……”

倩娘压根不愿跟她说话，听了半个柳字，断定是那些勾搭柳永的行院女子之一，打断怒道：“你这种不知羞耻的女子配拜观音吗？配呼唤我家柳郎的名字吗？不要自不量力！你们尽管勾搭好了！且看结局如何！”

柳母匆匆来到，关心地对倩娘嘘寒问暖，回首看见蝶娘，猛地一愣，低声道：“是你？！”

蝶娘知柳母认出了自己，有些欣喜，正要见礼，想求她帮忙赎出自己，然后远远离开，再不相见。

倩娘疑惑地回头问：“娘，你认识这女子？”

柳母仿佛碰到了什么污秽的东西般，毫不犹豫地将目光从蝶娘身上移开，撇清道：“我怎可能认识这种不要脸的行院女子！尽是些狐狸精，勾得永儿不着家。只觉得稍有些脸熟罢了，认真看去却知看错了。好媳妇，永儿是有些荒唐，你别放在心上，我们柳家绝不会让这样的污秽女子进门，简直是笑话！”

蝶娘愣在当场，再也说不出一句话。

原来，地狱里的蝴蝶怎么也挣不出生天，曾抱着的希望，只是笑话。

天黑了，乌压压的云朵掩上最后的光明，剩下的都是黑暗。

打雷了，下雨了，混着羞耻的泪，脸上的水珠怎么都淌不尽。

蝶娘麻木地往山下走，却不知该往何处。

路边，有农家汉子用衣裳替娘子遮风避雨；茶寮里，有商人夫妻互相擦拭脸上的水珠；树下，有卖炭老者抱怨妻子送伞来，只道是若染上风寒如何是好……

暴雨中，她孑然一身，茫然独行。

柒

天地茫茫，容不下小小一个她。

蝶娘恍恍惚惚地朝行院走去，暴雨遮掩了视线，她不小心在转弯处重重撞上了一个男人。这是她平生所见的最魁梧的大汉，高如山，壮如牛，满脸大胡子，配着宝刀，浑身匪气。

蝶娘被撞得跌落在地上，浑身水珠弄湿了大汉的好衣服。

大汉回头看了一眼，似乎很生气，伸手要抓。

蝶娘吓得半死，不敢多看，一边尖叫着道歉，一边朝行院逃去。

大汉拔脚就追，似乎要找她麻烦。

所幸蝶娘对附近地形极熟，转弯混进相熟的行院，再从后门溜走，回到会仙阁。

雨水淋湿了身子，又受了惊吓，蝶娘打了几个喷嚏，身子有些不舒服起来，鸨母只当她装病，命她好生梳妆，开门迎客。蝶娘抱着琵琶，强撑着坐在角落，尽量缩在灯影里，人却越来越难受，额头也渐渐起了热度。

今夜贵客临门，女孩们都惊恐起来。

这是个性格极其恶劣的客人，性格残暴，嗜好虐待，每个服侍他的女人都会落得一身伤，甚至有几个差点被打死的。可他非常有钱，出手极阔绰，而且认识权贵，又不挑剔女人的年龄和容貌，鸨母舍不得把这样好赚钱的客人赶出门外，总是让不听话、犯了错或是年老珠黄的姑娘去服侍他。

今夜他来到会仙阁，鸨母笑得像朵花似的，小姐们却胆战心惊，唯恐被指名去服侍。

蝶娘素来乖巧，弹得一手好琵琶，尚未到挣不到钱的时候，这种事原不应轮到她。

未料，虫娘恨蝶娘不守规矩，对柳永生了心思，竟在鸨母面前提议让她去服侍。虫娘自得了柳永几首诗词，如今是花衢第一人，日入斗金，鸨母恨不得把她捧在手掌心日日疼爱，哪愿逆了她的意？

蝶娘在众姊妹同情的目光下，抱着琵琶，带着不舒服的身子，战战栗栗地接待客人。

客人命她弹琴。

她心里慌，病情也越发沉重，头晕目眩，手中琵琶竟错了一个音调。

“你这贱女人是看不起大爷吗？”客人重重的一个耳光扇在她脸上，将她整个人打翻在地，半边脸肿了起来，痛得几乎晕死过去。她赶紧爬起来，跪在地上，磕头求饶。

客人问：“求饶吗？你是什么人？”

蝶娘不明其意，沉默不语。

更重的一记耳光打到她脸上。

蝶娘被打蒙了，乖巧回答：“我是大爷的女人。”

客人抬手又是一记耳光，他揪着她的头发，提起来羞辱问：“你配吗？你就是个人尽可夫的贱女人！你是个花钱就能买的臭婊子！你是个水性杨花的烂货！让大爷教育教育你！你再说，你是什么人？”

若是往日，蝶娘会为了少受皮肉之苦，乖巧地遵循客人之意做任何事。行院内，清高和骨气在生存面前根本不值钱，只要能活着，活得好好的，挨骂受气什么都无所谓。

可是，今天的蝶娘像傻了般，跪在地上，任打任骂，就是咬紧牙关不说话。

沉默只能激起禽兽更大的兽性。

客人看她不乖顺，暴戾更长，他把她如货物般丢在角落，抄起腰间鞭子，仿佛发泄般狠狠抽在她身上，一边打一边骂：“臭婊子，下贱的女人，给脸不要脸！给我哭！哭得好听点！哭得让大爷满意。”他口里的污言秽语难以描述……

屋内，鞭子如雨点，道道血痕道道伤，皮开肉绽，鲜血染满衣。

屋外，欢声笑语，鸨母数着银子，假装听不见。

蝶娘起初还挣扎了几下，却只换来更粗暴的对待。她放弃了反抗，她看着精致华丽的画梁，仿佛看着自己的坟墓，没有泪，没有恨，双眼里没有一丝生气，如活死人。

活着太累，做梦太累，心太累……

够了，已经够了，不如归去……

地狱深处，蝴蝶再也没有了破网的力量。

意识渐渐模糊，她挣扎得好累，竟再也无法睁开眼。

恍惚中，有人冲进屋内，夺下鞭子，争执打斗声不断。

恍惚中，有高大男人靠近他，带着哭腔对她说话。

隐隐约约，仿佛听见最温柔的呼唤。

“虫虫，虫虫，虫虫……”

遥远的呼唤，唤醒了蝶娘心里最后的力量。她下意识地用伤痕累累的身子耗尽最后一丝力气，朝这模糊的人影伸出手去，用最细微的声音乞求：“救我……”

原来，她还不想死。

温热的水滴，大滴大滴地落在她的脸颊上，滑落冰凉。

莫非，老天还在下雨？

伤重病沉，蝶娘渐渐失去了意识，只记得有人小心翼翼地将她拦腰抱起，仿佛捧着最贵重的珠宝，将她护在怀里，然后是行院喧哗声一片。

“虫虫，我终于找到你了。”

捌

蝶娘再次醒来的时候，已是次日黄昏。

身上的伤口已被妥善处理，热度也略微降下，只是眼里不再是熟悉的行院画梁，而是客栈的屋顶。

她在哪里？

蝶娘有些恍惚，朝旁边看去，路边遇过的那个魁梧大汉正细心地用水浸过的帕子替她擦拭额上发热的汗水，他的衣裳上还有血迹，眼里满是疲惫的红丝，似乎很久没有睡觉。

那张脸，好生熟悉，是在哪里见过？

他看见蝶娘醒来，欣喜不能自已，连道：“虫虫，虫虫……”

蝶娘看着那张脸，在记忆里搜寻了许久，不敢置信地问：“杨璞？”

“是我，是我，是我。”九尺男儿见她醒来，终于松了最后一口气，险些再次流下英雄泪。

他端过一碗汤药，轻轻将蝶娘扶起，靠在床边，又拿过勺子，一口一口吹凉，小心翼翼地递到她的唇边，看着那满身伤痕，心酸道："虫虫，我找了你好多年。对不起，我太笨，花了那么多时间，让你受了那么多苦。"

蝶娘不解，呆呆地喝下药，用疑惑的目光看着他。

杨璞解释："你父母出事前，你母亲恐你受牵连，曾来信给我娘，盼望多加照拂。我娘让我去寻你，未料，你大伯竟说你死了。我不信，逼着他要看坟墓，结果他带我去的坟墓又小又荒凉，根本不像你的。我在叶家大闹了一场，有好心人告诉我你已被卖入不堪之所，为保名节，自尽身亡。我还是不信，四处追寻，生要见人死要见尸，却不知你被倒卖了几次，怎么也查不出下落……"

纵使希望渺茫，他决不放弃。

少年执着地寻，拼命地寻。走遍每个行院暗巷，大散家财，不为寻芳，不为取乐，只为找到她的踪迹，当中故事，颠簸曲折，劳累苦愁，在他口里却轻描淡写，不值一提。托关系赔钱解决掉打伤蝶娘的客人，和会仙阁的鸨母价都没议直接替她赎身，重金求医，不眠不休地在旁边照料，他压根儿没放在心上。他的眼里只有蝶娘的委屈，蝶娘的痛苦，心里只有蝶娘归来的庆幸和欢喜。

蝶娘喃喃问："为什么？"

杨璞的回答如他的心思般简单："从小你就是我的仙女，美丽聪慧，高高在上，如今你落了难，受了苦，我怎能弃你不顾？定要好好接着，让你不受委屈。"

蝶娘心里感动，片刻又黯然："你的妻子呢？她会伤心的……"

她已不想面对倩娘那样的怨恨了。

"虫虫，我没有妻子。"杨璞急急抓住了她的手，黑脸涨得通红，仿佛能滴出血来，张口数次，才磕磕绊绊地说，"我在神佛面前发过誓，若你活着，便是我的妻子；若你死了，便葬入我家祖坟，断不能让你流离失所。虫虫，嫁给我，虽然我又笨又没用，文不成武不就，还缺心眼，求求你，嫁给我，给我一个机会，让我将你好好护在掌心，不要再让你受一点伤。"

他是个笨蛋，却有世间最坚毅的心。

他是个傻瓜，却有世间最痴心的情。

他每天都看着她，偷偷地看着她，痴痴地看着她，她的音容举止、一颦一笑统统刻在心头，无论在什么地方，不管她有什么变化，他都能一眼认出她。

而她，却未曾认真注意过这个固执的少年。

他找了她十年，无怨无悔。

柳永多情，杨璞痴情，多情怎如痴情深？

母亲的话是对的，杨璞才是值得托付女儿的好人。年幼的她却被皮相和风流迷了眼，看不懂世间人心，却不知多情便是无情。烟花消散易，石守万年山，哪怕身陷污秽处，受尽世间轻视，他也爱着她……

“对不起。”

他用爱化作利刃斩断蛛网，他的情如烛火点燃光明，让地狱里的蝴蝶逃出生天。

有颗石头投入心湖，一圈圈的涟漪，浅浅荡漾开，直至最深处。

蝶娘号啕大哭，没有矫揉造作，没有虚情假意，她哭得像个年幼的孩子。

她恨自己有眼无珠，将鱼目当明珠，将明珠当鱼目。

她恨自己看不清人心，苦苦追寻却不知真心在身旁。

幸好他从未放弃愚蠢的她。

蝶娘哭倒在他的怀里，宣尽心中的痛苦，诉尽十年的委屈。在他宽厚温和的掌心中，她是从未有过的安心。

“虫虫，跟我回家。”他说。

这次她不再犹豫。

玖

近乡情怯，不敢见阿母。

纵使杨璞口拙舌笨地再三保证没问题，他娘从小就喜欢她，蝶娘还是害怕得不能自已。她想起了和柳母的相见，柳母曾经也是那么喜欢她，恨不得立刻将她娶回家做媳妇，可是知道她落入行院后，这份喜爱只剩下轻蔑，只怕她不知廉耻地缠上自己前途无量的儿子。

杨璞虽然没有功名前途，但杨家富贵，他的两个兄长都颇有出息。杨母是个泼辣粗俗的妇人，蝶娘儿时曾见过她吵架，用词粗俗，几个女人加起来都不是她的对手。杨母最疼的孩子就是杨璞，如果知道行院女子勾走了儿子的心，甚至要做杨家媳妇，她不知会有多怨恨，多愤怒。

蝶娘不敢承受这样的怒火。

地主的小儿子和行院里的女人，门不当户不对，她没信心可以做杨璞的妻子，哪怕是做妾都心虚，怎么被嫌弃都是应该的。

若被赶出家门，她将无家可归，又不愿再回行院，除了跳入江中再无去处。

蝶娘越想越害怕，吃不下睡不着，这份忐忑不安竟不比刚被卖入行院少。

她只恨小船太快，不能再拖一会儿，让她再多享片刻的幸福。

码头处，杨柳下，杨母带着丫鬟仆役，早早相迎，脸色焦虑。

杨璞跳下船，欢快地冲向母亲，兴高采烈地大叫："我找到崇娘了。"

杨母年迈，眼睛已不太好，环目四顾，急问："人呢？"

蝶娘怯生生地走上前，小心翼翼地行礼，迎接即将到来的暴风骤雨。

杨母三步并两步冲上去，扬起手。

蝶娘闭眼，浑身发抖，等待命运的宣判。

未料，杨母竟将她整个人紧紧抱入怀里，号啕大哭："好孩子，你受苦了。"

蝶娘不敢置信地抬起头，仿佛在梦中。

"你母亲是个好人，她去世前曾给我捎信，让我照顾你一二。你是我看到大的孩子，又救过我儿性命，我收到信立刻启程要去找你，看看你过得好不好，免得你受欺凌。没想遇到了暴雨，出发耽搁了两天。你那该天杀的大伯竟将你害得那般苦，害我好找，我一天骂那畜生十八次都消不掉心头之恨！"杨母哭得不能自已，满心的怜惜几乎溢出来，"我答应过你娘要照顾你，这些年我天天在找你，天天都想你，他爹也在想你。以前的事统统别想了，好好回来比什么都好，以后你是我亲闺女，我再不让你受半点委屈。"

杨璞急了："娘亲你又糊涂了，啥亲闺女啊？"

杨母回头骂儿子："兔崽子急什么？还没说完呢！我把媳妇当亲闺女疼！"

杨璞满意了。

自古侠义出市井，在这对有些粗鲁的母子争执声中，蝶娘的眼泪再次大滴大滴地落下来。她泣不成声，恨不得流完一辈子的眼泪，只觉十年苦难，烟消云散。

原来老天从未抛弃过她。

没有嫌弃，没有鄙视，只有怜惜，只有善良。

杨璞牵过她的右手，男人粗糙的掌心有着最灼热的感情。

阿母牵过她的左手，老人苍老的掌心有着慈祥的温柔。

他们带她回家，一个再没人欺负她的地方，好好呵护。

从今往后，再不害怕。

【第五章】寸草心

胡为乎株林？从夏南兮？

匪适株林，从夏南兮！

驾我乘马，说于株野。

乘我乘驹，朝食于株。

——《诗经 · 株林》

壹

楚国，每个人都嫉妒申公屈巫。

他年近四十，却依旧风流倜傥，双鬓染上的白霜只为他增添了成熟的魅力。他才华横溢，胸怀大志，担负着楚国北上争雄的重任，深受君王宠信。家中高堂尚在，无病无灾。正妻文姬贤惠孝顺，生育二子一女，长子屈狐庸习文，天资聪颖，有父亲风范，二十岁已游学列国；次子屈献习武，擅长骑射，小小年纪已有豪侠之气；女儿屈微相貌端庄，知书达理，有淑女之范。最近妾室又为其添了个半岁的儿子，真真是儿女双全、富贵无双，旁人盼也盼不来的福气。

真是这样吗？屈献对此很怀疑。

“献儿，骑射之艺贵在坚持，你怎么又不去先生处了呢？要学习你大哥，不要总是偷懒。你大哥十二岁的时候早已知书达理，进退有度，你也十二岁了，尽知道瞎玩，把衣服弄得乱七八糟，玉佩也不见了，是丢了还是送人了？不是和你说那玉佩是王赏赐的吗？你求了那么久才给你的，你怎么不爱惜呢？上个月你的账上怎么多了两百铢？尽知道乱花费，该不会喝酒去了吧？不是让你少和襄老家的黑要玩耍吗？襄老倒是品行端庄，奈何年迈方得一子，捧在手心宠溺过度，惯得那家伙贪花好色，品行不端，和这种损友在一起久了，会带坏你的。还有上次你和阿姊顶嘴，太不应该了……”母亲最善唠叨，每次训斥起来没两个时辰不得安宁，反反复复都是些陈谷子烂芝麻的小事，听得人耳朵起茧。

屈献是经常被教育的那个，碍于孝道，逃也不是，驳也不是，听得脑壳里嗡嗡作疼。好不容易听完逃跑，没走几步，又遇到祖母，想回避却被眼尖的侍女发现了，只好硬着头皮上前请安。

“献儿，傍晚露重，怎能穿得如此单薄？”祖母的兴趣爱好就是管闲事，尤其喜欢关心儿孙的身体。她看了眼屈献身上单薄的衣裳，面露忧色，急命侍女：“快去将新做的夹衣取来，莫要冻坏了我的孙子。”

时至初夏，蝉鸣已起，还凉什么？！

这世上有一种冷，叫作祖母觉得你冷。

屈献自幼习武，身强体健，别说穿夹衣，单衣都快把他热得冒汗了！略反驳半句，祖母语重心长：“春天就要多捂捂，才不容易生病，要多听老人话，才不容易吃亏。”

屈献咬牙应下，谢过祖母赐衣，顶着热气披上，匆匆逃去。逃到后院，又见阿姊欢欢喜喜地在逗小弟玩，看见他又开始念叨：“小献，你怎么回来了？上次我看见有女子戴的玛瑙指环很漂亮，你替阿姊去找找，干吗？不高兴？就欺负你怎么了？给自家阿姊做点事很委屈？小心我把你偷吃院子里的果子欺负青儿的事情统统告诉娘亲！”

阿姊喜欢华服美饰，更喜欢出卖弟弟，还曾动员母亲给他说个丑八怪做媳妇，说什么娶妻娶贤，王家长女温柔贤惠聪慧无双，正好和他个没脑子的莽夫相匹配！母亲差点就被说动了，吓得他找父亲跪地求情才算了了此事。

屈献根本不屑理她，回屋小憩片刻，这是他每天最放松的时刻。

未料，小弟不知哪里不对劲，忽然号啕大哭起来，哭声直透云霄，奶娘奴婢几个人怎么哄都哄不下来。紧接着母亲来训话，祖母来安慰，七大姑八大婶来看热闹，上万只鸭子吵得整个院子不得安宁。

母亲唠叨死了！祖母麻烦死了！阿姊蠢死了！小弟吵死了！这个家到处都是喧哗吵闹，鸡飞狗跳！讨厌至极！

屈献狠狠发誓，再过四年，等他长到十六岁，定要像兄长那样去游学，离这群麻烦的家伙远远的！眼不见心不烦！屈献抱着锦被，默念“清心去火”数次，总算将自己从一片嘈杂声中暂时摘脱出来。七大姑八大姨开始把话题扩散，张家娶了个悍妇，李家闺女端庄漂亮，刘家小妾不省心，鸡蛋涨价，最新的妆容首饰……尽是些鸡毛蒜皮的小事，没完没了，怪不得父亲在家总是板着一张脸，不带笑的。

兄长屈狐庸性情沉默，做事踏实，家族对他期望很高，早早送他出去游学。屈献则从小留在父亲身边由父亲亲自教导，聪明伶俐，少年心性有些急躁，偶尔会犯点小错，大节却无失，父子经常相伴，感情极深厚。

屈献觉得父亲是世间最完美的男人，他甚至不明白父亲为何会娶那么笨拙平凡的母亲，两人站在一起就好像美丽的天鹅和灰扑扑的鸭子，一点也不相配。每次看见母亲拿鸡毛蒜皮的无聊事去问日理万机的父亲时，他都替父亲觉得烦，所幸父亲很有耐心，总是很认真地替母亲分析建议。

世人多风流，常有轶事流传。

屈巫相貌堂堂，才华出众，仰慕者众多，常有多情美人相邀，可惜他从不拈花惹草，揉碎了许多芳心。他每次出使其他国家，都会给母亲带回很多价值不菲的贵重礼物，厚重的皮毛、五颜六色的丝缎、灿若锦霞的吉贝布、血红的赤玉指环、几百颗绿松石的项圈、无瑕的白玉瑗……最重要的是不带女人回家，简直是浊世里的一股清流。

楚人羡煞了屈家门风和文姬的好运气，疼爱女儿的贵族都愿意把女儿嫁给屈家，屈狐庸早早定下亲事，屈献还未及冠，媒人已踏破了门槛。东家女儿美，西家女儿慧，这个巧手好女工，那个贤良知进退，挑花了母亲的眼。

屈献说，他要自己选。

女人们听了哈哈大笑。祖母打趣：“献儿大了，会挑媳妇了，你想要个什么样的天仙美人？”母亲赶紧拦下：“小孩子懂什么？别让他瞎胡闹。娶妻重德不重色，家世为上，他性格如此跳脱，定要挑个稳重知礼的女孩，相貌差不多就好了。”阿姊劝：“乖，这世间有很多女人外表光鲜，内里都是黑水，男人是看不出的。你那么笨，很容易被甜言蜜语哄晕了头，要是娶个陈国夏姬那样的蛇蝎女人，小命都没有了。”她们的言下之意，就是要给他选个相貌普通、循规蹈矩、无聊无趣的媳妇。

屈献气得直跺脚。作为儿子，他敬爱母亲，可是作为男人，他一点也不想娶像母亲这样的女人，过父亲这样的婚姻生活，每天衣食住行、柴米油盐，话题围着家长里短转来转去，简直无聊透顶，烦闷无味。

贰

三月初三上巳节，冬去春来，城郊河岸，美景如画，桃花吐蕊，梨花飘香，游人纷纷踏春来。黑要性格张扬，出手阔气，郢城权贵少年唯他马首是瞻，一声令下，纷纷聚集，带着漂亮的丫鬟，喝着最好的春酒，吃着灼烤的鹿肉，眼珠子盯着走过的大姑娘小媳妇，时不时出言调戏。胆大的姑娘大声骂回来，胆小的女孩红着脸跑掉，偶有几个春心荡漾的，看着这些衣着华贵的公子哥，不是忘了帕子就是丢了香包。

“路过的那个小娘子颇有几分姿色，她回头看我了！她脸红了！哎哎，怎么跑了？我还没出手呢！”

“子越，你是多少年没见过女人，这种农村丫头你也看得上眼？青涩无趣，哪比得上管夫人一半风韵？”黑要最爱风流，从小混迹花丛，早已是花间老手。或许是年幼丧母的关系，他看女人的眼光有些奇怪，不喜欢妙龄少女，只喜欢年长的女子，尤其是风韵犹存的已婚女子，听说还和什么寡妇有一腿，内中详情就不好提了，这也是文姬不准屈献和他来往的主要原因。

屈献不以为意，现在这世道，风流不是什么大不了的事。若为这种莫名其妙的理由和黑要断绝往来，就算黑要不说什么，他也会被朋友笑得抬不起头来。男人活在世上不就为了张脸吗？最多他不学黑要那样和乱七八糟的女人鬼混就好了。母亲实在是想太多、管太多了。屈献满腹牢骚。

酒过三巡，少年们意气风发，开始指点江山。

“陈国夏徵舒弑君夺位，对外宣称国君酒后急病归天。所幸孔宁和仪行父逃出，在君上面前哭得一塌糊涂，君上震怒，似乎要出兵收拾那大逆不道的家伙。”

“陈国国君身亡，为何陈人不闹？”

“哎，谁让那国君死得窝囊！他和夏徵舒母亲私通，还到处乱说话，激怒了夏徵舒，才遭此杀身之祸。”

“夏徵舒之母可是夏姬？听说那女人私通的可不止一个男人，有好几个呢。”

“不不，我听说的是整个陈国贵族男人，大半都和她有一腿。”

“有这样的母亲，是个男人都能管他叫儿子，哎，我是夏徵舒也忍不得啊！”

“君是君，臣是臣，再怎么不满也不能以下犯上。”

“夏姬真有那么美貌吗？真希望这次出军，主上能把她抓回来看看。”

“看什么啊！再漂亮也是年轻时，现在她都快四十了，美什么啊！我们又不是黑要，口味别具一格！”

“呸呸呸，你们懂个屁！”

屈献虽年幼不通情事，也记得母亲唠叨过很多次，像陈国夏姬这样风流无耻的女人不是好东西，让他千万不要靠近这样的坏女人，可他听着朋友们热火朝天的议论，看着他们眉眼里有说不出的兴奋，心里实在好奇……他活了十二年，还没见过真正的坏女人。若是夏姬被擒来楚国，他悄悄地去看一眼，应该不要紧吧？

叁

楚庄王十六年，九月，楚国决意讨伐夏徵舒，陈成公访晋未归，陈臣畏楚，不敢对敌，开城门迎楚军，将罪名推至夏徵舒一人。大夫辕颇率楚军前往株林抓夏徵舒施以车裂之刑，擒夏姬送至楚王前。

楚王慕夏姬美色，不忍杀，欲纳为妃。申公力劝，说夏姬不祥，天下美人众多，君主不应贪恋。楚王雄才大略，辗转反侧，狠心放弃。

楚臣令尹子反慕夏姬美色，欲纳为妾。申公再劝，说夏姬克死丈夫、情人和儿子，甚至灭亡一国，娶之招祸。令尹子反惧，思量再三，忍痛放弃。

楚王便将夏姬嫁与丧偶多年的大夫连尹襄老为继室。连尹襄老意外得此艳福，欢喜不已，不顾年老体迈，对夏姬宠爱有加。夏姬成亲后，安分守己，在内对丈夫恭敬有礼，对孩子视若己出，在外长袖善舞，八面玲珑，渐渐得到了部分楚人的认可。

黑要却在继母进门后性情大变，行为举止稳重了许多，不但花街柳巷禁足，寡妇门前绝迹，还重拾竹册和宝剑，每天乖乖习武读书。狐朋狗友引以为罕，都说是一道天雷劈坏了他的脑子。家中长辈们纷纷欣慰，只道是夏姬管教有方，让浪子回头，顽石开窍。

为此，有些楚人开始质疑夏姬狼狈名声的真伪，猜测她只是一个身不由己的可怜女人，丈夫死后，因美貌招来嫉妒，苦苦在强权的夹缝里艰难求生，被迫屈从男人，还为此失去独生儿子。各种版本的“真相”在郢城流传，楚人只要提起夏姬，就有说不完的话题。

黑要很久没有召集朋友聚会了，屈献对他颇为想念。有天夜里，他悄悄翻墙出门，想去看望好友，却不经意在河边槐树下看见了黑要。

黑要看起来很奇怪，仿佛被恶鬼附身，双目满是红丝，表情狰狞，不停在树下走来走去。忽然，他狠狠一拳砸向槐树，鲜血混合着木屑溅到了他的脸上，他却不知疼痛，依旧砸了一拳又一拳。不知过了多久，他又蹲了下来，用鲜血淋漓的手捂住了自己的脸，嘴里不停地问：“为什么是你？为什么是你？为什么是你？”痛苦的声音在宁静的夜里轻轻回荡，无处宣泄。紧接着，他又疯狂地笑了起来：“你为什么不去死？为什么不去死？”笑完他又开始哭，“不，对不起……”他疯了。屈献吓得半死，不敢打招呼，连滚带爬地离开了现场。

次日，他在路上遇到了黑要。黑要嬉皮笑脸地和他打招呼，态度亲热，除了右手缠着厚厚的布条，整个人和从前没什么两样。屈献小心翼翼地探问右手的事情，黑要满不在乎地说自己练武不小心弄伤了。

屈献问他："你昨天晚上有出去吗？"

黑要诧异地看了他两眼，信誓旦旦地说："没有，我一直在家睡觉。"

昨夜种种，是梦还是现实？屈献有些迷惘，他挠挠头，怎么也想不明白。

黑要豪迈地灌了他三碗酒，请他吃了烤羊腿，醉后抱着他叫好兄弟。最终，他什么都没有问，心里却有了抹不去的阴霾。

肆

连尹襄老德高望重，和申公交情颇好，尤其是晋国之战后，申公更是频频出入襄老府邸，谈论国事。襄老知申公大才，恳请在闲暇时指点黑要学问，申公欣然应下。

屈献借机求父亲，说自己年纪不小了，应跟在父亲身边学习朝政大事，且襄老府邸练武场占地宽广，黑要武艺高强，两人可一同切磋进步。申公疼爱儿子，应下。文姬对此颇有异议，但看在黑要最近改邪归正了许多，犹豫再三，终被父子说服，同意他去黑要家学习，只勒令不准喝酒玩耍。

不料，黑要出门办事去了。屈献找不到好友，听父亲和襄老讨论的朝政大事真是无聊，他忍不住打了好几个哈欠。好不容易得了休息的空子，找借口溜达去花园玩，路上有只雪团般的猫儿蹿出，远处侍女们惊呼连连："小小不见了！快把小小带回来。"

屈献身手矫捷，三下两下擒住猫，带往声音处。

时值秋日，满院子艳丽红叶，深深浅浅，勾勒出最浓艳的画卷。

画卷中，有任何秋色都无法压住的美人。她的衣裳是那么的素雅，配合这满园色彩，多一分嫌浓，少一分嫌淡；她的打扮是那么的美丽，小小的桂花被精巧地串在乌黑的鬓边，点缀着秋色，简单而有格调；她举手投足是那样的优雅，每个动作都如最优美的舞女，像林间山鬼般纯洁，像河中女神般高贵；她的肤色白皙无瑕，眼角虽有微微的皱纹，带着岁月的痕迹，却只觉得是年华沉淀恩赐让她更美丽。

十余名侍女围绕着她，个个年轻貌美，各具风姿，不管放在哪里，都是男人们争相讨好的美人儿。可是在这位美丽的贵妇面前，她们的颜色都淡了，如含苞待放的花蕾和风华怒放的牡丹，对比之下，年轻只觉青涩无味。莫非，这是传说中的神女？

神女朝他轻轻笑了笑，将他的思绪带回人间。

屈献醒悟过来，她是夏姬，传说中能将男人迷得死去活来的坏女人。他想起母亲的叮嘱，有些害怕，将猫递给侍女，想逃跑。

夏姬忽然出声叫住了他：“你可是申公的儿子？我经常听他提起你。”

父亲在坏女人面前提过自己？屈献好奇地停下了脚步，犹犹豫豫地回过头去。夏姬看出了他的犹豫，笑着走来，轻轻挽过他的手，朝蔷薇架走去。

秋天的蔷薇开得最是雅致，蔷薇架下铺了大块白锦缎，对着一池秋水和残荷，正是赏秋处。

夏姬命侍女呈上糕点，每块都精致小巧，做成动物形状。白色的是兔子，黄色的是小鸡，粉红色的是小猪，个个憨态可掬。屈献还有些孩子心态，忍不住这样好看点心的诱惑，顾不得母亲不准多吃甜食的教导，连连吃了好几块，味道倒是普通的糕点味。

夏姬抽出绣花帕子，温柔替他拭去嘴角残渣，斟上一杯温度恰好的暖茶。她的目光是那样慈爱，没有外头传言的妖气，笑容那样温柔，根本不像坏人。

屈献渐渐放下戒心，在被阳光照得灿烂的蔷薇架下，和夏姬聊起天来。

夏姬说：“你爹说你性情跳脱，有几分犟脾气，看似不羁，实则重情重义，孝顺长辈，学习也很用功，是个再好不过的孩子。”

屈献听得大喜：“我爹真这样说我？”

夏姬笑吟吟地点头。

屈献想想平日，不好意思地低下头：“我没那么乖，有时会和母亲顶嘴，我也不想不听话，可她真的好啰唆，什么事都要管，烦死我了……”

夏姬安慰：“长大的雏鹰总要离开巢穴，你母亲只是担忧过度，舍不得放手罢了。在她眼里你永远是个不懂事的孩子，可随着你慢慢长大，她会慢慢明白的。更何况，母亲都是爱自己孩子的，她不会责怪你的顶嘴，更何况，有孩子顶嘴总比没孩子顶嘴好……”她看着屈献，眼眶忽然红了，美丽的眸子深处有点点波光，情不自禁地叹息道，“我的舒儿年少时和你一样，倔强，不羁，经常和我吵架，看见这样的你让我想到了他，可是我再也无法听他顶嘴了。”

语未尽泪先垂。美人如带雨梨花，格外惹人怜惜。

屈献想起她儿子惨死之事，很是同情。他不懂安慰女人，急忙放下手中茶盏，吞下口中糕点，干巴巴地劝慰：“你别伤心了。”

夏姬摇头泣道：“大家都说是我害了他，可在豪夺强取面前，我小小女子又有什么办法？早知酿成这般悲剧，我就该自尽保节，早知舒儿会做这样的傻事，我拼死也要拦下他。如今我只恨不得替他去死……”

屈献实在无法把眼前这个伤心欲绝的女人和坏女人联系起来。世人总是以讹传讹，谣言未必属实。

看着夏姬忧伤的样子，屈献的胸中顿生英雄气魄，想维护这个可怜的女人，至少不要让她更加伤心。他甚至开始说起从未说过的笑话，希望她重展笑颜。

夏姬被他拙劣的表演逗乐了，破涕为笑。

笑容拉近了彼此的距离，他们越谈越多，越谈越欢喜，时光转瞬即逝。

夏姬总是静静地听屈献说话，不随便插嘴，也不胡乱打断。她会真心对他取得的成绩赞不绝口，会对他做的傻事开心，会对他的痛苦难过安慰，会对他的梦想进行鼓舞。在她面前，不需顾着端庄礼仪，不用担心说错话被批评，也不会被嘲笑，屈献从未一口气说过那么多话，痛快极了。

父亲来叫他离开时，他依依不舍。

回家后，母亲赶上来问东问西，唯恐他在别人家失礼，怕他闯祸。

明明都是年龄差不多的女人，明明都是母亲，为何夏姬那样仪态万千通情达理，自家母亲却庸俗粗鄙啰唆唠叨？

屈献不耐烦地听着唠叨，心里比往日更加憋屈。

母亲再次提醒："不要和夏姬走得太近，她不是什么好货色。"

屈献终于忍不住了，他大声反驳："胡说八道！她根本不是那样的人！你只知道听信谣言，就不知道用脑子想一想吗？她不过是个柔弱的女人，做得出什么惊天动地的坏事？她失去丈夫和儿子已经够可怜了，何必再用这样恶言恶语诋毁她的名声？"

母亲听得目瞪口呆，良久，怒喝："你这混账孩子！胡说什么？！"

屈献扭头逃跑，再不回头，背后听见父亲在劝解母亲："好了好了，孩子长大了，有自己的主意了。谣言不可尽信，如今夏姬在襄老家恪守本分，也没必要揪着往事不放，你就算不喜欢也在心里念念罢了，不要到处去说。我和襄老同朝为臣，若你的话传了出去，让我如何自处？你该为丈夫的颜面想想啊……"

这夜，父母房内灯火亮了许久。

次日，母亲红了眼眶，没有唠叨，也没有说夏姬半句不好了。屈献只觉耳根清净。

伍

母亲永远在担心这个担心那个，夏姬身边是说不尽的快乐和自由。屈献无法抵抗这样的吸引力，他找尽借口去襄老府邸做客，只为见夏姬一面。夏姬亦极喜欢屈献，总会亲热地叫他“献儿”，为他安排丰盛的佳肴，认真地将他当小大人看，有时陪他下棋，有时观他练武，有时教他各地风土人情，有时说民间趣事。夏姬懂的东西可真多，永远不会腻味。

他们感情好得让黑要有些吃醋，好几次在练武途中闯进来，假借切磋为由，将屈献收拾一顿。屈献迟钝，好久才察觉好友不高兴，因此问了几番。

黑要不高兴地问：“你天天往我家跑，对夏姬是何居心？”

屈献被问得莫名其妙：“当然是尊敬的长辈啊！要是我娘有她一半温柔就好了。”

黑要看见他一脸懵懂，忽然高兴了，拍拍他肩膀：“好兄弟。”

屈献顿悟：“你是怕我跟你抢娘？”

黑要连连点头：“没错。”

屈献鄙视：“亏我以为你豪气，原来是个小气鬼！”

黑要哈哈大笑：“是是，为兄不对，待会儿请你喝酒。”

屈献兴高采烈地跟他走了许久，忽觉不对：“你为何不管夏姬叫娘？”

黑要愣了愣，扭过头去：“我不愿叫生母以外的女人做娘。”

桀骜不驯的好友竟对生母如此孝顺，屈献肃然起敬，想想自己最近的行径，很是不安，觉得该对母亲再孝顺一些，待会儿回家给娘买包糕点？还是买个漂亮梳子呢？算了，反正买什么她都会高兴的。

夏姬看见他们俩勾肩搭背地回来，前嫌尽释，很是欢喜。她亲手替两个孩子擦汗，腕间环佩叮当，淡淡香风扑来。屈献很是受用，黑要却显得有些僵硬，他忽然抓住她的手腕，停了片刻，猛地甩开。夏姬被推得往后退了两步，险些摔倒在地，鬓间白玉簪滑落，摔落青石地上，裂成两半，一头青丝披散而下。

黑要脸色阴沉，呼吸急促，转头逃去。

夏姬歉意地笑了笑，神色有些哀伤。

屈献手持一块糕点，觉得好友有些怪怪的，场景尴尬，进也不是，退也不是。

“献儿。”不远处传来父亲呼唤的声音，屈献回过身，看见父亲的身影从花丛中走出，他看见衣冠不整的夏姬，愣了愣，持君子之礼扭过头去，目不斜视地请罪：“唐突夫人了。”

夏姬拢起秀发，笑道：“此事罪在玉簪，申公何罪之有？只可惜玉簪虽美，总归脆弱，木簪结实，又嫌呆板，世间万事，难得两全。”

屈巫答：“世间万事，变幻莫测，总有两全法。”

夏姬笑了，起身告退。

陆

申公是楚国重臣，政务繁忙，早出晚归不着家是常事。最近一月，他经常忙里偷闲回家，躲在书房里，埋首案牍，不让人打扰，不知在做什么。文姬得见丈夫归家，心里欢喜，亲手给他炖了好些滋补品送去，说是丈夫日夜辛劳，应好好补身。

母亲做的菜色香味俱全，堪称郢城一绝，平日理家繁忙，甚少下厨。屈献想吃，被母亲喝止，说是大补之物，不适合孩子吃，不准他和父亲争抢。

屈献从不是认命的老实孩子，仗着父亲疼爱，决定去书房偷吃。他趁着父亲被祖母叫离了书房，编了个借口骗过看门的仆从，混进书房，偷喝了几口羹汤，尝了口烤鹿肉，真是鲜美无比。他舔着嘴角，依依不舍地要离开之际，却见地上有不少木屑，寻觅一番，他在案几阴影处找到一支未刻完的木簪。

市面上的木簪多是穷苦人家的女孩佩戴，雕工简陋，偶有精致的也多半刻着蝙蝠寿桃之类，庸俗无比，是老妇人戴的款式。可是父亲藏着的木簪，却是罕见的海棠簪，簪身为纤柔缠绕的枝干，枝头两朵含苞待放的海棠并蒂，带着绵绵情意，别有一番风流在里面。

母亲曾说，父亲年轻时有双巧手，后忙于政务，荒废了。

母亲即将四十生辰，父亲曾说要送给她最贵重的礼物。他是为此偷偷雕刻簪子送给母亲吗？

“世间万事，安得两全？”

夏姬笑意盈盈的声音掠过心头，扰乱了屈献的心，他隐约感到不安，却不敢深思。屈献不愿相信如神灵般完美无瑕的父亲会背叛母亲，也不愿相信温柔亲切的夏姬会和自己父亲有私情。于是，他悄悄将木簪藏回原处，装着什么都不知道离开了房间。

忐忑不安中，母亲生辰已到，家中设小宴招待亲朋好友。父亲为母亲送上了一套黄金白玉镶宝的头面，出自楚国最有名的工匠之手，价值贵重，引得伯母婶婶交口相赞，都说申公是天下第一等好男人。

母亲笑着接过首饰，眼里却流过一丝落寞。

襄老和申公交情深厚，闻夫人诞辰，命夏姬亲自送来贺礼。夏姬打扮素雅，淡施脂粉，轻挽云髻，浑身上下没有任何金玉首饰，唯独一根木制海棠簪斜插鬓边，给端庄带来了丝丝柔媚，引得在场贵妇频频偷看，相互打听在哪里可以买这样别致的木簪。

母亲的脸瞬间变得煞白，她强撑着笑容招待宾客，素来稳重的她竟险些失手打翻茶杯。夏姬却谦虚恭敬，行事得体大方，说话妙语连珠，博得在场宾客一致称赞。

屈献的心仿佛被重锤敲过，闷闷地疼，他不住回头看父亲，父亲神色如常。或许簪子是襄老委托父亲做的？他们是好友，就像他和黑要是好友，如果黑要拜托他帮忙做什么事，他也不会拒绝的……

歌尽，舞歇，宴罢，客散。

母亲仿佛耗尽了一生的气力，她瘫软在椅子上，愣愣地看着丈夫，仿佛从未认识过这个男人。忽然她不顾体面，不顾周围祖母和儿子的存在，莽撞地开口问："为何那支簪子在她头上？"

父亲反问："什么簪子？"

母亲的手几乎捏透了案几的厚木，她一个字一个字地问："你知道我说的是哪支簪子，我曾在你书房见过它。我只想知道，你亲手雕刻的簪子为何会出现在那不知廉耻的女人头上？！"

祖母明白过来，瞬间冷了脸，她命人将孩子带离宴席。兄伯叔婶纷纷借故告退。屈献出了大门，趁乱扯了个谎，从窗户跳进室内，躲在屏风后偷听。

这一切的事，他也想知道为什么。

母亲伏在地上，哭得歇斯底里。祖母用拐杖狠狠砸在父亲背上、腿上，痛斥："文姬进门多年，孝顺知礼，持家有道，你对她有哪里不满？找什么女人不好，找那个不要脸的，你是要害死我们全家吗？你若还有半分廉耻之心，快和她断绝关系！再也不要来往了！"

父亲咬牙挺着，沉默不语。

祖母年轻时也是泼辣女子，骂完儿子骂夏姬，言辞粗俗不可一一尽道，直将她比作祸国殃民的狐狸精，天下第一贱货，然后闹腾着逼儿子承诺和她分手，再不去襄老府邸。

"够了！夏姬不是这样的女人！"父亲忍耐半日，终于忍不住，挡下了祖母的拐杖，喝道，"我半辈子身不由己，处处妥协，为家族娶了不爱的女人，过着枯燥无味的生活。如今遇到夏姬，我才知道什么是感情，只有和她在一起，才能得到片刻欢愉。"

祖母目瞪口呆："当初我选几家世家女供你选择，你亲口和我说文姬贤惠，宜家宜室，如今却……"

父亲烦躁地说："当初是当初，现在是现在。"

母亲强撑着颤抖的身子，摇摇晃晃地站起来："你从未爱过我？"

父亲不愿正视她痛苦的目光："我对你只有敬重。"

母亲拉着父亲的衣袖，像被抛弃的孩子："新婚之夜你发誓要一辈子对我好，你给我描眉，你给我挽发，你说要白头到老永不分离，难道这统统都不是爱？"

父亲反问："我对你不够好吗？我有说要休了你吗？世间男子哪个不是三妻四妾、

美人如云？我就是对你太好了，让你看不清事实，善妒霸道。”

母亲忽然狂乱地尖叫起来，她第一次扑上去捶打奉若神明的丈夫：“屈巫，你这个伪君子！我宁愿你从未对我好过！”

父亲鄙夷地推开她：“莫名其妙。”

母亲跪坐在地上，又哭又笑，状若疯狂：“屈巫！我恨你！我用尽一生来恨你！我要诅咒夏姬那不要脸的女人千刀万剐，不得好死！”

父亲暴怒：“你这泼妇！妒妇！你才不得好死，你看看你现在丑陋的模样，哪里比得上夏姬的贤惠大度，温柔得体？”

“够了！”祖母命心腹的婆子扶起了哭泣的母亲，送回房中，回首正色对父亲说，“你现在有出息了，是一国重臣，我们制止不了你做任何事。可是，你要时时记住，你是一家之长，身负整个家族的兴衰，你可以不爱文姬，可是你绝不能和夏姬在一起。因为楚王想要夏姬，子反想要夏姬，都是你劝阻的。如果你背着他们和夏姬私通，便是欺君，楚王会怎么想？旁人会怎么想？我们没有人可以承受王的怒火！届时，你多年清名毁于一旦，屈氏家族不保！”

父亲沉默许久，闷声道：“儿子明白。”

祖母叹息，劝道：“你若还认我这个母亲，便不要再和夏姬来往了。晚些去和文姬道歉，她是外柔内刚的女子，对你全心仝意，生儿育女，操持家务，让你免除后顾之忧，你不念感情也要念恩情，不要再伤她的心了。”

父亲低首，看不清表情，他轻声应道：“是。”

那夜，父亲求见母亲，却被拒之门外，两人又是一番口角。

柒

父母这样闹下去可不好，母亲闭门不出，不理家事，家里愁云惨淡，比往日的闹腾可怕一百倍。

屈献硬着头皮去寻母亲，想看看有什么解决方法让她消气。

母亲不整仪容，鬓边白发又多了许多，眼中布满红丝，整个人仿佛老了十岁。她怨恨地看着儿子，问：“你不跟父亲去找夏姬那狐狸精，来我这里做什么？”

屈献不善言辞，被问得哑口无言。

母亲走过来，冷冷地问：“其实你知道那支簪子的事吧？”

屈献点点头：“其实也没什么……”

“为什么不早告诉我？”母亲愤怒地打断了他的话，质问，“你三天两头去襄老府邸，每次都向着夏姬说话，是不是也看上了那只狐狸精，想认她做母亲？你装傻卖痴是为你父亲打掩护吧？”对着儿子那张酷似父亲的面孔，她仿佛看见了丈夫站在面前，强压下去的怒火无法控制地宣泄出来，“你这爱撒谎的孩子，荒唐任性，不愧是他屈巫的种！哈哈，夏姬是柔弱女人？可怜？我再也不会相信你的话，你给我滚！给我滚！我不要看见你！”

屈献最是倔强，他对父亲和夏姬的私情毫不知情，被母亲无故谩骂，愤怒委屈涌上心头，眼泪在眼眶里打转。他忘了来意，忘了初衷，毫不留情地开口，每个字都是言不由衷的残忍：“我知道又怎样？你除了唠叨只会唠叨，只知道让我好好学习，天冷加衣，饭毕添汤，从不会关心我心里想什么！我就是喜欢夏姬这样的母亲，聪明漂亮，温柔可亲，她比你的啰嗦粗鄙强一百倍，做她的儿子才是天下间最幸运的事，父亲是瞎了眼才娶了你。你不是问我要娶个怎样的媳妇吗？我现在告诉你答案，只要那女人不像你，什么样的都好！”

母亲愣愣地看着儿子，眼里满满都是绝望。

屈献说完这些话，立刻后悔了，可惜覆水难收。他逃命般地离开了母亲的住所，再不敢多看她一眼。

自此，夫妻交恶，母子陌路。

父亲履行了对祖母的承诺，明面上再没有和夏姬的私情传出。

屈献在家没脸见母亲，在外没脸见好友，性情也孤僻了许多。

捌

楚庄王十七年，连尹襄老战死沙场，黑要不顾父亲尸首，欲烝继母夏姬。天下哗然，痛斥其不孝。

黑要一意孤行。

申公派人送信给夏姬：“归，吾聘汝。”

短短四字，道尽天下情意。

夏姬深受感动，依照申公计划，借迎丧之名向楚王恳求回娘家郑国，号称借助郑、晋两国邦交，寻回亡夫襄老遗骸。申公假借出使齐国之机，改道郑国，将送给齐国国君的国礼作为聘礼，在馆驿中和夏姬结为夫妻，私奔晋国。

晋王得到名动天下诸侯的能臣，大喜过望，封屈巫为邢大夫。

令尹子反伙同子重，上书痛斥其欺君之罪。

楚王震怒，下令诛屈氏一族、黑要一族。

屈家男子除外出未归者，成年者尽数被杀，珠宝首饰，洗掠一空，往日的豪门世家，如今处处火光。

令尹子反派人四处搜寻屈献，务求斩草除根。

母亲在军队杀入内宅前，命人将屈献叫到偏殿。偏殿内只有母亲、祖母和几名忠仆，神色决然。

屈献害怕得浑身发抖，不知如何是好。

她们似乎早有准备，很冷静地对他进行了一番叮嘱，安排他和身量相若的忠仆互换服饰，带上些许珠宝首饰，在混在军中的朋友的帮助下，逃出屈府，逃离楚国，去晋国寻找父亲。

屈献伏地大哭，磕头不已，要和家人同生共死。

母亲心意已决，厉声相斥，以死相逼。

祖母说："乖孩子，没事的，虽说是抄家灭门，女眷最多是进大牢吃点苦头，可是令尹子反对你父亲怨恨极深，你若落在他们手上必死无疑。"

屈献无奈，泪别亲人，朝晋国方向逃去。

临行前，母亲忽然叫住了他，欲言又止，最后却道了声："对不起，阿娘从未关心过你想什么，忘了你不再是那个走路摇摇晃晃的孩子，而是坚强的大男人了。以后阿娘不会再管束你了，盼你珍重，只要记得阿娘永远爱你。"

屈献不解其意，再次承诺："我会让父亲救你的！"

"好。"母亲露出一个浅浅的微笑，她的脸上没有畏惧，没有担忧，只有满得几乎要溢出来的温柔。屋外厮杀声不入她耳，满地血迹不入她眼，她痴痴地看着儿子渐行渐远的背影，仿佛怎么看都看不够。

祖母一声叹息，命仆从们拿出藏好的灯油，洒满偏殿。

灯台被推倒，熊熊烈火中，她们端坐几案，远远地眺望晋国的方向。

没有怨恨，只有温柔，只有原谅。

那里有她们最心爱的儿子。

玖

屈献从未出过远门，身边没有仆人照料，又不敢投宿驿站，没几天便被偷走了财物，贵公子沦为乞丐，风餐露宿，隐姓埋名，流离颠沛。他做了许多这辈子从未想过的事情，他走了很多错路，偷过地里的萝卜，和恶狗抢过食，和乞丐们打架，在暴雨中行走，发热倒在路边晕了三天三夜，若非从小习武，身子骨硬朗，又遇到好心猎户相救，几乎死去。

他没有死，因为他有非常顽强的信念——无论经历任何苦难，无论付出多少代价，他都要去晋国，在找到父亲和夏姬之前，必须活下去。

跋山涉水，他一路行乞到晋国，用尽最后的气力，来到了父亲面前。

父亲几乎认不出眼前这骨瘦如柴的乞丐是他最疼爱的儿子，辨明身份后，他喜极而泣，抱着屈献哭道："可怜的献儿，你吃了多少苦头，他们说找到了你的尸首，我真以为你随母亲一块儿自焚死了……"

夏姬也从内室走出，依旧风姿绰约，当看见继子一身狼狈，随着丈夫掉了许多眼泪，一边命仆佣给他沐浴更衣，一边命人去请大夫。

屈献重新梳洗打扮完毕，再次拜见父亲，父亲问他族人去世的事情。

屈献摇摇头，不愿多说："就如你打听过的那样。"他表情有些木然，呆滞。

父亲知他在路上吃了许多苦头，又掉了许多眼泪，再三道歉："我对不起他们。"

夏姬劝慰："楚王残忍，不顾往日情分，这个仇早晚得报。你父亲得知消息后大病一场，伤透了心，如今你平安无事，正是欢喜之时，切勿再哭坏了身子。"

屈献冷冷地说："是啊，灭门之仇，早晚得报。"

席间，奶娘抱出数月大的女婴。父亲掩下伤心，露出几分温柔，对屈献说："看，这是你的小妹。"

屈献迟疑地问夏姬："这是你的孩子……"

"是的。"夏姬慈爱地接过女婴，"小心肝，快来看看你哥哥。"

屈献看了好几眼，只觉孩子相貌肖母，粉琢玉砌，果真人见人爱。屈献笑笑："这孩子有福气，有你这样的母亲，定是如珠如玉捧在手心。"

夏姬笑："可不是呢，孩子不就是母亲的命根子。"

屈献也笑："是啊，孩子就是母亲的命根子。"

众人纷纷称赞，皆夸夏姬待孩子如心肝，真是世间最温柔的母亲。屈献听着听着，忽然取消了原来的计划，脑子里有了新的打算。

入夜，大夫府邸一片宁静，只有数声蛙鸣。

屈献用乞讨途中和窃贼学过的轻巧步伐，来到了父母房前，重重一掌打晕了值夜的侍女，潜入屋内。屈巫和夏姬早已入睡，鼻息平稳，屈献将带来的灯油洒满屋，推倒烛台，匆匆跑出室内，紧接着又点着了妹妹房间的火，然后高呼一声："走水了！"

值夜的仆役发现火情，慌乱大叫，惊醒睡梦中人，大家扛着家伙来救火。

屈献站在门外，抱肩看着这一幕，眼里有无尽的痛快。

屈巫和夏姬早已惊醒，在火海中被吓呆了，所幸有不怕死的仆役冒险冲入屋内，将险些被烟雾呛死的二人扛出，两人头发都烧焦了大半，脸上也有些烧伤。屈巫顾不得伤情，急急检查损伤，回首却见女儿的房间也冒着熊熊烈焰，吓得半死，连连指挥仆役相救。

奈何那边火势更猛，大家犹豫着不敢入内，略一拖延，屋内横梁被烧断，整间房子倾塌，里面有再多人也该烧死了。屈巫既伤心女儿之死，又担心夏姬为女儿之死而疯狂，他回过头去，正想安慰妻子，却见夏姬呆呆地坐在池塘边，捂着自己受伤的脸，眼睛睁得极大，死死瞪着水中狼狈的倒影，仿佛不敢相信发生了什么。

屈巫试图安慰："别难过，我定会找出放火的凶手，为你复仇，孩子，孩子还会有的……"

"我的脸，我的脸……"夏姬一动不动地看着水中倒影，看着脸颊上那块并不算很大的烧伤，仿佛忘记了女儿和丈夫的存在，陷入了崩溃。紧接着她歇斯底里地哭叫起来，打碎了水中倒影，"我的脸！把我的脸还给我！"

屈巫试图让她回到现实："女儿！怎么办？"

夏姬不管不顾，她狠狠地推开了丈夫："不！我只要我的脸！为什么你不护着我？你这个懦夫，窝囊废！为什么烧伤的是我，不是你？！"

高贵的假面被摔碎，慈爱的外表被撕卅，夏姬在最心爱的东西被毁掉后，终于露出了从不为外人所知的另一面。原来丈夫、孩子的生死在她心里统统没有关系，这世间唯一尊贵、不能受任何伤害的只有自己。

屈巫从未见过这样疯狂的夏姬，他的心里有些不是滋味。

不远处传来了掌声。

屈献在树下为这场精彩好戏鼓掌。

屈巫忽然悟到了什么，喝问："是你放的火？"

屈献笑得极痛快，答得极爽快，仿佛要将胸中愤恨倾尽："是。"

屈巫怒而拔剑，朝儿子大步走来："你这个弑父杀母、残害手足的畜生！你可知纵火是死罪？！我今日便要将你正法。"

屈献毫无畏惧，不躲不避："正是有其父必有其子，不对，父亲欺君卖国，荒唐灭族，儿子远有不及，若要相提并论，恐坠了父亲声名。"

屈巫被噎了一下，他用宝剑指着儿子，想砍却砍不下去，颤抖许久，方问："为什么？"

屈献的眼里终于露出了怨毒的目光："祖母曾提醒过你，和夏姬私通会有什么后果，如今你问我为什么？弗忌爷爷死了，你还记得他生前疼你如亲子吗？子闯叔叔死了，你还记得他每次出门遇到好酒，都会弄回来和你同喝，喝醉一起唱歌吗？子荡叔叔也死了，你还记得外头有人说你半句不好，他直接抄鞭子上门找人算账吗？阿姊死了，抄家刚开始的时候，她为你羞愧，不甘受辱，撞柱身亡。母亲和祖母死了，她们为了让我逃出生天，选了绝路。奶娘的儿子阿福，呆头呆脑，最崇拜你了，那天他假扮成我的模样自尽，让大家把他的尸体面部烧焦，放在母亲的旁边，然后母亲和祖母点火自焚，留下三具面目全非的尸体，给楚王造成全家自尽的假象。大家都死了，家也没了，如今你却问我为什么？”

曾经孝顺听话的儿子，如今满脸扭曲的怨毒。

屈巫手中宝剑落地，痛苦地跪下：“我不知道，他们只说楚王下令灭族，我真不知道事情发展会如此惨烈。可是，可是你妹妹是无辜的，为什么……”

草丛里传来了婴儿的哭声。

屈巫急忙冲过去，却见女婴在摇篮里蹬着腿，号啕不已。

屈献鄙夷道：“对不起，我没有父亲有出息。”

屈巫顾不得他话中的讽刺，抱着失而复得的女儿，惊喜地递给夏姬：“你看，女儿没事。”

孩子在夏姬手中滑落，险些跌落水中。

夏姬如毒蛇般盯着屈献：“是你，是你放的火。”

屈巫赶紧将女儿救起，一边安抚一边试图打圆场：“女儿没事，一切都会好起来的。”

夏姬连看都不看女儿一眼，状若泼妇，伸出染着丹蔻的指甲，直扑屈献，抓向他的眼睛：“我要杀了你！你这恶魔，为什么不去死？！你还我的脸来！”

侍女们见势不妙，赶紧抓住发疯的主母。

屈巫也去拦，却被夏姬一指甲挠在脸上，落下长长的血痕。屈巫被这样的夏姬惊呆了，他想不到人人眼里温柔贤惠的贤妻竟有这样泼辣的嘴脸，就算文姬，在被他伤得最狠的时候，也不曾真正对他动过手。

“其实这才是真正的你吧？自私自利，只为自己。”屈献看着这幕闹剧，不紧不慢地说，“自母亲为我身死，我便明白了母亲的心。夏姬，你和我母亲不同，是个聪明能干的女人，当年若你有半分在乎夏徵舒，便不会将风流浪荡事闹得街知巷闻，更不会将贴身衣物随意散发给情人，任由满城流言蜚语把他逼到绝境。夏姬，你是精通男女情事的女人，怎会看不懂继子黑要对你的迷恋？但你不仅不退避，反而更加靠近，引诱他越走越深，以致父子情绝。夏姬，你说你爱我父亲、爱女儿，可现在的你眼里可有他们分毫？”

夏姬疯狂地尖叫：“你去死！你怎么不去死？！”

屈献拊掌大笑：“你在乎的只有自己漂亮的容貌和玩弄人心的魅力，可是你看看镜中的自己，你的脸是多么丑陋，气质也与市井泼妇别无二致。哈哈，大家看啊，这貌若恶鬼的女人就是倾国倾城的夏姬！”

夏姬扑在屈巫脚下，拉着他的衣角命令：“纵火是死罪，请重重查办他！砍他头！凌迟他！哈哈哈，杀了杀了杀了！”

“你疯了。”屈巫推开她，看都不愿多看一眼。他怯声问儿子：“你母亲死前，可曾恨过我？”

屈献诧异地看了他一眼，冷笑道：“没有，她连提都没提过你。”

屈巫颓然跌倒在地，整个人仿佛老了十岁。过了许久，他才说：“纵火是死罪，你走吧，我不想再见到你。”

屈献看了眼疯疯癫癫的夏姬，大步走出门外。

这座精美的府邸不是他的家，他的家早已葬在那场烈火中。

他坚定地向前走着，身无分文，正如来时一样。

路很长，仿佛没有尽头。

可是，他什么也不在乎。

【第六章】孤臣墓

壹

“海瑞来了！海大人来了！海青天来兴国县了！”

普天之下，谁不知道海大人清廉似水，不取百姓一分一毫？谁不知道海大人刚正不阿，从不向权贵折腰？谁不知道海大人爱民如子，对生活贫苦者多有怜惜，时时照拂？谁不知道海大人断案极具个性，与其冤屈兄长，宁愿冤屈弟弟；与其冤屈叔伯，宁愿冤屈侄子；与其冤屈贫民，宁愿冤屈富民；与其冤屈愚直，宁愿冤屈刁顽？

故，兴国县内贫穷百姓奔走相告，越穷的越是兴高采烈，昂首挺胸；富贵人家则面有戚色，越是有钱越是胆战心惊，家家训斥奴仆，收起艳服，降低租税，减免债务，夹起尾巴低调做人，务求名声清白，烧香拜佛求海大人早日升官，速速离开此地。

一时间，兴国县民风大好，人人都是遵纪守法、怜贫惜弱的大善人。

海大人拖家带口到任兴国县，政务得心应手，日子也比在淳安时舒坦了许多。兴国是个穷地方，县衙后院破旧狭小，海大人倒不嫌弃屋子破烂，奈何海家人口众多，一位老夫人一位夫人两位少爷再加两个侍妾几个老仆，其中侍妾韩氏有孕将产，几间屋子住得实在紧迫。

海大人囊中羞涩，又不愿接受旁人好意，便廉价赁了几间旧屋，亲自修缮供母亲和妻妾居住。屋主姓谢，名有德，祖上也曾是大户人家，族中亦有亲戚做官，他是旁支中的旁支，家里也有几十亩田地，算是兴国县的小富户，平日里怜老惜贫，乐善好施，也是兴国县有口皆碑的良善人。

谢有德最敬重海大人这样的清官，只恨不得将那几间闲置的屋子双手献上，奈何海大人坚决不受，也让谢有德对海大人的品行钦佩得五体投地。修缮房子那日，县里规矩，邻家都要来帮忙，他们看着海大人穿着破布衣，亲自爬上屋顶敲敲打打，心里真是百感交集，难以表述。

谢有德回去就将四岁的儿子训斥了一番，让他好好读书，长大要做海大人那样的好官，又恐海大人的母亲和妻妾在兴国人生地不熟，行事多有不便，命妻子多加照拂。

谢家娘子张氏贤惠，低头应下。

海家赁的屋子原是谢家半边院子，谢家原也是人口众多，但谢家祖上都是生意人，耐不住兴国县贫穷，纷纷外出，留下的只有谢有德。谢有德和妻子青梅竹马，感情极好，膝下育有三子，长子随叔父外出从商，次子在省城舅舅处念书，唯有幺儿伴在身边，疼得如珠如玉。

屋子没人住便失了人气，很容易残破。

谢有德便将半边院子砌起，赁给别人居住。

谢海两家就在隔壁，来往甚是容易，张氏便带着幺儿时不时登门拜访。海家老太太面相颇有威严，不耐烦和旁人交往，将这些人情琐事交予王氏处理。王氏也是极温柔宽和的性子，最喜女红，张氏做得一手好刺绣，能画好花样，两人趣味相投，很快就熟悉起来。

妾室邱氏，性子孤傲，不喜与外人来往，常年侍奉在老太太身边。妾室韩氏却是直爽性子，也喜刺绣，她曾是王氏的陪嫁丫鬟，与王氏特别要好，经常在旁边帮忙料理家事。张氏和王氏每每看着她快要生产的肚子，总有说不完的关于孩子的话题。三人密密缝制百家衣，又用旧衣改了孩儿帽和鞋，耐不住技痒，便在衣裳上比赛绣花，王氏绣的是青翠竹，韩氏绣了双鲤戏水间，张氏在水间绣上了一朵莲。

海老太太看着不舒服，当场训斥："弄那些花里胡哨的做什么？浪费绣线。"

王氏脸色一僵，赶紧拉着韩氏跪下认罪。

张氏见状不妙，赶紧带着幺儿告退，数日不敢登门，心里暗自纳闷，虽说官宦人家规矩大，婆媳相处不易，可是哪有母亲给未出生的孩子绣朵花也不准的道理？就算生活最贫困、婆婆最刻薄的农家，也舍不得委屈孙儿，好歹给绣个虎头鞋什么的。

张氏不擅长掩饰心事，家中婆子看出了她的不痛快，查明因由，笑着来说："这些日子，老奴经常陪海家婆子去买油盐酱醋，一来二去也熟悉了。她年纪大，是个嘴碎的，聊天中老奴得知，海大人娶了三次妻！"

张氏不解："男人缘浅，女子薄命，也不是什么稀罕事。"

"不，夫人有所不知。"婆子露出个嘲讽的笑意，"海大人的前两任妻子都是被婆婆休的，原配妻子跟随海大人十年，生育二女，以无子不孝出妻，继妻入门一个月，又以不孝休去。如今这位海夫人是第三任妻子，最是懦弱，平日在海老夫人面前连大声说话都不敢呢。”

张氏大惊，这世间女子被休弃后日子很是艰难，哪怕夫妻感情不和，顶多纳妾，若非迫不得已不会休妻。官家更讲名声，就算正室行事不端，为子女名声，也是丢乡下养“病”为多，更何况原配妻子与海大人相识于微时，十年生育二女有功，无子纳妾有贤，同甘共苦有德，怎能轻言休弃呢？继任妻子入门方一月，从女孩转变成妻子角色多有不适应处，行事不够规矩也不算什么大事，正应好好教导，怎能那么随便就休弃呢？她年纪轻轻就成弃妇，下半辈子该怎么煎熬？

婆子采买惯了，最会算计银钱，她一拍大腿道：“娶妻要钱，纳妾要钱，三妻二妾，再怎么着也要花上几百两银子，海大人做官能不穷吗？吃不起肉，银钱都被他娘存着娶老婆和买小老婆了！”

张氏回过神来，赶紧制止了婆子的胡说八道：“不得对海大人无礼。”

婆子打了打嘴，不敢多说了。

张氏在灯下继续绣花，心神不定，绣错了好几针。夜里和丈夫将此事小声说了几句，感慨各家有各家的难处，从此再登门时格外小心翼翼，唯恐行差踏错，惹怒了海老夫人，给王氏、韩氏带来不便。

日子一天天过去，韩氏临盆，生了个粉雕玉琢的女娃，长得特别可爱。

前任妻子生的女儿早已出嫁，王氏只有两个儿子，所以对这女孩儿爱不释手，抱着亲了又亲。

海大人难得从县衙赶回来看了眼，看见那么漂亮的孩子很是欢喜，对韩氏安抚了两句，命人给她每天做个鸡蛋羹补身子。

海老夫人被邱氏扶着走出厢房，还没走到产房，听闻是个孙女，立刻呸了声“赔钱货”，转头就走。忍了两日，便以家计艰难为由，命厨房停了给韩氏的鸡蛋羹，还把儿子训斥了一大顿，说是母亲都没肉吃，净顾着小妾，是不孝的行为。

海大人四十多岁的人了，听闻不孝，立刻跪下给母亲磕头。

韩氏身子骨本就瘦弱，产后没有被好好照顾，一下就折腾去了半条命，连带孩子没奶喝，饿得嗷嗷叫。

王氏看在眼里，急在心里，悄悄当了两件陪嫁首饰，趁着海老夫人不留意，请了个女医上门替她诊治，又不敢在家煎药，只好求了隔壁张氏。张氏心善，在自家把药煎好，装竹筒里送来，还悄悄捎了些下奶汤水和补品，做贼般地让韩氏服下，韩氏身子方渐渐好转。

孩子百日后，起名莲儿。

王氏向丈夫请求，将其记在自己名下做嫡女，她与韩氏共同抚养。

海大人允。

海家妻妾和美，孝顺的家风、海老太太对媳妇的苛刻在县里也渐渐出了名。海瑞本就是官场上出了名的人物，兴国县里不少富贵人家也有官场上的亲戚，对他的事迹多有打听，再加上好事者的传播，海家的故事越传越广。

听说，海老夫人年轻时丧夫，性情固执，不愿再嫁，也不愿依靠亲戚，自己凭借十来亩薄田，含辛茹苦地将儿子拉扯长大，供他读书，教他道理。海大人纯孝，为报母恩，对她言听计从，是官场出了名的孝顺儿子，就连晚上和谁睡觉，都是听母亲的。每月在妻子处睡两晚，在妾室处各睡一晚，剩下时间要不是睡在衙门，就是睡在母亲房中。

听说，海老夫人给儿子纳妾，根本不是为了生儿育女，而是为了拿捏媳妇，所以两个妾至今只有一女。

听说，原配许氏性情贤惠，苦苦忍耐多年，终于忍不住了，和婆婆辩驳了两句，立即被休了回家，连嫁妆都被扣了不少，为此许家还和海家打了场官司，很是轰动。后来嫁了个婆婆严苛的农家汉子，哪怕一天三顿骂，她半点也不放在心上，说是比以前日子好多了，至少能天天和丈夫在一起，经常在外头夸自家婆婆好。久而久之，婆婆被媳妇天天夸得没脾气了，日子也过得消停了。继任潘氏性情直爽，入门一月，看不惯婆婆这般作态，大吵一架，又被休了回去，被斥为不孝的母老虎，四里八乡无人敢娶。后来嫁给个家里有病弱母亲、实在穷得娶不起老婆的窝囊废，大家都说这对性情绵软的母子要被母老虎糟蹋死了，没想到潘氏入门就当起了家。她泼辣能干，骂跑了欺负上门的邻居，带着男人一同做小生意，吃苦耐劳，干得红红火火，把日子渐渐过起来了。她对婆婆也是请医问药绝不含糊，婆婆在她的精心照顾下，身子渐渐好转，两人不是亲母女更胜亲母女。唯独不好的是，潘氏听不得任何人说海家半句好话，只要听到，就站在街边破口大骂。她又是说话无顾忌的人，怎么狠怎么骂，再加上许家深恨海家休妻，时不时也痛骂一番，很多海家家事也因此成了笑谈。

世人笑骂又如何？

海家每个人都知道，妻也好，妾也好，没有任何女人可以争过婆婆在丈夫心里的地位。浸泡在这样黄连水般的日子里，倒不如互相扶持着走下去，所以海家妻妾关系极好。

贰

谢有德找了个机会，求海大人为幺儿起名，海大人说：“人以其用中正刚直之道，可用‘中直’二字为名。”

谢家几代都是儿子，谢有德两口子对女孩都稀罕得紧。

年幼的谢中直曾去远亲家做客，看见远房表哥炫耀自家粉嫩乖巧的小妹妹后，回家哭闹了几天，硬是要母亲给他生个妹妹玩，要比表哥家妹妹漂亮十倍，比表哥家妹妹乖巧一百倍，比表哥家妹妹可爱一千倍。

张氏哄了儿子好久才将他安抚下来，夜里摸着不争气的肚子暗自伤神。

如今，海家有了个漂漂亮亮的小妹妹，恰是对了谢中直的脾胃。他曾听二哥文绉绉说过一句近什么高楼先得妹，有事没事就往海家跑，闹着要和妹妹玩，只恨不得赖在韩氏屋里不走。

海老夫人对他频繁溜过来玩很是不喜，奈何小孩年纪小，还没到不能同席的年龄，不会看脸色，听不懂婉转拒绝，又会打滚哭闹，她也不能放下身段和那么小的孩子计较。让儿子为此去训斥邻家也不像话，她只好含蓄地和张氏提了几次。张氏倒是回家下了禁令，奈何谢中直调皮不听话，从来不听管，更有好身手，爬树翻墙钻洞不在话下，总能趁母亲不注意，找到空子溜过去，给妹妹带些好玩的东西。

张氏只好道歉再道歉。

海老夫人实在没法，只好叮嘱自家两个听话懂事的孙子不准和这样的野小子接触，免得被带坏，命韩氏不要随便放孩子入屋。

韩氏低眉应下，私下却喜欢谢中直的赤子之心，并不照做。

海莲儿出生已满百日。

海老夫人拒绝为其办百日酒，就连家宴加菜都不允许。王氏只好用自己陪嫁的石榴裙改了件小肚兜，韩氏在肚兜上绣了蝙蝠吉祥图，悄悄穿在莲儿衣内，也算全了为孩子祈福的一片心意。

谢中直知道此事，又悄悄溜到了莲儿妹妹身边，将自己最喜欢的布老虎放在她的枕边。

莲儿抱着布老虎，呀呀伸出幼嫩细白的小手，轻轻握住了谢中直的指尖，忽然笑了起来。她笑得那么灿烂可爱，仿佛能冲去这没有欢乐的宅院里所有的阴晦，带来明媚的阳光。

谢中直忽然很想哄哄这可爱的妹妹，他伸出手，试图像母亲抱自己那样将她抱起，可是年小力弱，一个不稳，竟将孩子摔到了地下。孩子的额角磕到了桌角，豁出道口子，几滴鲜血流了下来。

莲儿号啕大哭。

谢中直知道自己闯祸了，连忙叫人。

海家兵荒马乱，韩氏抱着女儿一直哭。

谢有德夫妇也吓坏了，赶紧请了大夫，带着儿子请罪。所幸伤口只在表面，并无大碍，大家总算松了口气，就是怕额角会留下疤痕。

海大人冷着一张脸，不怒自威。

谢中直毫不犹豫地跪下，朗声道："我错了，请海大人责罚。"

海大人看了眼女儿床边的布老虎，问："何错之有？"

谢中直含泪道："不该胡闹，不该抱妹妹，更不该将她摔倒在地。"说到此处，他的眼泪大滴大滴地往下掉，随之变成了号啕大哭，"我害妹妹受伤，妹妹肯定很痛，妹妹会讨厌我的！我是坏孩子！对不起！我错了！请海大人罚我，拖我去衙门打板子吧！"

倔强的孩子哭成了泪人儿。

海老夫人随便看了眼，觉孙女没什么大碍，对谢中直骂了句："没教养的皮猴儿。"

谢有德夫妇只能低头受着。

王氏和韩氏早已心软，想劝又不敢上前，眼巴巴地看着丈夫。

海大人想了想："既是有错，你可认罚？"

谢中直抽泣着应下，想到传闻中的衙门酷刑，浑身发抖。

海大人道："你年已四岁，应是启蒙之时，怎可那么不知事？我罚你和中砥、中亮一同念书，学习圣人之理，学习礼义廉耻。我查问学习时，若发现你不勤学上进，刻苦用功，必将此事同算，用竹板狠打手心。"

海家请的先生不过是个秀才，学问普通，但海大人才高八斗，海家两位公子都是聪明伶俐之人，能得他们照料学问真是谢家祖上积福。谢有德夫妇因祸得福，喜出望外，谢了又谢。

海老夫人厌恶谢中直不懂规矩、性情跳脱，见儿子已经说出了口，也不好当场驳了他脸面，只好黑着脸走了。

谢中直懵懵懂懂地答应了念书，但他贪玩爱动，坐不住学堂板凳，被先生打了好多板子，日子过得苦不堪言。唯独庆幸的是，海家两位少爷性情虽然呆板，却没有架子，对他很照顾，经常教他学习，进步倒也过得去。他们三人成了好朋友，他出入海家变得光明正大，经常可以看到莲儿被韩氏抱着出来玩。

小小婴儿，从艰难爬行到蹒跚学步，从咿咿呀呀到口齿清晰地叫爹娘。她穿着母亲巧手改出的旧衣裙，将乌黑柔顺的发梳成两个包包头，戴着朵小巧的茉莉花，怀里抱着布老虎，跟在谢中直背后，用稚嫩的声音甜甜地叫一声“中直哥哥”。

谢中直觉得世界都融化了，只恨不得将所有好东西都塞给她。每次看到她被奶奶训斥，他都想将她紧紧护在身后，说话安慰她，逗她开心。他带她在院子里玩，还到处给她找祛伤疤的膏药，托母亲送给她。

两个孩子感情越来越好。

两人有了共同的小秘密后，感情更是越来越好。

海家谢家，一墙之隔，掷石为信。

谢中直靠在东墙，海莲儿倚在西墙，不需见面即可传语。

聊书上提过的珍禽异兽，叔叔说的海外趣闻，茶寮里的故事，戏台上的戏文，县衙里的奇闻逸事，家里的鸡毛蒜皮，天南地北，各处风情。虽然海莲儿年幼，很多东西都听不太懂，这也并不妨碍她喜欢中直哥哥，喜欢听中直哥哥讲故事。他们总有说不完的悄悄话，守着越来越多的小秘密。

叁

嘉靖四十三年，京中传令，命海瑞入京，升户部云南司主事。

小妹妹要走了……

临行前，两个孩子偷偷见了一面，莲儿意识到会有很多日子不能见面，眼泪汪汪地求他：“哥哥一定要来找我。”

宝贝妹妹的请求，做哥哥的哪有不依的？

谢中直哭得肝肠寸断，抱着母亲的大腿闹着也要去京城，挨了一顿竹鞭炒肉，整个人都憔悴了许多。

说起来也是机缘巧合，运气所在，过了年许，谢有德竟收到了京中叔爷爷的信件。叔爷爷在京从商多年，颇有积蓄，膝下无子女，病重垂危之际，终于决定过继嗣子，为他送终。

丰厚的肥肉面前，谢氏族人争夺不休，闹了好几年。叔爷爷是个暴脾气，看着他们争得不像话，用拐棍将他们统统打了出去，却看中了性情纯善、不争不抢的谢有德，经过谢家宗族首肯，谢有德父亲同意，命他入京为嗣子继承香火。

谢有德被横财砸得晕头转向，赶紧收拾上京。

京中居不易，在兴国县百姓眼里很有钱的叔爷爷，京师大街上掉片叶子都能砸到四五个。谢有德认叔爷爷为父亲后，细心服侍，奈何父亲年岁已高，沉疴难治，熬了数月后还是撒手人寰。谢有德接管了父亲的绸缎铺子，却经验不足，缺乏和有钱人打交道的经验，经常被笑话为“乡下来的泥腿子”，生意做得很不容易，日日早出晚归，勉强维持。

京中居不易，房价惊人，父亲丧偶多年没续娶，所以没有置宅，只住在绸缎铺后面。可是绸缎铺后面有几间屋子是做仓库用的，好些男伙计出入搬货，实在不适合女眷居住。

谢有德和妻子一合计，决定赁间屋子安置。

谢中直再次嚷嚷起来，闹着要找小妹妹。

谢有德夫妇琢磨半宿，觉得京中无熟人，和海家好歹还有过邻居之谊，住在他家隔壁，互相照顾，倒也方便。他托人略打听，知道了海家的住址，左邻右里都是普通百姓。又托中人寻了几日，海家隔壁的牛老太太正好要去投靠女儿过日子，略多给了几个钱，轻松赁了她的房子，两进院落，正是合适。

谢有德安置下来，欢欢喜喜地带着妻儿上海家拜访。

王氏和韩氏看见熟悉的邻居，很是欢喜，海老太太却是冷着脸，行事看起来更加孤僻怪异了。她不阴不阳地说了几句话，大约意思是让他们不要沾自己儿子的光，仗着有做官的朋友胡作非为，以免玷污了自己儿子名声什么的。听得谢有德夫妇满脑子不解，估摸是老人家年纪大了，有些犯糊涂。

谢中直看不懂老夫人脸色，直嚷着要见莲儿妹妹。

莲儿听见他的声音，早已出来。

谢中直一看就惊了，原来白白嫩嫩的妹妹怎么变得又瘦又小？个头没怎么长，脸上圆润的肉都没有了，手腕上的骨头清晰可见，额上的疤痕被刘海遮住，乌黑亮丽的长发也变得枯燥发黄，用几根褪色的红丝线绑了两个双丫髻，虽然梳得整齐，也像丛荒草。

谢中直愣愣地问：“莲儿妹妹，你每天吃不饱饭吗？”

莲儿怯生生地不敢说。

韩氏看着这一幕，眼泪都快掉下来了。

海老夫人脸色变得极难看，王氏急忙打圆场：“京城花费样样都大，当家的幼承母训，最是正直，家中哪儿有什么钱财？自然要处处俭省，方过得日子。莲儿孝顺，知家计不易，总是让着奶奶和哥哥们，是再好不过的孩子。”

谢中直心疼不已：“莲儿妹妹，我给你带吃的，好不好？”

莲儿摇摇头：“谢谢中直哥哥，我不饿。”肚子却不争气地叫了两声。

谢中直赶紧劝：“我娘说，人是铁饭是钢，不吃东西长不高。”

“够了！”海老夫人重重砸了砸拐杖，喝止了两个孩子的叙旧，毫不留情地训斥，

“中直，我儿曾夸你是个知礼的孩子，如今看来，不过如此。你不知莲儿是个女孩子吗？怎能随意和外男来往？怎能接受别家吃食？人活着自有风骨，怎能为衣食折腰？老身当年养育孩子，过得比现在苦得多，也没受过旁人一分一毫救济！没问邻家要过一口饭！莫非你们谢家看不起我们海家？”

谢中直一片好心却被训得张口结舌，不知从何辩起。

谢家夫妇赶紧拖着儿子道歉，直说稚子无知。

韩氏赶紧把莲儿带回屋内，王氏哄了半天，方让老夫人略略好转。

谢中直回到家中，委屈地问爹娘：“你们不是说邻里遇到困难要互帮互助吗？我做错了什么？你们不觉得莲儿妹妹吃不饱饭很可怜吗？”

谢有德夫妇对乖巧懂事的莲儿本也十分喜爱，对海老夫人的观点也不甚赞同，实在无法回答这尴尬的问题，只好搪塞而过。

肆

谢中直不是老实孩子，他看着莲儿受苦，心中生出一股英雄气概，誓要像戏文中的英雄那般，把受苦受难的妹妹救出来。他在家野惯了，绕着院子里的围墙转了许久，偷来父亲的凿子，熟练地在墙上挖了几个踩脚处，爬墙上去，观察许久地势，寻了棵枝叶茂盛的大树做隐蔽落点，算好海老夫人午睡、海家少爷读书的时间，悄悄找莲儿去了。

莲儿看见他冒险前来，鼻子有些发酸，强忍着不落泪。

谢中直塞给她两个热腾腾的肉包子：“趁你奶奶没发现，快吃。”

莲儿轻轻摇头：“我不饿。”

谢中直急了：“胡说八道！你怎会不饿，我明明听见你肚子叫了。”

莲儿小心翼翼地看了眼门外，确认侍奉奶奶的邱氏不在，轻声道：“若是我吃旁人的东西，奶奶会很生气，会连累娘亲和姨娘挨骂的。阿爹公正严明，名声非常好，我不能做让他丢脸的事情……”

谢中直有些难过：“咱俩从小一块儿长大，情同兄妹，哪里是旁人了？”

莲儿坚持摇头：“大家都挨着饿，阿哥也挨着饿，我不能独自吃饭。”

谢中直无奈，怀里掏了半天，掏出两块吃剩的糖饴来：“那，我不让你吃饭，吃零食可以吗？我娘说零食不是正经饭食呢，这不算违背了你奶奶的规矩吧？”

莲儿虽被调教得循规蹈矩，但始终是个小孩子，许久没见零食，喉咙咕噜了两声，馋得几乎流出口水来，又想吃又拿不准这合不合规矩，不免有些犹豫。

谢中直不管三七二十一，趁她犹豫，直接将糖饴塞入她嘴中，笑着问：“甜吗？”

“甜，我从没吃过那么甜的东西。”莲儿吃着吃着，眼泪大滴大滴地落下，怎么止也止不住，“好好吃，这是不是世界上最好吃的东西？它叫什么？”

谢中直眼角也湿润了，家境宽裕、备受父母疼爱的他，身上总有吃不完的零食。他从未想过有孩子出生以来没吃过三文钱就能买一包的廉价糖饴，而这孩子还是官员家的千金，是他放心尖尖上的小妹妹……

他将剩下的糖饴塞在莲儿手中，叮嘱：“放在床头，饿了就吃，我晚点再给你送零食。”

莲儿迟疑着不敢接：“可是……”

两个孩子推揉之间，一把带着哭腔的声音在门外响起：“莲儿，这是中直哥哥的一片心意，你就收下吧。”韩氏回来拿针线，看见这情境，母女连心，乖巧的女儿瘦得皮包骨，做母亲的哪能不落泪，万般干系也要背了，吩咐道，“你就收在我的空首饰盒里，不要让老夫人知道。”

莲儿得母亲应诺，不再害怕，开心应下。

谢中直知道自己爬墙唐突，有些不好意思。

韩氏装作没看到，自言自语：“每日这个时辰院子里都没人呢，莲儿还小，老夫人看不见的地方可以松快些，但最多只能半个时辰，多了姨娘可不依了。”

谢中直闻弦歌知雅意，大喜过望，赶紧谢了又谢。

韩氏笑道：“我可不知道你在谢什么，时候也不早了，快回家去，别让你娘担心。”

未来的日子里，谢中直总在这个时候爬墙，韩氏故意把仆人支走，后院总是静悄悄的。他就带着零食去找莲儿，有时候是桂花糕，有时候是松子糖，有时候是糖葫芦，有时候是炒栗子，然后和她继续说着悄悄话。莲儿在他的鼓励下，原本被训斥得如老鼠般的胆子也壮了许多，脸上神色不再愁苦，竟敢和他说笑话了。只是每样零食她并不敢多收，略微尝尝便很开心了。

谢中直看着她笑容一天比一天多，心里也越发欢喜。

张氏知道此事，虽训斥儿子行事不谨，也悄悄地以求帮忙做针线为由，托韩氏给莲儿带些鸡蛋大饼等吃食，理由是几岁大的孩子不吃饭怎么受得了。女孩子天生柔弱，又有生育之险，若是熬坏了身子骨可是一辈子的事，更何况莲儿额头上还有自家儿子造成的疤，理应受到补偿。

韩氏知道她说的是托词，感激这片心意，千恩万谢地收下，时不时瞒着家中所有人悄悄给女儿吃上两口。恩德无以为报，只能精心替谢中直做了几双鞋。

伍

嘉靖四十五年二月，海瑞在棺材铺买了口薄皮棺材，托邻居谢有德夫妇对家人照料一二，向帝呈上《治安疏》，批评皇帝迷信巫术、生活奢侈、不理朝政等罪行。

天下大惊，朝野哗然。

这世间哪有骂皇帝的傻子啊？还骂得那么狠，那么不留余地！

海瑞死定了！

海老夫人豪爽，不愧为女中豪杰，只道："我儿不枉教导，读圣贤书，做圣贤事，定当名垂千古。"

王氏对着那口薄皮棺材哭得死去活来，虽然自家男人在家里不怎么样，养家养得一塌糊涂，可俸禄再少，家里总归是有进项啊！自家儿子一个九岁，一个七岁，女儿才五岁，上头还有个老太太，母老子弱，怎能没有男人依靠？若圣上动怒，祸及家人怎么办？这男人怎那么不靠谱？！她又惊又怒，竟落下病来。

皇帝看了《治安疏》大怒，要斩海瑞。不幸中的万幸，徐阁老感海瑞勇气，念其忠诚，爱其才华，出力将他保了下来。皇帝怒气未消，不知如何处置，便将他关押监狱，监狱官员看在徐阁老的面子上，对他多有照顾。

海瑞的俸禄自然是没有了。

海家生活过得更加潦倒。

谢有德夫妇感激海大人不顾自己安危，为百姓上书的勇气，三番两次送吃食和银钱到海家，皆被海老夫人退回。

大家都说，海大人是活不成了，应该多想想活着的媳妇和孙儿。

海老夫人一滴眼泪都没掉，该吃该喝该睡，样样都不耽误。她早已下定决心，年少守寡，与儿子相依为命，儿子就是她的一切，若儿子活不成，她便陪儿子一块儿去，全了海家忠臣的名节。至于其他人怎么活，她压根儿不在乎。

人命轻如鸿毛，哪有名声、气节和风骨重要？

海老夫人年迈，固执得越发厉害，如今咬死心思，死活不肯接受救济，甚至不肯变卖儿子留下的笔墨书籍，还发话说如果家中有人不顾海家气节去吃救济食，便拖去饿死。媳妇和妾室再哭也没有办法，世俗礼法，孝道当先，婆婆以死相逼，她们能怎么样呢？只好绞尽脑汁，拼命想办法，能过一天算一天。

嘉靖四十五年十二月，帝崩。

新帝即位，改年号隆庆。

新朝新气象，事务繁忙，海瑞的处置被拖延了下去，似乎又多了点希望。

海家苦苦支撑到隆庆二年，越发贫困。请不起大夫，买不起药材，王氏的病越发沉重，原本就瘦弱的她，为了省下粮食给儿子吃，每日只肯用些菜汤，瘦得脱了形，几乎只剩骨架。可怜慈母心，可怜孝子情，两个儿子为了给母亲买药，偷偷当了棉袄，未料这年天气多变，寒意降临，竟染上风寒。因常年吃不饱饭，两个儿子身体羸弱，再加上没钱而拖延了治疗，病情快速恶化，眼看就要不行了。

莲儿得了谢中直的暗中救济，略好些许。她和自家哥哥感情甚好，眼看着哥哥病重，不顾韩氏万般叮嘱，悄悄拿着中直哥哥给她的食物，去给两个哥哥吃，盼着哥哥能早日康复。

哥哥住在海老夫人房间附近，海老夫人因担忧儿子，不再午睡，饶是莲儿千般小心万般留意，世上哪有不透风的墙？很快，海老夫人就发现了莲儿的小秘密。

“家中竟出了如此不守妇道的女子！和外男私相授受，成何体统？！”海老夫人勃然大怒，训斥得毫不留情，“这就是你们教出的好女儿？！硬生生要坏了父亲的名节！好端端官宦人家的姑娘，竟像个半掩门子，在男人手里乞食吃，不知廉耻！”

那些不卖身妓院、只在自家接客的妓女就叫半掩门子，是极低贱的女人。

七岁的孙女，善良乖巧，孝顺懂事，不过是饿得受不了，受了些邻家孩子的吃食，竟被亲祖母辱骂为妓女。韩氏又羞又怒，气得脸都快滴出血来，忍不住争辩了几句，海老夫人在家中说一不二，何曾能忍受别人反驳？她当场大怒，命老仆将韩氏和莲儿都关了禁闭，每日只给碗菜汤吊命，说是若儿子能活着回来，就出妾，若儿子死了，就让她们殉葬保节。

王氏听得外头如此吵闹，拖着病体出来求情。

海家两位少爷愧疚难当，也爬下病床，跪在地上为妹妹哀求。

海老夫人冷着脸，不为所动。

心事重重，忧心忡忡，三人的病情又重了几分。

两日后，九岁的中亮撑不住，撒手人寰，又过了三日，十一岁的中砥也不行了，熬了半夜，在母亲的哭声中离开人世。

王氏心灰意冷，药石无效，只凭着一口气吊着，苦苦煎熬。她托人找隔壁张氏来相见，两人不知说了些什么，张氏离开时满面泪痕。

谢中直担心莲儿身体，奈何院落被牢牢看管，再也无法爬过去，他心焦如焚，却无计可施。

半月后，海瑞竟全须全尾地回来了。他在牢中已知子死的消息，在坟前大哭了一场，只道：“每一思及，百念灰矣。”

海老夫人大喜，抱着儿子哭了许久，拿出所剩无几的银钱要给他买块肉补身。海瑞却道将银钱拿给病重的王氏和年幼的女儿看病。

海老夫人想起孙女的“丑事”，想起韩氏对她的顶撞，再次大怒，说韩氏不孝，命他卖妾，莲儿这种不知廉耻的孙女，根本没资格花钱看病，理应饿死守节。

海瑞丧了二子，实在舍不得女儿，苦苦哀求母亲。

海老夫人这辈子从未被儿子忤逆过，大哀，将幼年时为儿子吃的苦头再次一一说了遍，又将从小教导儿子的气节述说了一番，然后哭着问儿子，是否嫌弃母亲老迈，再也不愿听她说话了？若是嫌弃母亲，她倒不如活活饿死，免得留在世上招人怨恨。

她当真不吃不喝，绝食了三天。

海瑞纯孝，哪里受得了这个，只能应下。

消息传出，众人哗然。

韩氏年纪不过三十余，略有姿色，又是官宦人家出身，行事有度，愿意买她回去做妾的商人不少。海老夫人铁石心肠，硬是给她挑了个远方游商，要远远地送走，眼不见心不烦。

明日就要被接走，韩氏不哭不闹，面色如常。她穿上最好的衣裙，对着许久未曾磨过的铜镜，静静地理妆容，她梳得那么仔细，那么认真，连一根头发丝都不愿乱。

海瑞前来看她，多年感情，颇有不舍。

韩氏回首，嘴角露出一抹淡淡的微笑，眼角弯弯，仿佛回到了刚随王氏来到海家时的明媚岁月。年少的她总是笑得那么的快乐，那么的轻松，那么的美好，海瑞竟忘了自己有多少年没见过她的笑容，平日所见竟只有愁容。

两人静静相视无语。

终于，海瑞打断了这份沉默：“春娘，我替你挑的人家人口简单，家风正派，有几十亩田地，是耕读人家。男人品德端正，正室大度贤良，四十无子方纳妾，以后你会过得很好的……”

韩氏柔声道：“老爷挑的定是极好的。”

海瑞愣了许久，终于忍不住，轻声问：“你不恨我？”

“恨？有什么可恨的？这样的结局我早就知道了。”韩氏看着晃动的烛光，笑得苦涩，“当年家乡大水，王家收留了无父无母的我，小姐良善，待我极好，从未作践。她出嫁前曾听人说‘宁娶大家婢，不娶小户女’，便动了心，让我陪嫁进门，准备抬高身价，过几年找户好人家聘了。呵呵，小姐是那么的美丽善良，柔弱单纯，又识文断字，所以她进门就得了所有人喜欢，得了老爷的喜欢。可惜老爷喜欢的老夫人统统不喜欢，所以在小姐有孕时，逼着小姐把我指给老爷做妾……为了分宠，为了嫉妒，为了更好地拿捏小姐。可惜我不听话，总是帮小姐说话。为老夫人做事，总是阳奉阴违，所以老夫人也不喜欢我，只恨没有理由赶走我罢了。她最喜欢的是邱姨娘，因为老爷不喜欢邱姨娘，从不肯去她房里。”

海瑞叹了口气：“子不言母过。”

韩氏的目光飘忽，不知看向何方：“老爷就是老夫人的命，你的心若是有一丝半点不放在她身上，她就受不了。许夫人、潘夫人、小姐、邱姨娘还有我，我们算什么？哪里配和老夫人抢儿子？哪里配得到老爷的疼爱呢？老夫人要休，老爷便休了许夫人、潘夫人，老夫人要赶，我就得滚，老夫人讨厌莲儿，莲儿就得死，这就是海家的规矩，老爷又有什么办法呢……”

海瑞低下头，无颜面对：“春娘，你受苦了。”

“妾身不苦，苦的是老爷。”韩氏又笑了起来，笑得很轻松，“这个家就是个坟墓，许夫人解脱了，潘夫人解脱了，邱姨娘早就把自己当成坟墓里的木头人了。少爷解脱了，小姐和莲儿也快要解脱了，妾身也要解脱了，只剩下老爷你在坟墓里煎熬，牢牢被孝顺的锁链缠绕着，直至死，你也解不开。”

海瑞想辩解些什么，张了几次口，却什么也说不出，只能闷闷地离开房间。

韩氏起身，看着他落寞的背影，轻声道：“老爷，你才是世间最可怜的人。”

夜深了，寂静无人，正是赶路的好时候。

韩氏拿出早已备好的白布，挂上了横梁。

“莲儿乖乖，不害怕，阿娘先去等你……”

次日，一口薄棺送出海家。

陆

韩氏死后，王氏病得更重了，大夫来看，只让准备后事。

海瑞来看她几次，她却没有看丈夫一眼。

那夜，她忽然坐了起来，说话轻声细语的她竟发出了女鬼般凄厉的尖叫，叫声贯穿九霄，直达四方：“你的儿子好好地活着，我的儿子呢？！我的儿子在哪里？！我的儿子啊！儿子——”

声毕，气绝。

海家赊账置办了第二口薄棺材。

众人皆说王氏死不瞑目，死得可怜，中间必有隐情。

守灵夜，海瑞独自在棺前坐了许久，许久……

柒

莲儿没有被允许参加母亲和姨娘的葬礼，依旧被关在房间里，生死不知。

谢中直跪在父母面前，拼命磕头："请救救莲儿吧，她还那么小。"

谢有德和张氏难得没有驳斥儿子不切实际的想法，只问："你怎么救？"

谢中直擦了把泪："我们把莲儿偷出来，带她逃跑，跑到那老妖婆找不到的地方，好好疼爱莲儿妹妹。我要一辈子照顾她，决不让她受半点委屈。"

谢有德夫妇相视良久，叹了口气："此事还需商议。"

谢中直急了："商议什么？再拖下去，莲儿妹妹就要死了！"

他不管父母说什么，扭头跑回房间，将这些年藏下来的零花钱、亲戚送的银项圈金锁片还有衣服行李统统打了个包裹，准备偷出莲儿私逃，至于两个小孩子逃跑后会遇到什么危险和困难，他压根儿没去想。反正，不管付出什么代价，他也要把莲儿妹妹救走。

夜深人静，他偷了个梯子，爬过邻家。

仆妇早已昏昏入睡，莲儿房门挂着把大锁。

没有门，还有窗。

窗户在外面被木条封死，谢中直早已研究了许久，试验过很多方法，按计划拿出个凿子，开始撬木头，人小力弱，撬了许久方撬开。莲儿在里面听到声响，用微弱的声音问："是中直哥哥吗？"

谢中直安慰："莲儿你忍着，我这就带你走。"

窗户被撬开了。这些日子里，莲儿靠平时积攒下来舍不得吃的一点点零食过活，体力已到了极限。她瘦得像只耗子，双眼哭得红肿，什么都看不见，说话都没气力。谢中直费了好大劲，才把她抱出来，还摔了个跟斗。

莲儿问："中直哥哥，咱们这是要上哪儿去？"

谢中直把她背在背上："去哪里都行，只要离开这个鬼地方就好。"

莲儿的眼泪再次掉了下来："哥哥，我真的好饿，好害怕。"

谢中直安慰："不哭，以后你再不会挨饿。"

两个孩子颤巍巍地回到大树下，准备往上爬，莲儿从未爬过树，又没有气力，谢中直拼命给她打气，努力几次还是摔了下来。

后院的门锁了，铁锁根本不是小孩能撬得开的。

谢中直一筹莫展，带着莲儿在院子里直打转。

乌云缓缓移开，露出了清冷的月光，月光下站着一个男人，静静地看着他们，正是海瑞。

谢中直吓得一个激灵，和莲儿双双摔倒在地。

莲儿看不见，察觉不对，紧紧握住了谢中直的手："中直哥哥，怎么了？"

谢中直磕磕绊绊道："海大人……"

莲儿知道出逃被父亲发现了，赶紧跪下求饶。

海瑞沉默不语，脸色冷峻，看不出一丝感情。

谢中直将莲儿护在身后，仿佛发怒的小老虎："你想做什么？"

莲儿急忙上前磕头："请原谅中直哥哥，是莲儿一时糊涂，求他来救我的。"

谢中直再次把她拦下："虎毒不食子，你这禽兽心肠的男人，不配做爹。我今天就是要带莲儿走，大不了打死我，我不怕！什么清官，我就等着天下人骂你是畜生！"

莲儿吓得浑身颤抖，拼命掩住了谢中直胡说八道的嘴，哭着请罪："莲儿错了，莲儿不应该忤逆祖母，不应该接受他人的食物，莲儿心甘情愿回房间乖乖饿死，保证再也不偷吃了，求爹不要责怪中直哥哥，他只是舍不得我……"

谢中直怒："你傻了吗？"

海瑞走上前，一声不发，递给谢中直两样东西。

一封书信，一把钥匙。

钥匙是打开后院大门的钥匙。

谢中直愣愣地看着这个严肃古板的男人，仿佛从未认识过他。

海瑞只说了一句话："你父母的马车在等着，清晨就出城，再也不要带她回来。"

谢中直大喜过望，跪下狠狠磕了几个头。

海瑞并没有看他们，静静地转身离去。

月光下，他鬓间都是斑斑白发，原本稳健的步伐变得蹒跚，仿佛一个年迈的老人，他走向黑暗的宅子里，仿佛走入孤独的坟墓。

捌

后院门外，谢有德夫妇早已收拾好行李等待着，他们原本也住不惯京城，打算把绸缎铺子盘出去，去大儿子处买房置地。王氏知道他们要走，也知道自己死期将近，瞒着所有人将莲儿交托给了张氏，并做主签下了送女文书。谢氏夫妇早就在想办法带莲儿离开，财产已处理妥当，就怕背上拐带罪名，一直犹豫，如今看见饿得几乎只剩下一口气的莲儿，张氏什么也顾不得了，急忙将她抱入怀里，除了怜惜，还是怜惜。

谢中直将海瑞给的书信递给父亲，谢有德打开，立刻红了眼眶，这是一份手续齐全的送养文书，上面还有海大人相熟的官员的签名见证。有了这份文书，他们可以光明正大地收养莲儿，不管是把她当女儿养还是将来娶做媳妇，都不怕任何人追查。

孝道亲情两难全，父亲救女儿的唯一选择，就是放弃。

莲儿眼泪汪汪："爹，好好珍重……"

天亮了，马车前行，扬起一路尘埃。

莲儿依在张氏温柔的怀里，是从未有过的安心。

她虽不知道未来等待自己的是什么，可是她相信，一定是极幸福的生活。

玖

海瑞打开大门，命老仆抱走一张包裹着东西的破席。

他面无表情地告诉母亲："女儿接受外男东西，不守名节，三日前已绝食而死，尸首不忍观，命人带走安葬。"

海老夫人心下大松，终肯进食。

隆庆三年，海瑞升应天巡抚。

万历十三年，海瑞任南京吏部右侍郎。

万历十五年，海瑞死于南京任上。

海瑞一生为朝政鞠躬尽瘁，死后无子女，无家财。

佥都御史王用汲主持海瑞丧事，因悲睹其丧事简陋而为其凑钱办理。

海瑞死讯传出后，南京百姓罢市。海瑞灵柩运回家乡时，穿白衣戴白帽行丧礼之人站满两岸，祭奠哭拜，百里不绝。朝廷追赠海瑞太子太保，谥号忠介。

【第七章】公主泪

靖康二年，金兵围攻，东京城破，金军擒二帝及妃嫔、皇子、帝姬、宗室贵戚、大臣三千余人，押送北方。

壹

靖康元年，冬，战事吃紧，宫中也有了小小的动乱。

柔福帝姬染了风寒，急坏了她的母亲王贵妃。

王贵妃嫌帝姬身边的宫女照料不当，派身边最信任的冯尚宫去侍候帝姬。冯尚宫名小喜，五岁经采选入宫，她相貌平平，胜在聪明伶俐，记性好，擅长察言观色，办事极为妥当，十二岁为内人，十八岁升尚宫，是王贵妃身边第一贴心人。

冯尚宫奉命，衣不解带地侍候帝姬，妙语开解，帝姬病情大有起色。

帝姬念其苦劳，又是母亲身边得力人，便将日常戴的耳环赏了她。

柔福帝姬最是貌美温柔，深得宠爱，她的首饰每样都是巧夺天工的精致物件，最让宫人眼红。这对耳环用金丝扭成喜鹊登花枝，花叶都是红绿宝石镶嵌，虽然不大，却很是贵重。冯小喜得此珍宝，很是欢喜，怕遭人嫉恨，珍重收藏在首饰盒中，留待以后佩戴。

未料，数日后，金军围了东京。

宫人们平日里也曾听过战事紧急，金军残暴，可这些都是皇帝和朝中大臣、军中将士们要操心的事，和他们小小宫女太监有什么关系？更何况大家都说东京有天子坐镇，大宋最好的精锐都在身边，金军是打不进来的呢……

大部分宫人都从长官的安慰中得了信心，紧紧守在主子身边。

冯小喜却从安慰他们的侍卫太监身上隐隐嗅到了不安，她悄悄琢磨，越想越不对劲，若东京真守得固若金汤，谣言怎能传到宫中？若皇城毫无城破风险，这些高高在上的侍卫大人何须来好言好语安慰他们这些小宫人？定是直接把造谣的拖去一顿板子打死了事。

不怕一万，就怕万一。

冯小喜悄悄弄了套婆子的破旧衣服穿在宫服下面，随身带了些轻巧的珠宝首饰，找好线路，做好在城破时丢下一切逃亡的准备。

果然，没过多久，金军破城，皇城大乱。宫女太监乱成了无头苍蝇，或到处抢掠财物，或向敌人哭闹求饶，更有不少美貌宫女被蹂躏身亡。死亡的气息笼罩了整座宫殿，繁花似锦的园子里遍布血迹，井里填满了自尽的尸骸。人心惶惶，各寻出路。

冯小喜趁着混乱脱了宫服，扯乱发髻，撕破衣襟，用血污将脸蛋抹成了猴屁股，然后狠下心将世间最肮脏的污秽倒在身上，一边疯狂尖叫大笑，一边浑身臭烘烘地往门外冲，状若疯子，留下满地污迹。

守门的金军看见她这般肮脏模样，也吓了一跳，胡乱看了两眼，只道是个发疯的老太婆，恶心得不行，唯恐杀她污了自己的武器和面前的地面，掩着鼻子任她离去。

冯小喜侥幸逃得生天，惊魂未定，混入逃亡的百姓队伍，一路往南逃去。她自幼进宫，对家人已没有印象。混乱中没有律法，单身的年轻女子混在流民群中很是危险，她仗着身材娇小瘦削，掩盖姿色，伪装成小男孩，战战栗栗地走了许久，终究还是露了马脚。

三个流民发现了她的女儿身身份，意行不轨。

冯小喜百般抗争无用，眼看就要被肮脏下流的男人得逞，心灰意冷，欲以死保节之际，有个高大的身影出现在她面前，高声喝道：“放开那小娘子！”

那是个身材高大的汉子，长得虎背熊腰，魁梧雄壮，手持长棍，腰挎砍刀，站在那三个不要脸的混蛋面前，威风凛凛，仿若天神。他一顿棍棒将那三人打得屁滚尿流，然后扭过视线，不去看被撕裂衣裳的冯小喜露出的大片白皙肌肤，只是解下身上半旧斗篷丢去，正好落在冯小喜的身上。

斗篷上有男人的味道。

冯小喜低下头，用斗篷裹紧了身子，偷眼看去，那汉子的黑脸有些微红，她的心有些乱，脸上也火辣辣烧得厉害。

后来，冯小喜跟着那汉子上路了。

汉子名叫李明志，原是小有资产的富农，住在东京城郊，自幼习武，也略识些字。金兵入侵毁了家园，父母也因此受伤亡故，他带着妹妹逃了出来，准备去南方找个地方安顿。

他的妹妹叫李静儿，极受父母疼爱，可惜先天体弱，多病多难，贵重补药吃了很多都不见好。后来听尼姑说她要出家才能保一世平安，便在乾明寺带发修行，法号静贤。家里出事那天，她正在乾明寺听师父教诲，幸免于难，哥哥将她找到，带出了东京。李静儿自幼娇养，哪里受得了路上艰辛？第一天脚板就磨了个水泡，每夜都在哭哭啼啼。

李明志极疼妹妹，将她背在背上，一路前行。

冯小喜帮着烧饭，她学过些厨艺，手艺很好，吃得李明志赞不绝口，李静儿也稍稍缓了体力。适龄男女，一路同行，生死相依，李明志和冯小喜渐渐生了情意，待到了南方安定下来，他们便成了夫妻。

贰

山野的生活自是没有宫里富裕。

村里人对流民有些警惕，只允许他们住在村子的周围，李明志就在靠山处盖了两间土屋，泥土做的墙壁，茅草压的屋顶。李静儿刚进去看了一眼，就哭了起来，她这辈子都没住过那么破烂的房屋，就连以前家中的猪圈都不如。

冯小喜拿出宫中带出的钱财，买了两亩地，又添了些日常用品，扯了些粗布做衣服，又给小姑买了些细布，细细在上面绣出花草。作为王贵妃最宠爱的宫女，她品位高雅，精通女红，手艺非常人可比。李静儿拿到那么漂亮的衣服，总算开颜，又被哥哥哄了半晌，勉勉强强地同意住了下来，心里依旧不满，每天挑衣挑食，把兄嫂使唤得团团转。

“天天都是青菜，也不嫌腻得慌？我以前在家从来不吃这个，你抠门不舍得买肉，至少做个蛋羹或者糖水蛋好吗？说什么长嫂如母，我娘以前天天给我吃鸡蛋的。”

“我最讨厌粗布了，磨得身上皮肤疼。我娘过年的时候都给我做细绸的衣服，上面都是带花的，就算现在不能穿鲜艳的颜色，你至少给我绣些花。快点绣，绣不完不会熬夜绣吗？我过年的时候要穿，哼，嫉妒不死黄家的那个臭丫头！”

“嫂子，你凭什么让我去铺床喂鸡？我娘从来不让我做这些事，女孩子手磨坏了就找不到好人家了。”

“哥哥，你骂我！你娶了嫂子就不要妹妹了吗？娘，娘你在哪里？你看看你的宝贝女儿现在活得连丫鬟都不如，哥哥还要凶我。娘，你要是还在的话，我就不会受委屈了……”

李明志气得没办法，拼命和妻子道歉：“妹妹自幼被父母溺爱，性子娇惯，不懂事，让你受委屈了。我努力干活挣钱，给她存些嫁妆，过两年安顿下来，找个靠谱人家把她嫁了就完事了……”

冯小喜在宫里见过的难侍候的角色多不胜数，对女孩的小手段毫不在乎，劝解道：“她的日子骤然生变，一时无法适应也是难免的。”更何况，看李静儿有着和柔福帝姬同样白皙俏丽的面孔，同样的瓜子脸杏仁眼，同样的楚楚可怜，经常会让她想起帝姬的命运。她是个无足轻重的小宫女，尚可逃离宫中，帝姬却无法逃脱，也不知善良的她落入金人魔掌会遭遇什么可怕的事情……每每想起，都让她很是难过，所以她不愿和李静儿计较这些鸡毛蒜皮的事，更没兴趣去争那些看不上眼的衣食首饰，反正多干点活，多哄着点累不死人。

从宫女变成村姑，从富家少爷变成种田汉，他们过得很苦，很累。农闲时李明志会去山里打猎，冯小喜会给大户人家绣花，两人都是勤劳能干、持家有道的好手，日子慢慢地好了起来，手里也有了些许积蓄。

冯小喜不稀罕锦衣玉食，她喜欢这样的乡村生活，无忧无虑，每天都充满了希望，比起困守宫中四面墙，做一辈子老姑娘，头发花白才能出宫，在绝望和孤独中死去强得多。那时候，她服侍在贵人身边，看似很体面，但日子过得战战兢兢，唯恐犯错挨打、人头不保，哪里比得上如今海阔天空任逍遥？她还嫁给了那么英武的丈夫，丈夫疼她爱她眼里只有她，没有公婆刁难，就一个快出嫁的小姑，以后两人恩恩爱爱，生一堆孩子，老了膝下儿孙环绕。若是当年宫中小姊妹知道她现在的日子，怕是羡慕嫉妒得眼睛都要红了，这种生活就算拿个嫔妃位置和她换，她也不换。

李明志得了冯小喜这样的贤妻，也很欢喜。在他眼里，自家媳妇又漂亮又有气质，还知书达理，温柔体贴，贤惠能干，简直和仙女似的，若非落难掉入凡间，根本到不了他怀里，他只恨不得日日把媳妇捧在手心里，舍不得让她受半点委屈。奈何自家妹子从小任性，闹起来他压根儿没半点办法。母亲临死前哭求他好好照顾妹妹，妹妹是他在世间唯一的血脉至亲，无法割舍，如今跟着他这没出息的哥哥，再也过不上以前那样的好日子，很是委屈。有时候她闹过头，他也举起巴掌想收拾，可是妹妹眼泪瞬间哗啦啦地往下掉，一个劲地哭娘亲，他就心软，怎么也管教不起来了。

罢了罢了，就这样混着吧。

一年后，幸福的日子到了巅峰。

冯小喜做完饭后，忽然一阵干呕，请了大夫来看，说是有孕了。

李明志快乐得快疯了，走路都脚不沾地，当即就去杀了只鸡给妻子补身子。冯小喜眼泪汪汪，赶紧将菩萨谢了又谢，这是她在宫中做梦都不敢梦的场景，她可以做娘了。

大夫嘱咐：“娘子是头胎，好好保养，莫要做重活伤了身子。”

李明志点头如捣蒜：“是是是，以后水我挑，鸡我喂，碗我刷，饭我做，啥活都不让媳妇干，她只要躺床上好好养着就好。”

冯小喜笑得不行：“你当养猪啊？哪有那么娇贵？”

李明志欢喜道：“是是是，你就给孩子做些衣衫好了。”

李静儿脸色有些不好，待大夫走远了，她问哥哥：“那我的衣衫呢？前些日子，嫂子答应给我绣条百花裙呢，说是东京最时兴的款式。而且，嫂子还答应给我绣漂亮衣服……压箱底，我盼好久了。”

李明志怒了：“你不看都什么时候了？还闹着要漂亮衣服？也不体谅下嫂子辛苦，绣花多费眼啊？你嫂子前两个月不是花了四五天给你绣了条裙子吗？怎么现在又要？你是把嫂子当绣娘使唤吗？还和没出生的侄子侄女抢东西，怎么做姑姑的？都十七岁的人了，还这么不懂事，要脸吗？”

李静儿“哇”的一声就哭了，抽泣道：“我娘给我备下了三十六套衣裙，全是好布料，我爹给我打了五套头面，不是金的就是银的，还有镶宝石的，还有二十亩地，一套宅子，他们说女孩子就是要有好嫁妆才能嫁好人家，在婆家面前才有脸面，我是他们的心肝宝贝，早早就备起来了。现在，我什么都没有了，不过要嫂子给做两件衣服，布料还那么差劲，你都要骂我。哥，你有了孩子就不要妹妹了吗？那你趁早把我丢山上去，让我早点去见娘亲……”

李明志气得都要笑了：“我若是有，能不给你吗？我们现在那么穷，谁有绫罗绸缎、金银珠宝？好吃好喝不都可着你吗？你是不是让兄嫂把血肉都给了你才罢休？！现在这种状况，咱们从嘴里使劲抠钱，就是为了给你备些布料、首饰出嫁，放在村里已是上上等的嫁妆，你想和谁比去？你看看你嫂子，头上光秃秃的，手上光秃秃的，衣服上半点花样都没有，再看看你，头上插的是什么？手上戴的是什么？穿得花枝招展，谁敢娶你？”

李静儿把头上簪子拔下，狠狠摔到地上，又踩了两脚：“不过是鎏银的铜簪子，好稀罕吗？我们家以前仆妇才戴这种上不得台面的东西，要不是体谅现在家境不好，我才不要呢！”

李明志气得胸闷，都要透不过气来了：“你！”

李静儿继续哭闹：“哥哥你好狠的心，竟然拿我和村里那些穷鬼比，难道要我嫁给那些穷汉？！过吃不饱穿不暖还要下田干活的日子吗？”

李明志大吼：“闭嘴！你嫂子现在身子不舒坦，从明天开始，你就学着做饭洗衣，免得村里穷汉都不要你这好吃懒做的婆娘！”

李静儿大哭大闹：“我不干那些丢人现眼的事，会磨坏手！我就不干！反正爹娘没有了，哥哥也不疼我，你干脆饿死我，丢我去山里找娘吧，反正我绝不嫁给那些没出息的穷鬼！娘，你不在，哥哥就要磋磨死我呢，娘……”

李明志要打她，她直接把脑袋往墙上撞去，两兄妹闹得鸡犬不宁。

冯小喜看着不像话，赶紧拦住了他们：“明志，莫让旁人看了笑话，静儿年幼，自幼也是娇惯起来的，哪里一下子做得了这些活计？总得慢慢学，慢慢教，小孩子衣服简单，也用不着绣花，我两边都做起来不碍事的。家里人口简单，活计也不多，我随手便做了。不如让静儿和我学学裁剪绣花手艺，再学学读书识字，管家掌事，这些学好了，将来嫁去好人家也会被高看一眼的。”

李静儿想了想，觉得大户人家千金也是要会这些的，嫂子是宫里出来的，总归见识要高些，便答应了。

冯小喜因材施教，循循善诱，哄着劝着，带着她一点点学。

“以前在宫里，侍郎夫人就擅厨艺，她做了道梅花丸子，引得太后都赞赏不已，你要是能学会这个，别人肯定会羡慕你。”

“以前在宫里，吏部尚书的千金最会刺绣，她绣的牡丹富贵图得了皇后娘娘的青睐，名声远扬，大家公子纷纷求娶。”

“以前在宫里，太师夫人亲自在院子里种了些瓜果，进献宫里，皇帝还下旨褒奖，说她贤良淑德，知民间疾苦，号令其他贵妇们向她学习呢。”

“以前在宫里，讲究的是说话柔声细语，哪怕心里有不舒服，也不能争吵，否则达官贵人会觉得此女不好，名声丢了，就嫁不到好人家了。静儿，你可是东京出身的女孩，和穷乡僻壤的女孩不同，更加要注意言行，不要和村姑计较那些小事，免得丢了身份。”

李静儿最是虚荣，听了这番话，开始注意言行举止，礼仪姿态。她天资聪颖，学得很快，花了小半年工夫，学会了简单的裁剪绣花，还学会了几个拿得出手的菜肴，每天给院子里瓜果浇些水，不随便和村人吵架，在外人面前也装出了温柔贤淑的模样，再加上天生丽质，打扮出色，引得村中不少少年爱慕，时不时跑过来献殷勤，硬生生将她夸成了秦罗敷。李静儿虽然看不上这些村庄少年，却也被奉承得飘飘然，对嫂子的话渐渐听从起来。

妻子把自家妹妹教养得名声大好，媒婆开始上门，其中颇有几个好人家，妹妹不愁嫁了，李明志为此很是感激。

冯小喜低头摸着自己渐渐隆起的肚子，笑得温柔：“静儿聪明，只是年幼不懂事，总要多提点些，不要一个劲地骂。她未来日子好过了，你就不用担忧了。哎呀，宝宝又踢我了，还有四个月就生了，你想要儿子还是女儿？”

李明志乐得傻呵呵：“儿子好，女儿也好，我都要，媳妇你多生几个最好。”

冯小喜嗔道："那么多孩子，养起来可不容易。"

李明志拍着胸膛道："媳妇脑子聪明，我有的是力气，咱俩齐心协力过日子，日子会越过越好的。不过有件事要和你商量，我估摸着明年就给静儿寻门亲事，也不要大富大贵，就挑实诚厚道的人家，找个勤快能干的男人，穷些也不要紧，能包容她的坏脾气就好，你看如何？"

冯小喜想想："甚好，就怕静儿不愿意，还是挑个家境殷实点的吧。"

李明志唉声叹气："富贵人家她哪里攀得上？总不能让她做妾吧？日子长了，男人疼她，总归会明白哥哥的苦心的。你多留意一下，给媒婆多塞两个钱，让她介绍好的来，我再好好挑挑，年底手里若宽裕，就给静儿好好置些嫁妆……"

冯小喜应了下来。

两人又开始说起孩子的话，满心的期盼怎么也盼不完。

叁

冯小喜打开钱匣，里面放着几块碎银子和散碎铜钱，曾经从宫里带出来的首饰早卖完了，就剩下一个锦缎的小布包静静地躺在破旧的匣子里，里面放着柔福帝姬赏她的耳环。这对耳环太贵重，她不敢拿去卖，也不舍得拿去卖，因为这是宫里生活给她留下的唯一印记，也是善良的帝姬给她留下的唯一念想。她想将这对耳环送给未来的儿媳妇，作为传家宝代代传下去。

她将银子拿出，细细盘算着：要给小姑置办八套衣衫，再打对银耳环和银簪子；还要给未出生的孩子买些布料，弄些好吃食；丈夫的衣衫已打满了补丁，该添新衣了；还得留几个应急的钱……

钱太少了，怎么算都不够用。

冯小喜叹了口气，决定再去镇上多接两幅绣活。

她不知，李静儿正在窗外看着她的一举一动，当看见那对喜鹊登枝镶宝的金耳环时，她眼睛都亮了。这对耳环比她以前拥有过的任何首饰都漂亮，比在街上看到的贵族千金戴的耳环更华丽。

李静儿趁着嫂子去做饭，悄悄走进房间，打开钱匣内的锦包，将耳环拿在手里细看。金丝扭得别致，喜鹊栩栩如生，红绿宝石色泽艳丽，水波透彻，阳光照过来，仿佛能映出周围的颜色，真真是巧夺天工，华丽无双。她将耳环放在耳上，挽起长发，美滋滋地对着铜镜照了又照。这耳环衬着她白皙的皮肤，哪怕荆衣布裙，不施粉黛，也显得贵气逼人，仿佛变成了东京的大家闺秀。

李静儿看了许久，心里忽然升起了无名火。

嫂子口口声声说疼丈夫、疼小姑，可是家里那么穷，她怎么就不舍得把这对耳环拿出来当了呢？往日里天天听哥哥念叨嫂子怎么勤劳怎么朴素，怎么不爱首饰不爱俏，去镇上首饰店从来不多看一眼，也不乱花钱败家，呸！统统都是装的！她有那么好的首饰，哪里还看得上镇上的庸俗货？这对耳环足足能买下整个首饰店呢！自己要是有这样的嫁妆，哪个婆家不高看一眼？

“静儿，你在做什么？”冯小喜回房拿东西，恰好看到李静儿拿着自己的耳环在比画，心里有些焦急，出言制止，“你怎能乱翻东西？快放好。”

李静儿缓缓回过身，露出一个甜美的笑容，撒娇道：“嫂子，这对耳环好漂亮，我想要。”

冯小喜脸色僵了，拒绝道：“不行，这对耳环不能给你。”

李静儿冷笑，平日里，只要她想要的，嫂子都会让给她，可惜都是些鸡蛋、布料等不值钱的东西，贵重物品都放在自己处好好藏着，可见她往日所作所为不过是在哥哥面前装贤惠。想到此处，李静儿笑得更甜了：“嫂子不是最疼我的吗？还说静儿就快出嫁了，要好好置办嫁妆，莫非是哄我的？静儿什么都不要，就要这对耳环成吗？”

冯小喜赔笑：“真不行，这对耳环是宫里的物件，不能给你带走。”

李静儿紧紧将耳环攥在手心，笑道：“你的性命是我哥哥救的，舍对耳环给他妹妹，怎么就不行了？平日你天天和哥哥哭穷，怎么就不舍得把耳环拿出来给哥哥换钱花呢？反正我就要这对耳环，要定了！”

她转身就要出门。

冯小喜急了，抓住她要将耳环夺回来。

李静儿不愿让，见她来抢，便将她狠狠推了一把。

冯小喜心慌意乱，匆促出手，没有站稳，被推得往后倒去，没有站稳，肚子重重磕到了床沿，摔倒在地。一阵恐怖的剧痛从腹中传来，冯小喜下意识地捂住了肚子，紧接着，身下传来热流，血的气味渐渐扩散，充斥整个屋子。她顾不得耳环，尖叫起来：“大夫，快找大夫！我的孩子出事了！”

李静儿见闯了祸，吓坏了，赶紧把耳环丢回给她，转身就逃。

冯小喜凄厉的惨叫声响彻半空：“救命！快救救我的孩子！”

村里樵夫路过，听见呼唤，赶紧去田里叫李明志。

李明志从田里冲回来，看见妻子晕倒在血泊中，吓得丢下锄头，冲去找大夫。所幸镇上大夫正在村中富户家出诊，富户是个慈善人，所患也不是急诊，听说此事，很是同情，便让大夫先去给冯小喜诊治。大夫医术高明，折腾了大半日，总算把冯小喜的性命给保了下来。

冯小喜睁开眼睛，虚弱地问："我的孩子呢？"

众人沉默不答。

大夫收拾起一个带血的小包裹要往外去。

冯小喜不顾身子，硬是爬下来扯住大夫，强行看了一眼。

包裹里是一个成形的男胎，早已没了气息。

帮忙的人急急把她拦住，匆匆把包裹拿出去埋葬。

冯小喜绝望地看着门外，拼命哀求丈夫："求求你，不要，昨天他还会动的……"

李明志紧紧把她抱在怀里，含泪安慰："好好养两年，孩子还会有的，我们会有很多很多孩子的。"

冯小喜哭道："可是，再多的孩子也不是这一个了。"

母亲对第一个孩子总有难以割舍的羁绊。

相熟的村人把她好好安慰了一番，送了几个鸡蛋补身子，让她以后小心点。李明志却知道自己妻子行事向来谨慎，从不会有冒失的时候，身怀六甲更不可能随便摔倒，又看见妹妹不在旁边，他心里有些不安，强撑着等邻人走后，问出了真相。

李明志勃然大怒，出去寻了番，把躲在草堆里的李静儿揪了回来，一把推去冯小喜面前，喝令："跪下！和你嫂子赔罪！"

李静儿性情倔强，她反问："凭什么？我又不是故意的，是她自己想来推我，没站稳，笨手笨脚撞到床沿上，怪谁啊？"

李明志忍无可忍，一巴掌扇过去，李静儿脸上瞬间浮出五个指印。

"你，你打我？"李静儿捂着脸，不敢置信地看着素来疼爱她的哥哥，委屈的眼泪大滴大滴往下掉，"她扑过来和我抢耳环，我吓了一跳才推她的，也没用多大力，怎知道她就那么不禁推给摔倒了呢？哥哥，我和你从小一起长大，你最疼我了，如今却为了认识不到两年的女人来打我，我不认识你这样的哥哥了。"

李明志被她的歪理气得要死："李静儿，那是其他女人吗？那是你亲嫂子！她肚子里的是你亲侄子！你嫂子对你那么好，你摸摸自己的良心好吗？还有，你们在说什么耳环？"

"她对我好？呸！"李静儿仿佛得了理般，拉着哥哥哭诉，"她说家里没钱，逼你辛苦劳作，肉都不让吃两回，说什么都不图，其实藏着一对很贵重的耳环，舍不得拿出去当掉换钱给你用，也舍不得给我做嫁妆。她就是笑面虎！装贤惠！"

“混账！”李明志怒斥，“你嫂子的东西是你嫂子的，就算有好东西，也是她的嫁妆，你凭什么惦记？为一对耳环推嫂子，害嫂子流产，亏你做得出这种丧天良的事！传出去你名声尽失，还怎么做人？你已经十七岁了，不是不懂事的娃娃，你嫂子不过比你大四岁，你怎么忍心？！”

李静儿梗着脖子道：“流了就流了，有什么大不了的？哪个女人不会生娃啊？！就她肚子珍贵！自己不小心怪得了谁？哥哥你救她一条命，她还我家一条命也是应当的！”

李明志听得暴怒，抄起棍子：“我打死你这畜生！”

“你打，打死算了！”李静儿见状，不躲不避，一头撞去哥哥怀里，哭着说，“哥哥以前对我那么好，现在你娶了嫂子就不要我了，我就是累赘，早点打死我，你和嫂子在地上过好日子，我去地下找爹娘，反正静儿命苦，没人疼……”

李明志的棍子举在半空中，怎么也落不下去。看着那张哭得梨花带雨的脸，脑海里都是妹妹小时候雪团般可爱的样子，耳中都是她儿时拉着自己衣襟软糯糯地叫“哥哥”的声音，闭上眼，却是娘在血泊中握着他的手苦苦哀求：“志儿，娘不行了，你带着妹妹快点跑，妹妹不懂事，你要好好照顾她，那是你在世间唯一的亲人了……”

妻子绝望的眼神，大夫手中血淋淋的包裹，妹妹撕心裂肺的哭声。

他该怎么办？他能怎么办？

李明志手中的棍子落地，他抱着脑袋弯下了腰，捂住了脸。

九尺男儿，坚毅如钢，金军入侵的时候他没有哭，父母去世的时候他没有哭，失去家园他没有哭，流亡路上艰辛他没有哭，从富贵堕入贫苦他没有哭，如今却被憋屈得流下了泪。他只恨自己没有在乱军中死去，那样就不用面对这艰难的抉择。

冯小喜静静地坐在床上，早已流干了泪。她看看痛苦至极的丈夫，又看看死不悔改的小姑，握紧的拳头在微微颤抖，拼命忍耐。忽然，她温柔地笑了，柔声道：“好了，别哭了，明志你别生气，静儿确实是不小心推我的，没用多大力，是我没站稳跌倒的。我确实不应藏着耳环不告诉你们的，这对耳环是柔福帝姬赐下的，实在太过贵重，如今世道不稳，我也不敢拿出去招人眼。静儿年纪大了，快要出嫁了，没有好嫁妆，心里焦急也是应当的。”

李明志抬起头，看着如此通情达理的妻子，愣愣地不知道说什么。

“静儿过来，嫂子给你把耳环戴上。”冯小喜让李静儿坐在床边，亲手给她把耳环戴上，看了许久，拍手笑道，“静儿美貌，戴上耳环果真有几分帝姬的模样，好马配好鞍，不过是对耳环，嫂子便给你添妆了。”

李静儿喜出望外。

李明志赶紧制止："这不行。"

"有什么不行的？家和万事兴。为一对耳环闹事不值得，看静儿被吓得脸都白了，眼睛也哭成了桃子，可怜兮兮的，你怎么就不心疼呢？"冯小喜嗔道，转身又对李静儿劝告，"虽说嫂子给了你耳环，可是你出嫁前都不要拿出来摆现，这对耳环太贵重了，怕招来恶人眼红，咱们流亡这一路你看见的夺财之事还少吗？等世道稳定，你嫁去好人家，再拿出来佩戴也不迟。"

李静儿高兴得都不知说什么了，拼命点头："我都听嫂子的。"

冯小喜笑道："这对耳环不算什么，不过是帝姬日常佩戴之一，她身上比这漂亮的首饰多得是。我记得那支孔雀簪，雀头衔着龙眼大的珍珠，雀尾镶嵌了几十颗不同颜色的宝石，走起路来摇曳生辉。还有那红宝石的项圈，那颗宝石是进贡的，足足有鸡蛋大，颜色和火焰差不多……"

李静儿听得入神，羡慕不已。

李明志看见她们一个愿打，一个愿挨，劝阻无用，便去厨房做饭。

李静儿在后头叫："哥，你多放两个鸡蛋，嫂子身子虚，要补补。"

李明志初次听到妹妹说这种懂事话，险些被门槛绊倒，总觉得不太真实。

冯小喜压下了流产的真相，让李静儿的名声无损。

李静儿做了错事，又得了耳环，对嫂子有些愧疚，有些感激，再没有和她作对，也没有吵着闹着要东西了，姑嫂之间一片祥和。冯小喜对李静儿的宠爱日益月滋，不但不准她碰任何活计，还给她穿漂亮衣服，用米汤给她洗脸洗手，将白皙的皮肤洗得越发光泽亮丽。她时常挂在嘴边的一句话是："静儿那么像帝姬，怎舍得让她操劳。"

曾经的她，对宫廷生活很是避讳，从来不提，现在她如同打开了话匣子，经常和李静儿讲宫中的事。富贵奢华的珠宝服饰，精致高雅的言行举止，还有数不清的美味佳肴，她尤其喜欢说柔福帝姬，从小时候的趣事说到长大后的气度，怎么说也说不完。

李静儿不过是个富贵些的平民，何曾听过这些宫中之事，她听得津津有味，问题一个连一个，怎么问都问不完，冯小喜则有问必答，丝毫不藏掖。

姑嫂感情一日千里，仿若亲姊妹。

秋天，冯小喜在闲暇时给李静儿用细布做了件宫装，鹅黄色的细布长裙，重重叠叠，上面绣满了繁复的缠枝花，再给她梳上飞天髻，淡扫蛾眉轻点唇，额间贴花黄，戴上那对喜鹊耳环，鬓边插两朵盛开的金菊。李静儿几乎被镜中的自己惊呆了，她觉得这是自己这辈子最美丽的时刻。

冯小喜替她梳妆完毕，幽幽叹息："每年秋天，柔福帝姬最爱这般打扮。她的裙子是重重叠叠的纱罗，走起路来脚底像云雾般缥缈，头上的菊花是用黄金一缕缕扯成丝扭出来的，缀着羊脂白玉，腕间戴着金镶玉镯子，腰间佩着白玉环，真真是仙女般的模样。静儿长得颇有帝姬凤仪，若好好打扮起来也像个仙女，可惜咱们家穷，只能这样简单打扮罢了。这套衣衫太招人眼了，你收箱子里吧，以后出嫁再带过去。”

柔福帝姬过得真是奢侈，所有人都捧着她、喜欢她，全世界珍宝只要她想要就没有得不到的。自己明明长得和帝姬一般美貌，却要屈居乡间，过着清贫生活，直到岁月把美貌埋葬，变成白发苍苍的没牙老太婆。

为什么？

一声声呐喊在叩问心扉，一丝丝不甘侵蚀了骨髓。

她有这样的美貌，为什么要穿着粗布衣衫平凡过一生？

如果她是帝姬该有多好啊！

李静儿愣愣地看着铜镜中的自己，痴痴地想着。

她不知道自己想要什么，可是有不知名的野心在心里蔓延，让她不甘、愤怒，甚至煎熬、痛苦……

肆

从那天起，李静儿每天都追着冯小喜问宫里的事，尤其是柔福帝姬的事情。她还缠着要学习宫里的礼仪，宫里的规矩，每天晚上一遍遍在镜子前练习高贵公主应有的表情和姿态，再不肯高声说笑，看起来颇有几分淑女之姿……

在冯小喜每天说的宫廷故事中，在那些从未见过的繁华美景中，她的心越飞越高，几乎飞入云霄。

李明志对此颇为不满，觉得这些宫中规矩中看不中用。

李静儿立刻撇起嘴要哭。

冯小喜劝道：“她也是小孩子心性，学些也无妨，看起来落落大方也是好的。”

李明志看着妹妹最近乖巧了许多，也不挑吃挑喝和嫂子吵架惹人烦，妻子每天和妹妹说话，脸上笑容也多了很多，似乎冲淡了丧子之痛，便随她们去了，终归家和万事兴才是最好的。

春耕结束，正是说亲的好时机。

李静儿被教养得很有大家闺秀风范，容貌美丽，吸引了周围不少人家来提亲，中间也有不错的，让李明志挑花了眼：“王家三郎读书识字，中了秀才，就是穷了点；何家富裕，静儿嫁过去衣食无愁，就是续弦，后娘难做，年纪也略大了点；莫家小子有个捕快爹，日子很是过得，就是婆婆难缠，怕刁难静儿。我看田家好，家里有几十亩地，家风厚道，一家子勤快，嫁过去做小儿媳妇，总归会被爹娘偏袒些。”

“让静儿自己选吧。”冯小喜贤惠地道。

李静儿听了这些夫婿人选，立即发了脾气：“我不要这些男人，不是老就是穷，再不就是要下田干活的泥腿子！这样的日子，我一天都不要过！”

李明志怒了：“咱家就这个条件，你想要什么样的？”

李静儿犟着不说话。

李明志恨极了她的不懂事，发狠道：“我看田家小子就很好，与你年貌相当，你嫁过去衣食无忧。以后让婆婆好好教导教导你干活，让你好好做个农家妇，明儿我就让他们来下聘。”

李静儿疯了般地叫：“我不嫁！不嫁！”

冯小喜赶紧劝丈夫：“你先走吧，让我好好劝劝她。”

李明志愤然离去。

冯小喜抱着哭泣的李静儿劝道：“有什么办法呢？这都是命！你生在平民家，只能嫁给平民家。你哥不是不想给你找富贵些的好人家，但是咱们家是流民，家底又那么薄，人家怎肯和我们说亲。静儿命苦，不要怨了，谁让我们比不了帝姬般衔金汤勺出生的人？听说帝将新都建在临安，优待那些逃回来的帝姬，她们真是好命……”

是啊，如今天下大乱，柔福帝姬生死不明，怕是凶多吉少，她长得那么像帝姬，又知道那么多帝姬的事情，为什么不能取代帝姬呢？与其这样沉沦，倒不如拼死博个富贵前程。

可怕的念头在心中升起，眼前仿佛打开了一道新的大门。

李静儿不哭了。

伍

第二天，李静儿偷了家里财物逃跑了。

李明志急得要死，四处寻找却无下落。镇上有人说见过她的身影，似乎被几个来历不明的外地客商带走了。如今世道混乱，天真幼稚的漂亮女孩孤身出门，怎敌得过人贩子的手段？

天南地北，人海茫茫，何处寻觅？

李明志找了很久，终于死了心。

冯小喜含着泪对丈夫百般安慰，并为她每天在菩萨面前上香，请菩萨保佑静儿平安无事，早日回来。

陆

建炎四年，宋官兵剿匪之时，俘虏的匪眷中有一女子自称是柔福帝姬，官兵不敢做主，立即将她送往临安。帝派人查问，她哭诉自己从金国逃回，历尽风霜雨雪，落入匪徒手中，并出示了一对喜鹊登枝镶宝耳环做证明，这对耳环经宫人辨认，正是帝姬被掳前常戴的爱物。

柔福帝姬被掳至今已有数年，饱经摧残，容貌有变，但眉眼相似，宫中旧人拿往事问她，她大部分也能对答如流，行事举止间也有柔福帝姬的风姿。有人疑惑她的脚似乎比帝姬的大，像个乡下女子。

她含泪泣道："金人驱迫，跣行万里，岂复故态。"

帝听得大悲，不疑有他，立即晋见，封此女为福国长公主，为她挑选永州防御使高世荣为驸马，赐予嫁妆一万八千缗，先后赏赐达四十七万九千缗，宠渥有加。

柒

冯小喜一直留意临安消息，听到柔福帝姬回宫的种种消息，立即回去告诉丈夫。李明志正乐滋滋地在家抱着刚出生的女儿，逗两岁的儿子玩，看见妻子慌张回来，不明所以："帝姬和我们有什么关系？"

冯小喜正色道："帝认福国长公主的最大凭证，就是一对喜鹊登枝耳环。"

李明志瞬间明白了她话中的含义，脸色苍白："那是静儿。"

欺君之罪，全家当诛。

事到如今，该怎么办?

李明志是个老实人，怎么也拿不出办法。

冯小喜当机立断："事到如今，咱们必须和静儿断绝关系，不能让她牵扯到我们身上来。"

李明志嗫嚅道："可，可是……"

"明志，自作孽不可活啊！假的终归成不了真的，她如此胆大妄为，咱们能有什么办法？若是事情败露，你要全家都陪她送死吗？”冯小喜拉着他哭道，“你不为自己想想也要为虎儿凤儿想想啊，他们年纪还那么小，你忍心看他们被连累砍头吗？”

李明志紧紧抱着一双尚未懂事的儿女，摇摇头：“不能！”

冯小喜决绝道：“马上变卖家产，远远离开这里，趁现在国境未稳，户籍混乱，可以称是从金国回来的流民，隐姓埋名，换个村子定居。你就当从未有过静儿这个妹妹，以后就算东窗事发，也没人找得到我们。”

李明志想了想，咬牙同意了。

半个月后，全家从村中消失，说是投靠朋友，却不知所踪。

捌

绍兴十一年，南宋与金签订《绍兴和议》，两国以淮水—大散关为界。宋割让从前被岳飞收复的唐州、邓州以及商州、秦州的大半，每年向金进贡银廿五万两，绢廿五万匹。

十二月末，帝与秦桧以“莫须有”罪名杀害岳飞，换回生父尸体和生母韦贤妃，封韦贤妃为显仁太后。显仁太后回到宫中，听闻柔福帝姬之事，诧异道：“柔福已死在金国，怎又多了个柔福？”

帝解释帝姬从金国逃回事由。

太后大怒：“金人都在笑话皇帝！说皇帝错买假货，真正的柔福早已经死了。”

帝闻言，大怒，即捕柔福帝姬，交大理寺审问，严刑拷问之下，李静儿无可抵赖，只得一一供招。帝派人追查假帝姬身世，知她曾在乾明寺出家，法号“静贤”，家人早已在乱军中被害，也曾派人去找她兄长，却没有任何痕迹，村人都说是日子过不下去，想去投靠朋友，又得消息死在路上。

帝一腔怒火无从发泄，命将假帝姬斩首东市，曾经指认帝姬为真的宦官宫女皆被牵连。

玖

东市，春日花开正好。

李静儿跪在地上，愣愣地看着枝头的百灵鸟，心里有些害怕。做假帝姬的这些日子里，她享受着嫂子口中的荣华富贵，却也发现了嫂子从未提过的宫中恐怖黑暗之处，她日日都担惊受怕，唯恐被揭穿秘密，每天过得如履薄冰，吃不下，睡不着，步步惊心。如今，她要死了，心里却有些放松，仿佛回到那年在村中无忧无虑的日子。

她为什么要那么傻呢？

如果时光可以重来，她愿意留在乡下，做个自由自在的村姑，和喜欢的人白首到老。可是晚了，从她离开的那天起，就回不了头了。

一滴泪缓缓滑过美丽的面孔，滴落地上。

周围是百姓的怒骂嘲笑，说她不知廉耻，说她遭报应，说她要下地狱。

人死后，地狱是什么样的？

李静儿打了个寒战，觉得身上有些冷。她曾经嚷着要去地下见爹娘，可她已抛弃了李家女儿的身份，也不是真的帝姬，她该去哪里找爹娘呢？没有人要她，没有人给她收尸，更没有人会把她葬入坟墓好好拜祭。

刑场上，她孤独地来，孤独地去，没有人会为她落一滴泪。

“哥哥，哥哥你在哪里？静儿错了……”

眼泪大滴大滴地往下掉，可是再没人会听她的哭求，没有人会原谅她的过错。

鬼头刀落下，她该上路了。

闭上双眼的瞬间，她脑海中忽然浮现出冯小喜笑意盈盈的温柔，想起了她的百般包容，听见了她反反复复和自己描绘的皇宫美景，还有那个被她害死的孩子……

她忽然明白了什么。

可是，来不及了。

拾

假柔福帝姬的死讯传来，大伙儿都当热闹看，各种猜测层出不穷，讨论得热火朝天。牛角村里，正是春耕时，往日里最勤快能干的李子康却没有下田。他在家中，打了一坛酒，独自一人喝得酩酊大醉，最后不住轻声唤：“静儿。”

他的妹妹死了，世间唯一的血亲断了。

他辜负了父母的期盼，不配做大哥。

他甚至无法给妹妹收尸，将她葬入李家祖坟里，也不能为她烧钱，让她在黄泉路上少受些刁难和委屈。妹妹孤苦伶仃地走了，他甚至不敢被人看见他的伤心和痛苦。

他不配做男人。

改名叫张喜儿的冯小喜悄悄地走了进来，温柔地替丈夫披上一件厚实的衣衫，柔声劝道：“都是我不好，我不该和静儿说那些宫里的事情，本以为可以让她开心，却想不到会这样，我心里真难过……”话未尽，泪先垂，“此事错都在我，你别伤心坏了身子，虎儿和凤儿最孝顺，看见你难过，都会伤心的。”

李子康握着妻子的手，笨手笨脚地替她拭泪，安慰道：“不怪你，我不怪你。咱们好日子来得不容易，静儿自己不争气，要怪也怪我这个兄长没办法好好教导她。”

张喜儿红着眼眶：“别喝了，我替你做碗醒酒汤。”

李子康看着贤惠的妻子，轻轻地点了点头。他如今是两个儿子两个女儿的父亲，孩子都被妻子教导得很好。悲伤过后，日子还得向前看，至于静儿，孩子们都不知道有这个姑姑，有些事、有些感情让他一个人记在心里就好。

张喜儿专心致志地在厨房切姜。

今天是阴天，凉风阵阵，是个舒服的好日子。

昏暗的厨房里，她整个人都有些放松。

忽然，有个布老虎摔落在她脚边。

她慌忙回过头去，却看见五岁的小女儿雀儿呆呆地看着她，害怕地问：“阿娘，为何你在哼着歌儿笑？阿娘，你刚刚的笑容好可怕……”

【第八章】 昆仑奴

昆仑家住海中州，蛮客将来汉地游。
言语解教秦吉了，波涛初过郁林洲。
金环欲落曾穿耳，螺髻长卷不裹头。
自爱肌肤黑如漆，行时半脱木绵裘。

——张籍《昆仑儿》

壹

云南自古以来多民族混居，每个民族都有奇特的风俗，人们见多识广，对各种奇怪的装束打扮早已见怪不怪。

可是，当赵老财衣锦还乡时，还是吓了众人一跳。

赵老财是知代村里的能人，敢闯敢拼。年轻时家穷，他跑去南方做生意，在外头混了几十年，年年都给家里捎回一大笔钱。如今年纪大了，有落叶归根的心思，便将儿子留在南方打理生意，自个儿带着老妻和仆从回来买房置地养老。

其中有名叫墨奴的老仆，身材高大，相貌极奇特。他不喜穿上衣，袒胸露腹，一身皮肤黑如焦炭，头发卷曲得像河沟里的螺子，满脸都是纵横交错的皱纹，再配上黑漆漆的眼珠和白花花的牙齿，半夜远远看不见人，走到近前就和见鬼差不多。

虽说云南也有长脖子或者纹鬼面的民族，可他们都生活在深山里，很少和外人打交道，就算遇到了，好歹也是普通人相貌，知根知底，只是装束打扮奇特了点，哪有相貌差那么远的？

妖怪，这一定是个妖怪！

村人在墨奴连续吓哭了三个小孩后，找上门来要说法。

赵老财听完大家的担忧，哈哈大笑道：“这是海外来的昆仑奴，他们天生皮肤黑，看着骇人，性子却温顺老实。以前京中的高门大户都很喜欢购买几个这样的奴仆，给他们装扮起来做仪仗，才显豪门气派。今上不喜奢华，大户都收敛了排场。这个昆仑奴年轻时价格也不便宜，如今年纪大了，做仪仗不好看，胜在有把好力气，主家遇到些事把他卖了，旁人都嫌丑不想要，我便宜买了来，放身边做些粗活，看着也怪有趣的。不信，你们可以问马哈只。”

马家在知代村也是有名望的大户人家，马哈只祖上不是中原人，相貌颇有异象，只是数代通婚，渐渐淡化了外族特征，如今看起来和本地人也没什么区别。马哈只年幼时曾和父亲出过海，见多识广，读过不少书，在村里说话很有分量。

他听说此事，笑着替赵老财证言：“唐朝诗人张籍曾作诗《昆仑儿》来描写这些人的外貌，说是‘金环欲落曾穿耳，螺髻长卷不裹头。自爱肌肤黑如漆，行时半脱木绵裘’，如今和墨奴对应起来，真是恰当。”

村人半信半疑，出于对赵马两位德高望重的当家的信任，不再追究此事，只叮嘱自家孩子离墨奴远些，嫌他来自蛮地，习俗相差甚远，力气又大，万一有什么奇怪的蛮人习惯，吓着小孩就不好了。

可惜，父母的千叮咛万嘱咐对孩子一点用都没有，他们要去干活，也没法时时盯着照管，大部分时间都是大孩子带着小孩子，漫山遍野地疯玩。

孩子们聚在一起，总要分个高下，看谁鸟窝掏得好，看谁抓鱼抓得多，看谁敢揪小女孩辫子，看谁胆子大，看谁敢冒险，看谁不怕爹娘揍……有勇气的是英雄，是好汉，没勇气的是懦夫，是窝囊废！

知代村的男儿个个都是响当当的好汉，谁也不要做窝囊废。

如今，他们最爱做的游戏是捉弄墨奴。

最开始，大家是远远地偷看，发现墨奴不打人后开始靠近，对着他喊“丑八怪”“妖怪”“怪物”，再后来就是对他丢土块，做鬼脸，还偷过他的食物，回来拿着战利品得意扬扬地炫耀，仿佛打死了老虎般威风……

野孩子的恶作剧数不胜数，让人厌恶。

赵家人骂过几次，但碍于乡里乡亲的关系，倒也不好为个蛮人奴仆发脾气，更不好和这些不懂事的小孩较真，只好安抚墨奴几句，然后随他们去了。

墨奴相貌凶恶，脾气却极好，他从未对孩子们回过嘴，也没有生过气。不管别人说他什么，他都静静地听，不管别人对他做什么，他都沉默地接受，从不反抗。他只喜欢独自坐在大树下，看着蔚蓝的天空或是清澈的河流发呆，就像一尊没有情感的乌木雕像。

孩子们欺负墨奴的游戏愈演愈烈，翻着花样出新招。

马三保是马哈只的儿子，最是聪明伶俐，总能想出些新点子。他带领几个胆大的孩子，打算在墨奴经常坐的河边大树下做个陷阱，让他掉河里去，看看他会不会惊慌失措。

孩子们设计的陷阱很简单，就是把石头撬松，泥沙挖开，再用树枝把石头撑起来，当墨奴那么大的块头压上去，树枝断裂，石头就会翻水里去。

孩子们皆赞此计甚妙，拜马三保为领袖。

他们趁着墨奴不在，挖了几个时辰，好不容易才把陷阱布置好。马三保在检查陷阱时，一脚踩到青苔上，滑了一跤，慌乱之下他想扶石头，结果树枝断裂，连人带石头掉河里去了。

正逢雨季，河水比预想的深，比预想的急。

马三保年纪小，身高不足，泳技也不怎么出色，落水后脚抽了筋，扑腾着往下沉，眼看就要被冲走。

孩子们尖叫着想办法救援，有找树枝的，有找浮木的，更有想往下跳的。

忽然，一只漆黑的大手拦住了往下跳的孩子，一道黑影闪电般地跃入河中，姿态矫健，迅如游鱼，飞快捞住落水的马三保，带回了岸边。

马三保吐了好几口水，惊魂未定。

墨奴用流畅而不标准的汉话说："不要玩水，危险。"

孩子们知道闯了大祸，一哄而散，各自归家。

墨奴再次跳下水，把水中的石头捞了起来，扫除陷阱，踩紧泥土，放回原来的地方，继续坐着看蓝天，仿佛怎么看也看不够。

贰

马三保湿漉漉地回到家，遭到母亲的询问，他怕挨打，不敢说出自己要欺负墨奴却落水被救的真相，只含糊说和朋友在山泉水处玩水弄湿了身子，母亲将他训斥了好几句，便轻易放过了。

入夜，马三保躺在床上，翻来覆去想今日之事，男子汉大丈夫恩怨分明，他为自己的所作所为感到羞愧。

次日，他拉上几个最好的朋友，磕磕绊绊地说了心里的想法，大家都有愧疚之心，决定和墨奴和解，再也不欺负他了。

男子汉，有错必认，有恩必报。

马三保带着母亲给他煮的鸡蛋做谢礼，来到了墨奴面前，勇敢道歉："对不起。"

墨奴扯了扯嘴唇，苍老的脸上露出不怎么好看的笑容："没事就好。"他的声音很温厚，就像最灿烂的阳光晒在身上，带着暖意。

马三保鼓起勇气，抬起头，第一次不带偏见和恐惧，认真地看清了他的脸。

那张漆黑的面孔上布满了一道道岁月流淌的皱纹，显得丑陋，长期的压抑让他有些苦相……可是他的眼睛就像刘老二家的黑羊羔般温柔，根本不可怕。

墨奴静静地继续看着蓝天，他不太适应和人交流，也不想说话。

马三保对他的行为产生了浓浓的好奇："你在看什么？"

墨奴说："这里的天空很蓝，像海。"

"海有什么好？又危险又恐怖。"马三保撇撇嘴，"我爹小时候曾和我爷爷出过海，他说海上生活一点也不好玩，每天坐在摇摇晃晃的大船上，吐得稀里哗啦，蔬菜水果都吃不着，天天啃干粮，整个人都瘦了几十斤。运气不好还会遇到暴风雨，整个船都快被掀起来，和他一块儿出海的船队有艘船就是被浪掀翻的，船里上百人都喂了鱼，那时候的惨景，他现在还历历在目，经常拿出来吓唬我们。我这辈子绝对不要坐船出海，最多去海边沙滩上眺望两眼就罢了。"

墨奴笑了："你爹没告诉过你海有多美吗？"

马三保满脸不屑："能比咱们云南美？我们这里到处都是花。"

"你看看这片天空，美吗？"墨奴伸出宽大的手掌，似乎想碰触那片一望无际的蓝色。"真正的海比天空更美，就像蓝色的宝石，里面藏着无数的宝物。白色的鸟在天空中呼啸，还有跟着船只游的大鱼，将海面染红的日出日落，美丽得你永远都看不腻。"

马三保强调："大海就算漂亮，还是很危险的。"

墨奴告诉他："只要你有足够的勇气越过危险，就能看到不一样的世界，得到珍贵的宝物。"

马三保的眼睛亮了："什么宝物？"

墨奴想了想，问他："你见过长脖子的鹿吗？"

马三保摇摇头。

墨奴便拾了根树枝，在泥地上画起来，长长的蹄子，长长的脖子，足足有三层楼高，相貌奇特。

"你骗人！"马三保叫了起来，"这世上不可能有那么高、脖子那么长的鹿！它该怎么睡觉？脖子会断掉的！”

墨奴又问：“你见过黑白条纹的马吗？”

马三保迟疑：“我见过有黑白斑点的马。”

墨奴又在泥地上画了匹马，马身上一道黑一道白，斑纹看起来极其规整。

“你骗人！”马三保看得眼都直了，“哪有马可以长出那么好看的花纹？”

墨奴再问：“你见过天生肚子长口袋的动物吗？你见过和马一样高大，有翅膀却不会飞的鸟吗？你见过金色头发碧绿眼睛的女人吗？你见过全是黄沙的国家吗？你见过……”

马三保愣愣地看着他，连话都说不出了。

不知什么时候，小伙伴们全围在了墨奴身边，闹着要听他说海外的故事。

墨奴对孩子们有求必应，他将曾经经历过的奇闻异事娓娓道来。

“天竺那边的女子，不戴首饰不出门，她们会在鼻子上穿孔，挂上金链。天竺人视牛为圣物，还会用鲜血来拜祭神灵。天竺的舞蹈是用来祭拜神灵的，所以她们的舞蹈带着情感，仿佛在讲述故事。我有幸陪主人看过一场舞蹈，那舞姬据说在天竺极出名，年纪很大，相貌不好看，身材也很胖，可是当她身披纱丽，扭动腰身，随意舞动脚上大串的铜铃时，她就是下凡的仙女，是高高在上的神灵，她甚至可以控制只让脚间一个铃铛响，她转身之间，每根手指都在述说故事……”

奇怪的动物，奇怪的风俗，奇怪的人……

墨奴的故事源源不绝，新鲜有趣，听得人舍不得离开。

他兴致来时，还会掏出脖子上挂着的老旧骨笛，吹一段异乡的音乐，或粗犷，或哀伤，或缠绵，听得人仿佛置身异国他乡，亲眼见到他所说的一切景色。

大多数的孩子在知代村出生，在知代村长大，最远也只去过县城，墨奴讲的新鲜故事对他们有着莫大的吸引力。渐渐地，越来越多的孩子聚集在墨奴身边，欢声笑语不断。

墨奴出身蛮地，相貌和中原人审美截然相反，但他头脑灵敏，性情温和。他特别喜欢孩子，尤其是胆大聪明的马三保，大家关系转好后，还会教他几句海外的语言和礼节，马三保总是学得很快。

“在天竺，‘那玛斯代’是‘你好’。”

“对。”

“‘爱尔威达’是‘再见’？”

“是的，你很聪明。”

“……”

远处传来的鞭炮声打断了他们的对话。

“刘家大哥娶的媳妇进村了，刘大爷要散喜钱，好几十文呢，快去抢钱抢糕点！看新娘子！”

有孩子匆匆跑过来叫了一声，大伙儿顾不得听故事，飞奔而去。

在云南人眼里，女人要以黑为美，胖为贵。

刘家新媳妇又黑又胖，满脸贤惠，真是百里挑一的美人儿。

刘家大哥娶得如此佳媳，在兄弟们嫉妒的目光中乐得合不拢嘴。刘家老两口在亲戚朋友羡慕的夸赞声中，又多撒了把喜钱让孩子们抢。

普天同庆，全村欢喜。

马三保家境宽裕，父母手头散漫，不在乎这一两文钱，他随大伙去抢了一文钱图个吉利彩头，又回到墨奴身边，很大方地将这文钱送给他：“给，买个包子吃，你再给我讲个新鲜故事。”

墨奴没推辞，小心翼翼地将铜钱放入贴身的荷包。

马三保见荷包鼓鼓囊囊，似乎积蓄不少，打趣道：“墨奴，你把钱收得那么紧，可是要存着讨老婆？”

墨奴不好意思地笑笑：“哪有姑娘看得上我们这种人？”

昆仑奴在中原地位极低，再丑再穷的女人也不愿嫁给他们。有时候在路上，不小心多看了未婚小娘子一眼，都要招来白眼和谩骂，除了少数在主家慈悲下娶到女昆仑奴的幸运儿，大部分都孤独终老。

墨奴今年六十二，从未娶过妻子。

马三保不懂这些，童言无忌，追问：“从未有过女孩喜欢你吗？”

“有。”墨奴看着远处喜气洋洋的婚宴，眼里流露出不一样的温柔，“曾经有过一个美丽善良的女孩，她是我的情人，也是我的未婚妻。”

马三保大惊失色：“她，她不嫌你丑吗？”话刚出口，他意识到自己失言，赶紧低头道歉，“我不是这个意思……”

墨奴明白他的诧异，解释道：“那是我家乡的姑娘，她的名字叫娜答，在中原话里是露珠的意思。”

他怀念地说：“娜答是我们部落里的第一美女。她黝黑的皮肤能在阳光下闪闪发亮，眼睛像羚羊般明亮，牙齿又白又整齐，鼻子又高又挺。她的头发卷曲浓密，她将它们编成很多小辫子，然后别上最艳丽的花。她的身材丰满健硕，每次顶着瓦罐从河边打水回来的姿态都如女神般优美，全部落的男儿都争着对她献殷勤。”

马三保眨巴眨巴眼睛，努力想象着黑皮肤美女的模样。

墨奴唯恐他不信，继续道：“那时候的我是全部落最英勇的武士，我为娜答取来了狮子的皮毛，我在娜答的窗边一宿一宿地唱情歌，我在篝火边打败部落里的小伙子争得和她跳舞的资格……后来，娜答爱上了我，我们约好了，等我挣够她父亲要的彩礼便成亲。”

“你们成亲了吗？”马三保不太相信美女会爱上墨奴。

“没有。”墨奴悲哀地摇摇头，“我们的部落遭遇入侵，被打败了，战败部落的男女都要成为奴隶被发卖。商人们说东方人喜欢身材健壮的男奴隶，便将我和其他男人卖到了中原，娜答则被卖到了忽鲁谟斯……”

马三保小心翼翼地问：“你想她吗？”

“四十六年了。”

墨奴没有正面回答。

他从怀里掏出那个老旧的骨笛，再次放在唇边吹了起来，哀伤缠绵的曲调幽幽缠绕在这花海里，混杂在婚庆的喧哗喜悦里，更显寂寥。

马三保不太明白男女之间的感情，可不知为什么，听着这样伤心的曲子，他的心里有说不出的难受。

他盼着娜答还活着，能和墨奴重逢……

可是中原和忽鲁谟斯之间隔着广阔的大海……

娜答永远听不到墨奴的曲声，墨奴永远看不到娜答的笑颜，他们之间的爱情连万分之一的机会都没有。

除非，墨奴能出海……

云南没有海。

叁

每个月，镇上都有集市。

墨奴有时会随赵老财去集市上挑东西，马三保曾遇到他几次，不知为何，墨奴对彝族的小伙子特别感兴趣，总是目不转睛地盯着他们的一举一动看。

马三保觉得很奇怪，曾私下问过墨奴。

墨奴磕磕巴巴地说：“他们的衣服，好看。”

马三保更不明白了。

云南多民族，好多民族的服装都很漂亮，尤其是苗族姑娘的头饰和铃铛，走一路响一路，吸引多少人回头。

彝族里英雄好汉倒是不少，但很多部落都推崇一生只洗三次澡，分别在出生、结婚和死亡时，脸上和身上总是脏兮兮的，怎么也谈不上好看。

就算好看，也是彝族的女孩好看啊！

莫非是，因为大家都黑乎乎的，所以互相觉得好看？

墨奴的审美真是没救了……

马三保扶额，善良地决定不打击他了。

过了很久，墨奴忽然开口问马三保："你能偷偷帮我做件事吗？"

马三保毫不犹豫地道："好！"

墨奴迟疑半晌，方道："这件事，你要偷偷做，不要告诉任何人，包括你的父母。"

马三保不解，但看在那么多日子里关系密切的分上，还是答应了。

墨奴仿佛下定了决心，从怀里掏出珍藏的荷包，严肃请求："在下个集市上，你能给我买套彝族男人的衣服吗？普通款式，带黑色包头，不要新的，要旧的。"

马三保愕然看着他："你想做什么？"

墨奴不语。

马三保忽然懂了，惊叫道："你想逃跑？！"

三月二十七开始连续三天都是彝族的左脚舞会，晚上会有大批彝族人聚集在一起唱歌跳舞。彝族男子皮肤黑，衣服也低调不起眼，头上又是大包头，只要稍微用布将脸遮掩一下，趁着夜色溜走颇具可行性。

马三保连连摇头："不行，逃奴是会受到严厉惩罚的。"

墨奴单膝跪在他身前，眼里满是哀求："我答应过娜答，一定会去找她的。娜答答应过我，她要等我一辈子。四十六年了，我逃跑过很多次，可是都失败了，如今我已老了，这是最后的机会了……"

天涯海角，生死永别。

他不知道自己能不能逃跑成功，去海边找船只。

他不知道自己能不能活着渡过大海，到达忽鲁谟斯。

他不知道娜答是否还活着，是否还在等他。

万死不辞，只为一个承诺，一段爱情。

他无怨无悔。

面对这样的墨奴，任何的拒绝都是残忍。

肆

奴隶不能有私财，奴隶不能自己买东西。

墨奴虽知让六七岁的孩子去帮自己买东西，并不是什么稳妥的做法，可是他没有朋友，自己去买更显眼，所以别无选择。

马三保也算大胆，独自溜去集市，找了个身材高大的彝族大爷，假借父母名义，高价买了套旧衣服，又买了些耐放的干粮，放在背篓里背着往村里跑。

可是，村里逛集市的人不少，有眼尖的发现了他的行为，奇怪他手里怎会有银钱，又奇怪他有银钱买的却不是自家会用的东西，有多事的怀疑他偷家里的钱做坏事，便告诉了他父母。

马哈只听完大怒，连夜审讯儿子，逼问他钱从哪里来的。

马三保被竹条加身，打得青一道紫一道，宁死不肯供出墨奴，硬是编谎话说是路边遇到的人请他帮忙买的。

哪个路人会把那么多钱给小孩子，让他帮忙买东西？

这孩子撒谎都撒不圆！

马哈只挣下那么大份家业，在村里也是有头有脸的人物，头脑极好使。他将家里从头到尾搜了一番，终于在柴房搜出马三保藏匿的尚未交给墨奴的衣服，拿着衣服比画了一下尺寸大小，再盘算一下最近和儿子接触过的高大男子，很容易就将墨奴推断出来。

孩子和昆仑奴说说话倒没什么，可是被昆仑奴利用却是大问题！

此奴私藏银钱，诱骗孩子为他购买服饰干粮，显然有背主之心，乃阴险狡诈之徒，断不可信。

马哈只拿着证据找上赵家，把东西丢到赵老财面前，让他给个交代。

赵老财勃然大怒，当下派人将墨奴抓起来，绑在树上抽鞭子。

牛筋做的鞭子，每鞭下去都是一条血淋淋的伤痕。

赵老财恨极他的背主行为，一边抽一边骂："把你卖给我的人曾说过，你以前有过逃跑的事迹，我看你老实敦厚，还不相信，如今看来，你就是条养不熟的白眼狼！我念你年迈，对你那么好，给你吃，给你喝，也没死劲差遣你做活，你倒有闲暇诱骗孩子，生出逃跑的心思，简直岂有此理！今日不给你这畜生一点颜色看，我赵老财就不在村里混了！"

马三保听说墨奴挨打，急急跑过来求情："赵爷爷，别打了，墨奴没有诱骗我，是我主动帮他买东西的！他不是逃跑，他只是想家了……"

赵老财怒道："赵家花钱买了他，赵家就是他的家！"

马三保都快急哭了："你放过他吧，我，我花钱把他买下来好了。"

村人哄堂大笑，有好事者问他："小三保，你有多少钱？"

马三保回去拿来了装钱的竹筒，将里面的铜板全部倒出，数了数，捧在手心："我有七十六个钱，要是不够，我可以欠着，以后一定还你，求求你别打墨奴了。"

村人笑得直不起腰："小三保存了七十六个钱啊！以后可以讨老婆了。"

平日里和马三保交好，又经常听墨奴讲故事的孩子们，虽不明白到底发生了什么事，可是看墨奴挨打，马三保哭求，纷纷仗义相助，都拿出了自己买零食的钱，有一两个钱的，有五六个钱的，也有十几个钱的，凑在一起要给墨奴赎身。

此时，村人察觉到事情有些严重，不笑了。

王石头的娘扯着儿子耳朵问："平日里，你亲妹妹让你掏钱给她买根头绳你都不愿意，如今倒大方起来了，这墨奴给你们灌了什么迷汤，怎么个个都向着他？"

王石头是个憨人，老老实实地答道 ："他给我们讲故事，他讲的故事可好听了，我喜欢墨奴。娘，我长大后想出海，去看看没见过的世界，看长脖子的鹿，还有黑白条纹的马……"

出海？！

马哈只曾说过，这是送命的行为啊！

王家娘子只觉得天塌了，她家只有王石头一根独苗苗，还指望他为父母养老送终，若是出海有个三长两短，让做爹娘的怎么活啊？

王家娘子当场抱着王石头，哭天喊地地闹起来，非要他把脑中不切实际的东西去掉。

王石头不服，弱弱地辩驳了两句，屁股立刻挨上了巴掌，痛得嗷嗷直叫。

其他孩子的父母脸色也变了，纷纷质问自己孩子在墨奴处听来了什么。

谁也不愿意自己孩子被灌输那么危险而奇怪的思想，更不愿意孩子为了荒唐缥缈的故事就冒险离家千万里，去海上受风浪之苦。

这一切，都是墨奴的错。

父母们将怨恨的目光投向墨奴，逼着赵老财想办法让墨奴不能再妖言惑众，影响孩子的成长，最好能把墨奴卖掉，卖得远远的，再也不能回来。

赵老财觉得丢了面子，鞭子打得更狠、更毒。

墨奴没有反抗，没有求饶，没有哭泣，他默默地看着蓝天，眼里只有绝望……

马三保不顾鞭子冲上去，哭着对他说："墨奴，对不起。"

墨奴低下头，看着这勇敢的孩子，笑了："我的名字不是墨奴，是安哥拉。"

马三保点点头，含泪将这个名字的发音牢牢记在心里。

伍

赵老财想卖墨奴，可是墨奴年纪太大，又有背主的名声，谁也不愿意买。

赵老财也不愿杀死墨奴，一来是生意人不做亏本生意，二来不愿杀生冒犯祖上积攒的福气。

他和村里长老们聚在一起商量了好几次，最终决定把墨奴弄哑，送到石场干活。

石场砸石头是最苦最累最危险的活，只有犯人和走投无路的穷人才会去做，很多人熬不上几年就死去了。那里有穷凶极恶的监工，严密的监管，进去的人插翅难飞。

听说那碗哑药灌下去的时候，墨奴没有反抗……

听说要被送入石场的时候，墨奴也没有反抗……

他的眼里连泪珠都没有一滴，脸上只有麻木不堪的疲惫。

或许是他知道，这辈子，他再也无法离开中原，去见他心爱的娜答了。

马三保私下哭了很多次，他无数次忏悔为何不能在买东西的时候更谨慎一点，不要被多嘴的婆娘看到，也无数次忏悔自己为何要答应墨奴的要求，导致他受这般折磨。

来不及了……

孩子们再也听不到墨奴宽厚的嗓音，听不到奇妙的故事。

村人用最严厉的手段打击了他们对大海的向往，扼断了刚刚萌芽的梦想。

王石头继续跟父母学种地……

李小二跟舅舅学生意经……

花儿跟母亲学织布……

月儿跟姥姥学绣花……

总有一天，他们会忘了墨奴的故事，忘了海那头的风景，忘了童年时萌发过的梦想。

这才是知代村人的生活，普普通通，平平淡淡，没有风波，一代又一代传递下去。

忽鲁谟斯，这是他们再也不会接触到的名字。

陆

一天又一天，一月又一月，花开花谢，转眼便是两年。

马三保随父亲去了大理，大理有苍山，有洱海。

洱海蔚蓝，广阔无边，大理人都说它和真正的海没有区别。

可是大海的水怎会是淡的？

大海的海面怎会没有巨浪？

真正的大海怎会没有跟随船只游动的巨鱼和海怪？

打鱼少年吹着笛子泛舟而过，欢快优美，含着情意，有采莲的女孩在莲叶丛中抬起头，被同伴打趣，羞答答地笑。

紧接着这边山歌响起，那边山歌接，哥哥唱来妹妹接，歌声里洋溢着自由和快乐。

马三保忽然想起了墨奴的曲子，想起他从未得到的幸福，心里阵阵绞痛。

他忽然发现自己不知从何时开始，不再畏惧大海，而是充满了深深的向往。

他不想再过平凡的生活，想去冒险，去和风浪拼搏，去看看从未见过的世界，哪怕是死了也甘心。

一滴眼泪掉了下来。

他想见墨奴……

回到知代村，马三保用所有积蓄买通了石场监工，混了进去。

那天天气格外闷热，黄雾四散，日光晦暗。

马三保在一大群砸石头的男人里一眼就认出了黑漆漆的墨奴。

墨奴没穿上衣，原本挺拔的腰身变得伛偻，骨瘦嶙峋，仿佛整个人都小了一圈。他拼命地拖着沉重的石头，肩膀被运绳索磨出一道又一道的血痕，血痕下面是疤痕，新旧疤痕重重叠叠，极其可怕。

“安哥拉！安哥拉！”马三保对着他叫。

墨奴抬起头，睁大浑浊带血丝的双眼，不敢置信地看着马三保。

马三保不顾危险，冲到了墨奴面前，将带来的白面馒头塞入墨奴怀里：“我来看你了。”

墨奴张开口，嘶哑地“啊啊”了两声，无法回应。

马三保再次难受起来，他安慰墨奴：“你再忍耐段时间，我很快就长大了，我会赎你出来，到时候我们一起出海，去忽鲁谟斯找娜答，好吗？”

墨奴愣愣地看着他，过了很久，苦笑着摇了摇头。

狂风乍起，吹乱了石场的沙尘，呛得人直咳嗽。

林间雀鸟似乎受了惊吓，纷纷展翅高飞，发出凄厉的哀鸣。

墨奴脸色变了，他丢下馒头，拼命做手势，示意马三保离开。

马三保满不在乎：“没事，我和监工说好了，可以待一个时辰呢，你可以趁机休息下。

现在风大，我们去大树下坐会儿好吗？你虽然不能说话，但可以给我吹笛子听，我怀念你吹的曲子。”

骨笛又破又旧，不值钱，经过墨奴拼死抗争，得以保留。

这是墨奴从家乡带来的唯一念想，也是他和娜答的唯一牵绊。

马三保试图利用骨笛，将和墨奴的感情重新拉回两年前。

墨奴却不领情，他一个劲儿推着马三保往石场门口走。

马三保以为他不原谅自己，委屈得都快哭了。

墨奴指手画脚，怎么也无法表达出心中的意思。

两人一个比画一个猜，牛头不对马嘴，怎么也无法交流。

墨奴急坏了，举起巴掌，似乎要打他。

马三保被他的狂暴吓了一跳，有些伤心，有些愤怒，他想墨奴大概是变了，不待见自己了，只好离开。

忽然，地动了！

整个石场开始摇晃，无数石头从山上滚下来，遇树折树，遇人砸人，靠近山边的几个矿工甚至来不及叫一声就被落石砸中脑袋，生死不知。

“天怒了！山怒了！”监工发出凄厉的呼喊，“快跑！”

所有人都抱头逃跑，几百号人同时拥向门口。

马三保年纪小身体轻，很快就被挤倒，被推到旁边，还被踩了两脚。他吓坏了，想站起来又发现腿被踩伤了，只好坐在地上号啕大哭起来。

矿上的石头都被挖掘得很松，落下时互相碰击，疯狂滚落，有块巨石砸在树上，又砸在其他的石头上被反弹起来，竟袭向坐在地上的孩子。

马三保愣愣地看着巨石，不知如何躲避。

忽然，他眼前一花，整个人腾云驾雾般飞了出去，重重摔在了地上。

巨石落地，一声闷响，溅起数点血花。

白色的石头下有黑色的身影，鲜血流淌，染红了黄沙，染红了绿草……

“安，安哥拉？”马三保爬过去，轻声问，“你还好吗？”

墨奴的整个下半身都被压在巨石下，砸得粉碎。

马三保哭了，他拼命地推石头：“你撑着，我马上救你。”

可是八岁的孩子如何推得动上千斤的巨石呢？

地动开始减弱，山不摇了，碎石依旧不停地往下落。

墨奴睁开眼，一把拉住马三保，将他紧紧按倒在地，埋入巨石的遮蔽中。

巨石挡住了碎石的侵袭，偶有几片小石子划过，也无法造成生命危险。

墨奴的血越流越多，呼吸越发急促，黝黑的脸也渐渐失去血色。

马三保一直在哭，哭得伤心而凄厉。

他觉得是自己害了墨奴，这样的愧疚让他的心难以承受。

“对不起，我不该来的，我只是想见见你……”

马三保的眼泪大滴大滴落下，融入满地的鲜血，他颤抖地伸出手，使劲想给墨奴按住腰上的伤口，可是怎么也按不住生命的流逝。

他是那么的无能，什么都做不到。

道歉在牺牲面前有用吗？

这样的绝望几乎将他逼向崩溃。

马三保最终低下头，将自己隐入阴影里，他没有勇气面对墨奴谴责的目光。

忽然，有只微凉的大手抓住了他的手，掰开他握得紧紧的拳头，抚上他的掌心，马三保带着满脸的鼻涕眼泪抬起头，他第一次看见了墨奴的眼泪。

昆仑奴和中原人，老人和孩子，好人和坏人，眼泪没有区别。

墨奴的眼泪从眼角滑落，在黑色的脸颊上滑出一条透明的痕迹。

他的眼睛在哭，他的嘴角却在笑，没有任何步入死亡的伤心，只有深深的解脱和快乐。

快乐？

他为什么感到快乐？

马三保想不出现在的状况还有什么值得快乐的。

墨奴的呼吸越来越急促，身体越来越冷，他挣扎着取下了从不离身的骨笛，轻轻放在了马三保掌心，然后合上了他的手，握紧。

他张了张嘴，再次“啊啊”地叫了两声。

马三保从他的口型看懂了，那是“娜答”二字。

“啊啊——”

“娜答。”

“啊啊——”

“娜答。”

马三保忽然懂了。

墨奴将骨笛放入他的手中，也将生命放入了他手中。

他相信这个勇敢聪慧的孩子，会走出云南，走向大海，完成他无法完成的事情。

他盼望他能实现两人的梦想，抵达海的另一边，他心心念念的所在。

那里有奇珍异兽，有独特的风景，有忽鲁谟斯，有娜答，有故乡……

马三保握紧了骨笛，发誓道："安哥拉，我长大后一定会出海，如果在忽鲁谟斯找到娜答，我便将这只笛子交给她，然后将你的事情统统告诉她。"

墨奴笑了，笑得极开心。

风停了，云静了，世界归于安宁。

柒

墨奴的墓修在小山上。

赵老财感其恩义，出钱买了口上好棺材；马哈只为他净身，给他裹上最好的白布；村人自发为他送葬，葬礼上，人人面有愧色，为曾经的偏见懊悔难当。

孩子们在墓前种了很多花，还种了一棵树。

几年后，树上招来了百灵鸟。

从此，春、夏、秋、冬，四季都有花海和鸟语陪伴着他。

马三保进了学堂，读书极刻苦，晚间还习武健身，对祖父和父亲留下的航海资料也认真钻研，每天都忙得不可开交。偶有闲暇，他会坐在墨奴的墓前，一遍又一遍地和他描述自己的进步，或者静静地看着蓝天，幻想着大海的瑰丽，幻想着异国他乡，以及未知的一切。

云朵在天空中不断变幻，是长脖子的鹿，是不会飞的鸟，是黑白条纹的马，还有眼睛如羚羊般明亮的漂亮女孩在云间笑……

安哥拉，这是我们的梦。

捌

洪武十三年，冬。

三十万明军进攻云南，剿灭元朝的残存势力。

年仅十一岁的马三保被明军副统帅蓝玉掠至南京，成为太监，十四岁进入朱棣的燕王府中服侍。

燕王朱棣见马三保聪颖好学，很是器重，留在身边成为亲信，并派学识丰富的官员为亲信们授课，允许他们随意阅读藏书。

马三保勤奋好学，很快成为学识渊博的人。在朱棣登基称帝过程中，立下大功，更为朱棣赏识。

永乐二年，正月初一，朱棣封赏有功之臣，为表恩宠，赐马三保“郑”姓。

从此，马三保改名为郑和。

永乐三年，六月十五，帝造福船六十二艘，命正使郑和、副使王景宏率士兵二万八千余人出使西洋。

郑和开启了他的航海之旅。

玖

明使来访，带来了大量的宝物与和平。

忽鲁谟斯国主热情接待这些来自远方的使者，皇宫处处歌舞升平。

使者问：“贵国可有叫娜答的昆仑女子？能替我寻她吗？”

国主虽觉此要求有些莫名，但不是什么大事，问清楚娜答的年龄和来历后，命能干官吏去各处寻找。

国主的要求，下面执行得很快速，不过五天，便找到了娜答的下落。

那是个八十多岁的老妇人，鹤发鸡皮，浑身是病，走路颤巍巍的。主家慈悲，看在她一辈子忠心的份上，允她颐养天年。

老妇人来到明使面前，不解用意，弯腰见礼，紧张不已。

明使起身相迎，亲自扶起，未语泪先流。

岁月残忍地摧毁了她的美貌，她没有在阳光下闪闪发亮的黑色肌肤，没有女神般婀娜的身姿，也没有羚羊般的大眼睛，没有卷曲浓密的长发，鬓边也无法再别上艳丽的花朵。

她是娜答吗？

她是安哥拉心心念念的美人儿？

明使掏出破旧不堪的骨笛，轻轻放在她满是皱纹的掌心。

老妇人用昏花的眼睛看了半晌，猛地激动起来，她拉着明使的袖子，发出和年龄不相符的凄厉哭声，用听不懂的语言发出一连串的询问声。

通译赶紧训斥了这不分尊卑的老妇，将她的话转述给明使听：“她问安哥拉在哪里？”

明使懂了，他示意老妇坐下，给她讲了一个长长的故事。

故事的开头很悲哀，故事的结局很美好。

他告诉娜答，安哥拉睡在一个非常美丽的地方，每时每刻都在思念她，他将自己的心情附在这骨笛上，带给她，盼望她仍记得自己。

随着时间的流逝，老妇从激动中渐渐恢复了平静。她抱着骨笛，哭了又笑，笑了又哭，她让通译告诉明使：“娜答一辈子没有结婚，一直在等着安哥拉。如今，她终于等到了，此生再无遗憾，可以去找他了。”

过了几日，听说娜答寿终正寝了。

她抱着安哥拉的骨笛，在自己带大的养子养女哭声中，含笑而逝。

明使离开了忽鲁谟斯。

那夜，明使独坐船头，莫名其妙地大哭了一场。

幼小的树苗变成参天巨树，不可能实现的梦想竟成了真。

他的哭声中没有悲伤，只有感动。

安哥拉，你听到了吗？

郑和是我国明代伟大的航海家、外交家和军事家。曾率领当时世界上最大的船队，七次出使西洋，历时二十八年，比西方著名航海家哥伦布、麦哲伦航海早半个多世纪。

据《明史·郑和传》记载，郑和出使过的城市和国家共有三十六个，占城、爪哇、真腊、旧港、暹罗、古里、满刺加、勃泥、苏门答腊、阿鲁、柯枝、大葛兰、小葛兰、西洋琐里、苏禄、加异勒、阿丹、南巫里、甘巴里、兰山、彭亨、急丹兰、忽鲁谟斯、溜山、孙刺、木骨都束、麻林地、刺撒、祖法儿、竹步、慢八撒、天方、黎代、那孤儿、沙里湾尼、不刺哇；部分专家学者认为郑和还到过澳大利亚、美洲和新西兰、南极洲等地。

芥子
贰
JIE ZI
【第九章】三斛珠

西晋，石崇任交州采访使，路经白州双角山，遇绝色，三斛明珠采买为妾。

壹

“鸡是有价钱的吗？”

“有，小鸡五合粮，公鸡两升粮，母鸡三升粮。”

“牛是有价钱的吗？”

“有，小牛两匹绢，大牛三匹绢。”

“人是有价钱的吗？”

“有，一匹绢可买三个奴仆。”

“人不如牛贵？”

“不对，要看什么人，美人的价钱不知数。你看看金谷园，石大人用三斛明珠采买回来的绿珠美人，真真是价值连城。”

贰

阿蚌的故乡在合浦附近，合浦产明珠，也产美人。

阿蚌相貌清秀，也算是个小美人。

原本家里做些小生意，父母恩爱，兄长孝顺，也算过得去。奈何父兄在经商路上遇到劫匪，双双身亡。

噩耗传来，母亲大哭了三天三夜，直至昏迷，醒来后就疯了，她总是反反复复地念叨：“你爹和哥哥什么时候回来？”

年幼的弟弟为了学会用锄头和柴刀，将手都磨出了重重叠叠的血泡。

屋漏偏逢连夜雨，水患又起。家里一日比一日难过，眼看米缸就要空了，大家都得饿死，阿蚌心一横，瞒着弟弟将自己卖给人牙子，换回几斗粮。

人牙子将阿蚌带回洛阳，转手卖入金谷园，赚了一匹绢。

金谷园内，最不缺的就是美人。

女孩子会攀比身价。弹琵琶的杨柳娘子才色双绝，身价绢帛百匹；跳舞的越娘有飞燕之姿，身价绢两百；西域来的胡姬有着牛奶般的肌肤、金丝般的头发、碧绿的眼睛，腰肢扭起来如蛇般妖娆，又稀罕又好看，所以石大人把她买回来花了十颗明珠。

至于那三斛明珠采买回来的绿珠，她五官精致无瑕疵，美得和妲己、夏姬差不多；她身段纤细，腰身盈盈不足一握，再苛刻的批评家都挑不出半点毛病；她穿着百鸟羽毛织成的彩裙缓缓走过彩缎铺的长廊，头上赵飞燕戴过的八宝冠在微微颤抖，腰旁西施跳响屐舞时戴的金铃轻轻响着；她步伐轻盈，似轻云蔽月、洛神再临，当她的羽衣被轻风吹起，仿佛司马相如琴声中降临的凤凰。

石大人把她藏在金谷园深处，爱如珍宝。

她的屋子里悬挂着夜明珠照明，摆着几尺高的红珊瑚，用珍珠做盆景，白玉铺地，宝石镶墙，堆满了世间奇珍。只有最贵重的客人上门才有资格看她舞一曲。

绿珠性格清冷，不爱笑，也不爱说话，这样的她更像天上的女神。

石大人爱她冷艳，醉后总笑称是把月中仙子揽回了家。

金谷园中的女人对绿珠的美貌又嫉又恨，纷纷效仿她的装扮。石大人觉得有趣，便将沉香屑撒在象牙床上，让她们在上面行走，能像绿珠那样不留下脚印的便赏珍珠一百颗，所以美人们吃得比兔子还少，个个都求拥有像绿珠那样的细骨轻躯之态。

阿蚌则对此毫无兴趣，每天该吃吃该喝喝，所以体态略有几分丰腴，入不得贵人眼。

管事喜欢她力大，让她做粗使丫鬟，负责抬水烧火。

“白瞎了你这张美人脸。”同屋的乔娘对她恨铁不成钢，经常点着她的额头训斥，“我若是你啊，就算不吃不喝也要瘦上十斤，争取去给得宠的娘子们做贴身丫鬟，再不济也能进服侍贵人的丫鬟里，你偏胡吃海喝……”

阿蚌努力吞下最后一口饼：“哥哥说过，女孩子能吃是福。”

乔娘不高兴了：“什么福？难道你想一辈子做个小小的扫洒丫鬟，将来嫁给粗鄙小厮，进浣衣坊，像馆娘那样，大冬天把手洗得生红疮？”

阿蚌争辩道：“小厮又怎么了？哥哥说，要嫁给真心喜欢我、一心一意对我好的人。”

乔娘抱怨道：“你这傻丫头，什么都是哥哥说哥哥说，男人都是负心寡义之辈，你哥哥不过是个乡下穷小子，他给你娶嫂子了吗？他一心一意对你嫂子好吗？”

阿蚌垂下头：“哥哥不在了……”

乔娘察觉失言，赶紧道歉：“对不起。”

“没关系。”阿蚌抬起头，坚决地道，“可是我知道，哥哥不会负心寡义，他是个说话算话的男子汉，他答应的事情一定会做到。他说对谁好，就一辈子对谁好，哪怕是死，也不会变心！”

乔娘不信，说：“傻丫头，感情都是骗人的，在金谷园这几年，你还没看懂吗？所谓的不变心，不过是开出的价码不够，只要石大人愿意，他什么都能买，哪怕是亲情、爱情……”

阿蚌倔强地摇摇头，不说话。

乔娘见她油盐不进，懒得理她，卸下簪环，脱了外衣，很快入睡。

阿蚌趴在窗前，看着天上明月，回首往昔，眼中含泪，她一遍又一遍唱着那个女人教给哥哥的歌。

“上邪，我欲与君相知，长命无绝衰。山无棱，江水为竭。冬雷震震，夏雨雪。天地合，乃敢与君绝……”

她不愿承认乔娘说的话是对的——石大人什么都能买，包括哥哥的爱情。

叁

很多年前，双角山下有个小女孩，她的名字叫珠娘。

珠娘家是开杂货店的，算是富户，父母生了四个儿子才得了这个宝贝女儿，疼得像掌中珠，哥哥们盼了许久才得了这个心肝妹妹，爱得像眼珠子。

珠娘在家人的百般溺爱下长大，出落得和珍珠般美丽，女红针线一学就会，歌舞乐器一点就通，性格也是温柔可亲，还特别爱笑，笑起来好像春花烂漫，迷死了方圆百里所有的少年郎。

那么多的好男儿，珠娘偏偏喜欢阿蚌的哥哥阿海。

珠如月，月在天，摘得月宫仙。

海生潮，潮有信，嫁与弄潮儿。

阿海是个高大英俊的少年，他聪明伶俐，跟着先生读书过目不忘；武艺高强，曾在山上猎过豺狼，海中采过明珠。十里八村的女孩看到他都会偷偷红了脸，时不时有大胆的女子出言试探，奈何阿海和珠娘青梅竹马，从小到大他心里只有一个珠娘，压根儿装不下别人。

男才女貌，门当户对，再也没有比这更合适的亲事了。

双方父母看在眼里，满意得不得了，只等他们长大就定亲。

阿蚌很喜欢珠娘，天天盼着她来做嫂子。珠娘待阿蚌也是极好，两人总是凑在一块儿玩耍，说着说不完的话。

这时候阿海哥哥总会溜过来，献宝般地给珠娘送礼物，有时候是丑陋的玩偶，有时候是从城里买来的帕子，有时候是木头做的首饰盒，有时候是小摊上的银簪子……

阿海什么都好，就是挑礼物的眼光特别不好，不好他还非要送，谁劝都不听。

阿蚌每次看到哥哥买回来的东西，都很替他犯愁。大红配大绿的摆设也罢了，古古怪怪的玩偶也罢了，又粗又丑的银簪子也罢了，鬼面具和驱邪用的木剑到底算什么礼物？哥哥定是把店里最滞销的货色都买回来了吧？

珠娘每次收到礼物都是一场惊吓，她把价值比较高的簪子什么的退了回去，对着其他的小玩意则发了愁。她既不愿意打击心上人，又不好意思告诉他自己喜欢什么，更不想收到那么可怕的礼物还要昧着良心说喜欢。

最终，阿蚌和珠娘有了些默契。

珠娘自言自语：“说起来，上次集市老张家的泥娃娃很可爱，特别是那只白兔子。”

阿蚌会意，回头找哥哥：“老张家的泥娃娃很好，特别是白色的兔子，女孩子都喜欢。”

阿海鄙视道：“兔子有什么好？依我看，老虎才霸气。”

阿蚌说：“我无意间听到珠娘说喜欢兔子。”

阿海半信半疑：“真是兔子？”

阿蚌斩钉截铁：“就是兔子！”

……

老张家泥塑店门口，阿海看着老虎和兔子，再次纠结：“我觉得老虎的尾巴比兔子长，珠娘也许会更喜欢老虎。”

阿蚌忍无可忍，咆哮道：“买兔子！”

阿海灰溜溜地放下老虎，把兔子买回去送给珠娘。珠娘收到泥兔子，果然欢喜，脸上的笑容整整挂了三天。

阿海高兴地说：“你要是喜欢白兔，我天天送你。”

珠娘愠怒：“谁要那么多白兔？我只要一只就够了。”

阿海不解风情地问：“为什么？”

珠娘抱着白兔，羞涩道：“茕茕白兔，东走西顾，衣不如新，人不如故……”

阿海懂了，举手发誓：“我这辈子，只喜欢旧的。”

珠娘推开他想跑，阿海拖着她死活不放。

阿蚌立了大功，特别得意，有她这样聪明能干的小姑，未来嫂子应该不会被哥哥蠢跑了。

两人合作默契，阿海的送礼审美水平直线提升。

珠娘对阿蚌极好，时不时给她做吃食，教她念书，还给她做鞋子，只想听她多说点阿海的事。

阿海也对妹妹阿蚌极好，天天拍马屁打溜须，为了哄着她在珠娘面前多说几句好话。

夜里，阿海会在珠娘窗下唱山歌，他总是要唱很久很久，珠娘才会羞涩地回应，两人从互相调侃试探的曲调渐渐变成了你侬我侬。

阿蚌偶尔偷听到几次他们聊天，真是羞死了。不过眼看着哥哥和珠娘的感情越来越好，她心里也美滋滋的。

阿海在生意上颇有天赋。他与人合伙，将合浦的明珠运到江南，再从江南带回丝绸和瓷器，一路转卖，可得利百倍。后来，父亲和其他叔伯也加入了这条商路，获利颇丰。

阿海特别能吃苦。他不止一次偷偷告诉阿蚌，他要趁年轻多跑两趟，攒下家财，给喜欢的女孩最幸福安稳的日子。

阿海每次出远门，珠娘都很是担忧。

阿海告诉珠娘：“我要给你最好的聘礼，最风光的婚礼。”

珠娘说：“我不需要。”

阿海承诺：“这是最后一次。”

珠娘还是放心不下，可是所有人都劝珠娘，男儿怎能没志气，阿海聪明果敢，他们合作的商家都是靠谱的老人，商路也走了无数次，不需要担心。

这是阿海承诺的最后一次。

听说江南那边有海外商人来，带来了奇珍异宝，重金收购明珠。大家都投下了所有的财产，想着必定会获利而归，然后就能买田置地，再不远行。

珠娘只能作罢。

阿海随着商队走了。

珠娘每天都会去村口看着东北方向，轻轻哼着那首歌，等阿海回来。

阿海去了大半年。

某天，阿蚌收到了哥哥的来信，他告诉阿蚌，他在江南买到了一颗海珠，那颗海珠一半是绿色一半是白色，特别美丽，是天底下独一无二的奇宝。名珠配珠娘，这是他要送给珠娘的聘礼，还让阿蚌不要告诉珠娘，到时候给她惊喜。

阿蚌觉得哥哥的脑子又坏掉了。

合浦的特产是珍珠，再珍奇的海珠也是珍珠，他大老远买珍珠回来当礼物，这叫什么事啊？

估计珠娘看到这份聘礼又得纠结了。

阿蚌默默地收起了来信，觉得还是不要那么急着给珠娘惊吓了，万一未来嫂子以为哥哥是傻子，不要他怎么办？还是等哥哥把奇怪的珍珠带回来再解释吧。

所幸，珠娘没有嫌弃阿海的意思，她每天都在等阿海，绣嫁妆。

阿蚌渐渐放下心来。

送信人还告诉家里，父亲和阿海的生意似乎做得挺不错的，商队赚了大钱，就是跑得远了些，回来还要绕道好几个城市，通信不便，接下来的日子可能不方便再寄家书回来。不过他们又说了，他们再过大半年就能回来了。

可是，大半年过去了，阿海和父亲没有回来。

一年过去了，阿海和父亲仍没有回来。

阿蚌有些担心。

村人都劝她："没事的，商队百来人，又是走的熟路，出不了事。经商在外风云莫测，或许是遇到恶劣天气或者大生意，耽搁了行程。"

阿蚌想念父兄，有些郁结，整个人都瘦了一圈。

母亲便将阿蚌送去山里的舅舅家散心。

阿蚌调养了两个月，回来时整个天都变了。

听说交州采访使路过双角山，看见了在村口的珠娘，一见倾心……

珠娘的父母竟为了三斛明珠把女儿卖了。

阿蚌知道斛是用来装米的，一斛是十斗，一斗有十升。

三斛明珠是乡下人做梦都不敢想的大钱，可以买下整座城，一辈子衣食无忧。

父兄参加的商队带的最昂贵的货物也就是五升珍珠，差远了。

珠娘的父母对女儿千疼万宠，珠娘家也不是贪图富贵卖孩子的人家。可是，所有人听到这个价钱后，都沉默了。

每个人都在扪心自问，用一个孩子换一座城的财富，换十辈子也花不完的富贵，谁能拒绝这样的诱惑？当一个男人用倾城之价来换你的感情时，你会不会心动？

珠娘的父母做出了选择，珠娘也做出了选择。

阿蚌赶去珠娘家，珠娘正欲离开。

珠娘对镜梳妆，无数的丫鬟侍女在她身边服侍，将她的眉毛用螺子黛画得细长，额间贴上花黄，头发用金簪挽成风流的发髻，簪子上是龙眼般大小的绿宝石。她穿的是绣着仙鸾的锦缎，桌上堆满了从没见过的珍奇首饰，屋子里弥漫着龙涎香的味道，到处都是富贵繁华的气息。

阿蚌看着镜中的珠娘，仿佛在看另一个人，很是陌生。

珠娘挥退服侍她的丫鬟，似乎想和阿蚌说些什么，最终却什么都没说。

阿蚌忍不住问："你不爱哥哥了吗？"

珠娘道："阿海哥哥很好，可是，石大人更好……"

阿蚌含泪问："你不是说，女孩子的感情要像珍珠吗？"

珠娘说："我原以为感情和珍珠一样美好，可是石大人告诉我，再美的珍珠，只要经过百年时光就会褪去光泽，变了颜色，所以这份短暂的美好应该留在懂得欣赏它呵护它的人手上。石大人愿意用三斛明珠来交换我的心，这就够了……"

阿蚌追问："可哥哥怎么办？你和哥哥的亲事怎么办？你要负了他？"

珠娘的表情微微顿了一下，良久，她说："你误会了，我与令兄并未定亲，平日里不过是长辈们喜欢说些玩笑话，让令兄倾慕于我。至于我……既是无心，何来负心？"

珠娘拖着长长的锦缎裙摆走出了房间，再也没有回头看阿蚌一眼。

阿蚌愣愣地看着珠娘，眼泪一滴滴地落下。

幼年的期盼，美好的回忆，全部被粉碎。

在巨大的财富面前，哥哥的爱情一文不值。

珠娘变成了一个面目模糊的贵妇人，她上了采访使华丽的马车，扬尘而去。

阿蚌心里痛得慌。

珠娘家得了明珠，没有声张，悄悄地搬离了双角山。

母亲再也不肯提起珠娘，她努力地替哥哥物色新妇，每天唠叨着东家女儿美西家女儿贤……可是，阿蚌和她都知道，谁也没有珠娘好，谁也代替不了珠娘在哥哥心里的地位。

阿蚌盼望哥哥回来，又害怕哥哥回来。

远方的大雁来了又走，走了又来，最终捎回了父亲和哥哥的死讯。

来人告诉阿蚌，商队在荆州遇到盗匪，无一生还。

阿蚌大哀，哭了三天三夜，绝望中却有一丝丝安慰，至少她不需要告诉哥哥珠娘的真面目，哥哥的心不会碎，他可以抱着美好的爱情和梦想离开。她甚至有些庆幸珠娘不爱哥哥，至少这世上可以少一个人心碎……

阿蚌恨啊，恨命运对待哥哥如此不公。

可是，恨又有什么用呢？

肆

金谷园内，阿蚌认出了改名为绿珠的珠娘。

阿蚌知道，若是珠娘知道她在金谷园，或许念在幼年情谊，总会给她一些照顾。可阿蚌刻意躲得远远的，从不出现在珠娘面前。

她虽然不恨珠娘，可是她不愿意成为珠娘那样的人，更不希望自己的感情被金钱左右。

日子一天天过去，粗使丫鬟的生活风平浪静。

那天，石崇宴请宰相王导和大将军王敦。

管事忽然来找乔娘和阿蚌，说是她们平日里做事勤勉细心，要提拔她们。

乔娘喜不自禁。

两人被带去了茶水间，管事送来了很多华服珠宝，还派了教养娘子来指导她们迎客斟茶的仪态。

教养娘子指着乔娘和阿蚌说："乔娘容貌略逊，胜在身段轻盈，蚌娘容貌不错，体态却胖了几分，两人都不堪大用。"

管事道："她们才十六岁，年龄小，容易惹人怜，搁着做备用吧。"

教养娘子暧昧地笑道："你是觉得用她们实惠吧？"

管事含笑不语。

平日里，管事对粗使丫鬟们管束很严，不准她们乱听和乱传闲话，所以阿蚌不太明白他们对话的含义，心里很是不安。

乔娘看着送来的大堆首饰，早就乐开了花，一心要把自己装扮得十二分出色，好博得贵人欢心，飞上枝头变凤凰。她梳妆完毕，揽镜自照，很是满意，回头一见阿蚌，脸色顿时变了。

阿蚌头上簪了朵宝石珍珠花，乌髻如云，肌肤胜雪，教养娘子替阿蚌挑了件蓝色绣着莲花的锦缎裙子，将她略胖的体形遮掩得极好，竟显得有几分娇憨动人。

教养娘子连声夸阿蚌美貌，瘦下去会更加动人，说要让她去席间给贵人倒酒。

乔娘平日里自诩远胜阿蚌，从不将她放在眼里，还经常照料她，如今意识到阿蚌美貌更胜自己，心里有几分嫉妒，又有几分害怕。她不想永远做粗使丫鬟，席间侍奉贵人是难得的露脸机会，金谷园美人那么多，如果连阿蚌都将自己的风头盖过，她就再无出头之日了。

阿蚌的美，靠的不就是那条遮掩身段的裙子吗？

乔娘心里起了一丝丝恶念。

夜里，金谷园燃起了大堆大堆的蜡烛和香料，路上铺出几十里的锦步障，夜明珠将屋子照耀得恍如白昼，奢靡的味道引人醉。管事将几百个美人们安排妥当，有歌舞的，有引路的，有看灯火的，有席间斟酒的，还有服侍如厕的等等。美人们各司其职，梳妆打扮，忙乱有序。

乔娘"笨手笨脚"地弄翻了蜡烛，蜡烛落在阿蚌的裙摆上，烧出了好大一个洞。

乔娘"害怕"得哭个不停，阿蚌有些不知所措。

教养娘子看了看，没说什么，安慰了几句，让人拿了件红色花鸟纹裙子让阿蚌换上。这条裙子将阿蚌的腰肢衬得格外粗壮。教养娘子便让乔娘代替了阿蚌的位置，让阿蚌留在后面做备用。

阿蚌听见教养娘子和管事小声嘀咕，说是其他斟酒美人用完了，再让阿蚌去，如果斟酒美人没用完，就留着阿蚌，饿上几顿，让她更美貌些再用。

斟酒美人怎会用完？

阿蚌怎么想都想不明白。

乔娘得了机会，有些愧疚，她偷偷告诉阿蚌："若是我得了赏赐，定补偿妹妹。"

阿蚌本来就不想服侍贵人，所以笑了笑，原谅了她。

忽然，席间传来了女人哭叫的声音，转瞬，哭声就消失不见了。

等候斟酒伺候的美人们表情瞬间变得很紧张，个个都颤抖地看着教养娘子。

教养娘子扫了眼几个等待的美人，随手点出一个看起来最楚楚动人的，命令她前去斟酒。

被点出来的美人瞬间哭了，她跪下来哀求："好娘子，疼疼我，别让我去。"

教养娘子皮笑肉不笑地说：“你知道石大人的斟酒规矩，去吧，你如此动人，王大人定当怜惜。”

外头侍卫手按大刀，催促再三，美人只能拭了泪痕，强颜欢笑而去。

乔娘也意识到不妙，赶紧问教养娘子：“石大人的规矩是什么？”

教养娘子语重心长地教育：“你去斟酒就要好好地劝酒，若客人不喝你斟的酒，便是你劝得不好，连酒都劝不好的美人还要脑袋有什么用呢？”

乔娘和阿蚌都懂了，吓得浑身发抖。

没过多久，席间再次传来尖叫声，侍卫又来了。

教养娘子感慨：“王大人真是个铁石心肠的男人。”

侍卫冷冷地说道：“石大人命继续劝酒。”

教养娘子转头看了看阿蚌，又看了看乔娘：“让她们都去吧。”

阿蚌的眼前阵阵发晕，乔娘哭着摇头：“我不去，求求你，放过我吧。”

教养娘子笑着问她：“连酒都不肯劝的美人，脑袋又有什么用呢？”

侍卫抽出了刀，指着她们，刀刃处隐隐有血痕。

阿蚌和乔娘没有选择的余地，颤抖着走向那盛大的宴席。

王宰相怜香惜玉，在美人劝酒中已醉。

王大将军冷冷地坐在席间，滴酒不进，也不将被斩的美人放在心上。

乔娘被逼着先去给王大将军敬酒，原本伶牙俐齿的她早已怕得说不出话来，平日里很稳妥的双手也抖个不停，倒满一杯酒却洒了半杯。她颤抖地将酒递给王大将军，未语泪先流：“请喝这杯酒。”

王大将军看都不看她一眼。

乔娘绝望地哀求：“求求你，我只有十六岁。”

王大将军嫌弃地推开了她的手。

王宰相不忍，劝道：“这是个孩子，你的心莫太狠，喝了吧。”

王大将军嗤笑一声，说：“他杀自己家里人，和我有什么关系？”

石大人笑着挥挥手，仿佛让人撤走一个不值钱的杯子。

绝望的乔娘被拖出了宴席，期间她哭着求王大人，求石大人，求教养娘子，求侍卫，求可以求的一切，可是没有用……

稚嫩的花骨朵被北风吹落，再没人知道她绽放的模样。

教养娘子用戒尺点了点阿蚌的肩膀。

阿蚌知道，凋零的时候到了。

她深吸一口气，擦干泪，接过酒盘，用平生最大的勇气，走上这条必死之路。

仙乐飘飘，歌舞如梦，蜡烛的香气和夜明珠的珠光将这条路衬得像人间仙境，可路下埋着累累尸骨。

忽然，在石大人身边服侍的绿珠缓缓起身，在石大人耳边低语了几句，待石大人颔首后走下席间，朝宾客行了一礼："王大将军看不上金谷园的美酒，石大人深表歉意，命妾身舞上一曲，为您助兴。"

据说绿珠歌舞冠洛阳，石崇轻易不让外人观。

宾客们纷纷叫好，王大将军总算有了兴致，不再把注意力放在酒席间。

笙箫声起，绿珠羽衣飞旋，恍如月宫妃子，再多的明珠光彩也夺不去她的颜色。

宾客都痴痴地看着绿珠，王宰相手中的酒杯倾斜了，酒沾湿了衣襟也恍然不知。王大将军也看得失了神。那叫孙秀的色鬼，眼睛都快粘在绿珠的身上了，险些把酒喝到鼻子里去。

石大人见大家丢丑，哈哈大笑，一时间席间气氛热烈，其乐融融。

教养娘子最是知趣，见大家无心喝酒，便撤回了劝酒美人。

绿珠今日舞兴高昂，整整跳了三曲，直至散场。

阿蚌死里逃生，庆幸不已，感激不尽。

伍

两日后，绿珠因想念家乡而茶饭不思，石大人陪她在花园散心时"偶遇"阿蚌。绿珠听阿蚌说话口音，"发现"是同乡，三言两语聊下来，很是喜爱，石大人便将阿蚌调到绿珠身旁，慰藉宠妾的思乡之情。

次日，有美人成功走过象牙床，石大人守诺，赏赐明珠百颗，夜宿在她处。

绿珠说石大人不来，心里烦躁，故遣退侍女，只留阿蚌给她唱些家乡的歌谣。

侍女们替绿珠更衣卸妆完毕，便井然有序地离开了。绿珠迅速从榻上起身，面上流露出担忧，她连声问阿蚌："你为何会来金谷园？阿海哥呢？他怎舍得让你来这种地方？"

绿珠褪下华丽的外衣，昔日的珠娘又回来了。

阿蚌有些想哭，她先朝绿珠深深行礼，谢过救命之恩，再道："不是……"

绿珠急问："你该不会是被人贩子拐了吧？"

阿蚌嗫嚅道："不，家乡水患，颗粒无收，所以我卖了自己。"

绿珠惊讶极了："阿海哥不是行商发了大财吗？"

阿蚌沉默不语，眼泪一滴滴往下掉。

绿珠再次追问。

阿蚌方道："商队遇到劫匪，父亲和哥哥都死了……"

绿珠愣了半晌，待听明白阿蚌的话后，她身子一斜，竟晕了过去，醒来后整个人都瘫软了，看着床帏愣愣地说不出话。

如今的阿蚌已不再是年幼的孩子，经过乔娘的事，她明白了绿珠的无奈，也明白了绿珠的心。

阿蚌哭道："你离开时说的话都是骗人的，对吗？"

绿珠沉默不语。

阿蚌问："你故意说不喜欢哥哥，是害怕他不死心来金谷园找你，对吗？"

绿珠依旧沉默。

阿蚌再问："你爹娘不是为了三斛珠卖你的，对吗？"

绿珠的眼泪终于落下。

阿蚌肯定地说道："你不爱石大人。"

绿珠的眼泪怎么止都止不住了。

有些东西藏在心里太久，慢慢蚕食，将心变成了腐木。

她原以为这辈子就这样过了，锦衣玉食，风光无限……

可是阿蚌出现在她面前，唤醒了她的回忆。挣脱出枷锁的心在一遍遍地呐喊，她爱的是什么，要的是什么……

可是，爱有什么用呢？

石崇残忍又自负，他愿意付出三斛明珠这样的天价购买珠娘，并将这件事宣扬得天下皆知，代表的是这个男人志在必得的决心，也就由不得珠娘家不卖女儿了。

阿蚌当年不懂，如今她看看席间斟酒美人的下场，看看乔娘如草芥般死去，再看看金谷园抬出去的一具具尸体，她什么都懂了。

珠光宝气的鸟笼里面有很多鸟儿，黄莺死了换画眉，画眉死了换鹦哥。它们舞动着美丽的翅膀，唱着动人的歌谣，用最美好的生命取悦着鸟笼的主人。

不管是值一匹绢、百匹绢、两百绢，还是十颗珠、三斛珠，再昂贵的鸟儿也不过是只鸟。她们被关在金谷园这个笼子里，只有死亡时才能离开。

阿蚌抱着绿珠，绝望地哭。

她们再也无法回到家乡，回到那无忧无虑的童年。

陆

阿蚌成了绿珠最得宠的侍女。

在石崇面前，绿珠依旧是那只千娇百媚的黄鹂鸟，人人羡慕她华丽的羽毛。只有阿蚌知道，绿珠在无人的背后，总是一宿一宿地落泪。她无数次问阿海是怎么死的，什么时候死的，被谁杀的，死前可有只言片语留下。

阿蚌无法回答她的问题，只能挑知道的说：“哥哥死在荆州，不知被谁所杀。哥哥死前曾给家中捎了信，说是给你挑选了极珍贵的聘礼，其他的我就不知道了。”

绿珠皱眉：“荆州遇盗匪？你确定是在荆州？”

阿蚌答：“是。”

绿珠再问：“极珍贵的聘礼是什么？”

阿蚌觉得哥哥死了，也没必要替他保守秘密了，就算他挑的礼物再蠢也是心意，便老实说了。

“他信上说是颗颜色奇特的珍珠，我哥哥真的好笨，哪儿有卖了合浦珍珠买珍珠的……”

绿珠厉声问：“珍珠是什么颜色？”

阿蚌吓了一跳，赶紧答：“一半绿色，一半白色，据说是天下独一无二的宝物。”

绿珠听完，失魂落魄了好几天，粒米不进，吓坏了服侍的丫鬟。

直到石大人回府后，她才恢复了常态。

从那天起，绿珠再没有问过阿海的事情，阿蚌也不敢再提。

闲暇时，绿珠总是和阿蚌坐在花园里看蓝天。

天上飘过很多云，云千变万化，化作家乡的山水，化作漫山遍野的花，化作林间的野兔，化作爹娘，化作哥哥……

绿珠说：“我看见了鸟儿。”

阿蚌道：“有些像燕子。”

绿珠：“燕子有翅膀，真好。”

阿蚌：“嗯，真好……”

忽然，背后传来男人的脚步声，绿珠和阿蚌赶紧回头，看见石崇带着数名美人从远处走来，赶紧行礼。

石崇笑着扶起绿珠，和蔼地问：“燕子为何好？”

绿珠笑得轻松："汉宫飞燕，绝色无双。"

石崇笑道："飞燕怎及爱妾美，听说你前些日子没胃口进食，可有心事？"

绿珠叹了口气："妾身揽镜自照，心事重重。"

石崇急问："何事？"

绿珠羞涩道："妾身怕腰身不够细，无法在大人的生辰献掌上舞。"

"好，好，好。"石崇大喜，连连颔首，回首教训其他美人，"整个金谷园，唯绿珠知我心。你们的腰太粗了，回去食量减半，多饿饿，三个月后若不能行走象牙床……还要这双脚有什么用？"

众美人连声应下，争相节食。

金谷园内，时有美人饿死的消息传出。

阿蚌在这股节食风潮中也瘦了好大一圈，她的美貌渐渐展露了出来。石崇来绿珠处歇息时，看见阿蚌倒也夸赞了几回，目光也越来越多地停留在她身上。就是嫌阿蚌的腰还不够细，他笑着告诉阿蚌，若能走上象牙床，便赏阿蚌一株珍贵的红珊瑚，抬举她做姬妾。

阿蚌想起乔娘血淋淋的头颅和饿死的美人们，吓坏了。

绿珠插科打诨，撒娇卖痴，将这事混了过去。

石崇嫌阿蚌笨拙，不够知情识趣，命绿珠好好教导两年，让她学会服侍男人的手段。

绿珠硬着头皮应下，很是为难："大人让你服侍男人，若是你不肯……"

阿蚌早已想得通彻，劝绿珠："我的命是你捡回来的，能多活两年已是幸运。到时候学不会便是死，死了也好，我可以飞出金谷园，回家乡见哥哥了。"

绿珠问："傻孩子，死了怎么见哥哥？"

阿蚌道："奶奶死的时候我很难过，哥哥告诉我奶奶在天上，她一直在庇佑我们，如果阿蚌做好孩子，总有一天会见到奶奶的。哥哥从来不做坏事，所以他定是去天上陪奶奶了，阿蚌也不做坏事，所以我会见到哥哥的。"

阿蚌故作轻松的声音里带着丝丝颤抖。

哪有人会不怕死？

只能劝说自己不怕死。

绿珠怜惜地抱着阿蚌，怎忍心看这个从小被她当作妹妹的单纯女孩被金谷园糟蹋、吞没？

阿蚌拍拍绿珠的背，安慰道："哥哥会在天上庇佑我的。"

绿珠轻轻地道："嗯，会庇佑你的。"

手里的筹码太少，她该怎么做？

柒

永康元年，赵王司马伦发动政变，诛杀贾后、贾谧等人，石崇因是贾谧同党而被免官。

朝廷风雨欲来，金谷园内人心惶惶。石崇仍不以为意，饮酒作乐，每日赏轻歌曼舞，闻花语莺啼。

司马伦的党羽孙秀念绿珠美貌，派使者前来索要。

来使小人得志，嘴脸猖狂。

石崇正在金谷别院和群芳作乐，闻讯大怒，却隐忍不发，命美女盛装，任来使挑选。

来使看一个美女便惊叹一番，最后问："君侯的婢妾们甚美，然吾本是受命来讨绿珠，不知为何人？"

石崇怒道："绿珠乃吾之爱妾，怎能予你？"

使者说："君侯博古通今，明察远近，望三思。"

石崇说："不需三思。"

使者愤愤然离去，石崇有些犹豫。

绿珠从帘幕后出来，扑入石崇怀里，未语泪先流，劝道："如今孙贼得势，小人得志，想当年他在大人席间唯唯诺诺，百般讨好，大人随便赏他个婢女他都看得和天仙似的，如今竟敢提出这般非分要求。"

石崇性格傲慢，这么多年要什么有什么，平日里王恺想和他斗富，他都要想方设法把对方弄趴下。王恺用糖水洗锅，他就要用蜡烛烧柴；王恺用赤石脂涂壁，他就要用更贵重的花椒。就连晋武帝他都不放在心上，随随便便就打碎御赐的红珊瑚树。如今被孙秀这个他不放在眼里的小人索要爱妾，本就恼火的他哪里受得了绿珠的煽风点火？他心里更加恼怒，只恨不得把孙秀抽筋剥骨。

使者再次回转，劝石崇接受孙秀的要求。

石崇再次狠狠拒绝。

孙秀恼怒之下，劝司马伦杀石崇。

捌

孙秀假称惠帝诏命逮捕石崇、潘岳与欧阳建等人，甲士来到金谷园门口。

金谷园内一片混乱，美人纷纷自危。

石崇正在高台上畅饮，闻讯传召绿珠。

绿珠的心情似乎很好，她哼着歌儿，对镜仔细打扮。

红色火浣衫太艳，黄色金丝蜀锦袍上的绣花有点俗，五彩锦缎牡丹蝴蝶衣缺几分风流，绿色绣藤蔓的丝绸衫倒是最合适。

阿蚌听着外头时不时传来的尖叫声，又听见石崇的传召，知道不妙，苦苦哀求："珠娘，你不能去。"

绿珠笑着问："为何不去？"

她挑好衣裳，走向梳妆台，打开首饰盒。

阿蚌扑过去，抱着她的腿苦苦哀求："珠娘，你逃吧，孙秀要你，你就跟了他。终归都是鸟笼，他那么稀罕你，不会薄待你的，若去石大人那里，你就回不来了。"

绿珠手里拿着金簪，俯下身问："若能飞出鸟笼，你愿付出全部代价吗？"

阿蚌不解地看着她，愣愣地点了点头。

绿珠忽然笑了，她的笑容有些狰狞，手中金簪毫不留情地划过了阿蚌的脸，划出了一道深深的血痕。

阿蚌惊叫一声，不敢置信地捂着脸，鲜血从指缝中流出。她从没见过这样的珠娘，也不明白她为何要这样做。

绿珠从首饰盒里拿出一条珍珠项链，放在阿蚌面前，缓缓道："石大人将这条项链送给我，同时将我命名为绿珠。"

珍珠项链是用金链串成的，每颗珍珠都洁白圆润，正中间是一颗半绿半白的硕大珍珠，绿色和白色在中间交融，图案天然，仿佛两条鱼儿在游动，美得让人心动。

阿蚌捧着这颗陌生的珍珠，却又感到无比熟悉。

绿珠的表情因痛苦而扭曲："石崇任荆州刺史时，抢劫远行客商，因此巨富。他赎我的三斛明珠里，全部都是人血。他杀了阿海，将属于我的聘礼送给我，让我做他的笼中玩物，我却要跪下向他谢恩……"

她的痛苦是如此的深，如此的重。

她是如何将这般沉重藏在心里，每天欢声笑语陪着仇人歌舞的呢？

阿蚌张张嘴，怎么也说不出劝慰的话。

绿珠俯下身，最后抱了抱阿蚌，怜惜地用帕子替她拭去脸上的血痕："好妹妹，嫂子走了，我会庇佑你好好的。"

石崇的使者再催。

阿蚌尖叫着拼命想留她，却被拦下。

绿珠在她的哭声中，将珍爱的项链戴在颈间，缓缓走向高台。

高台上，石崇看着金谷园内的甲士，酒微醺。旁边谋士拼命劝，石崇的母亲、妻妾都在旁边哭，求他交出绿珠，求孙秀饶命。

绿珠袅袅婷婷地走到他身边。

石崇看着这般景象，有些犹豫地道："看，这是我为你惹的祸。"

高台上，绿珠深情地吻了吻胸前的珍珠项链，然后朝石崇露出个最灿烂的微笑："我应死在你面前来报答你。"

话音刚落，她纵身一跃。

旁人伸手欲救，可是已来不及……

绿珠从高台上坠下，风很急，很快。

她的心却很轻松，就像化成了鸟儿，挣脱枷锁，飞出牢笼，飞向天空……

孙秀冲上高台，看见心心念念的美人魂消玉碎，勃然大怒。

石崇失去了绿珠，还有什么可与孙秀交易的筹码呢？孙秀命人将石崇连同其母亲、兄长、妻妾、儿女不论老少共十五人装进囚车，拉到东市，尽数斩杀。

石崇这才叹息："这些奴才是想图我的家产啊！"

押解他的人笑道："君既知道，何不早点散尽家财呢？"

石崇后悔不已。

石崇死时，年五十二。

玖

石崇死后，金谷园的财产被抢夺一空。

如花似玉的美人们落入豺狼手中，豺狼们看不上眼的丫鬟和小厮则被拖去人市发卖。阿蚌因为破了相，没有贵人愿意要她，也被送去了人市。她意外地在人市发现了自己的弟弟，弟弟阔绰地拿出一匹绢，将她买了回去。

阿蚌抱着久违的家人，哭成了泪人儿。

笼中的鸟儿飞出了牢笼。

那金谷园的种种，仿佛是一场梦，梦醒了，她就回家了。

回家的路上，阿蚌问弟弟："你怎会有钱来赎我？怎会知道我被发卖？"

弟弟说："有贵人送了我不少钱帛，告诉我在这里等候，可以把你赎回去。"

阿蚌追问："贵人是谁？"

弟弟沉默片刻，拿出了一只泥塑白兔，轻轻放在她的手心。

白兔很破很旧，因为长期的抚摸，颜色都快掉光了。

"茕茕白兔，东走西顾，衣不如新，人不如故……"

阿蚌抱着这只白兔，号啕大哭。

拾

阿蚌回到了双角山。

母亲的病在妥帖的医药照料下已渐渐好转，他们将这只白兔葬在了哥哥的墓旁边，立了一个小小的碑，写上了珠娘的名字。

阿蚌每年都来墓边，陪珠娘和哥哥说话，讲述自己的事情。

阿蚌相信哥哥和珠娘都在天上庇佑自己。她珍惜现在的生活，每一天都过得很幸福。脸上的疤痕在细心护理下，只留下了一条淡淡的红痕。母亲做主，将她嫁给了一个善良能干的农家少年。婆家宽厚，夫君体贴，恩爱白头。

拾壹

永宁元年，司马伦被杀，惠帝复位，以九卿礼仪重新安葬了石崇，并封石崇的从孙石演为乐陵公。

绿珠坠楼之事，成为千古传奇。

芥子
贰
JIE ZI
【第十章】
凤凰归

初，坚之灭燕，冲姊为清河公主，年十四，有殊色，坚纳之，宠冠后庭。冲年十二，亦有龙阳之姿，坚又幸之。姊弟专宠，宫人莫进。

长安歌之曰：“一雌复一雄，双飞入紫宫。”

——《晋书 · 载记第十四》

壹

天阴了，雷动了。

闪电划过天际，狂风穿过梧桐树影，宫室里的门窗都被吹得摇摇晃晃。

暴雨落入，湿了帘幕。

小宫女前去关门，冷不丁又一个雷落，劈到近处，吓得她尖叫起来。

老宫人低声训斥：“慌慌张张，成何体统。”

小宫女瑟瑟发抖地将门窗合上，躲了回来，委屈地道：“我，我就是有些害怕。我老家有传闻，被雷火劈到的人，就是老天认定的罪人，我……”

老宫人怒道：“胡说八道！凤皇公子浅眠，方睡下，若是吵醒了他才是大罪过。”

小宫女低头，不敢言。

老宫人悄悄看了一眼凤床上沉睡的少年。

少年年纪不过总角，可是很多没天良的达官贵人都认为这个时期的男孩有雌雄莫辨之美，容貌更胜女子，争相置买。鲜卑贵族尤重相貌，族中子弟大多姿容端正。燕灭后，宫中美人被尽数瓜分。秦王原以为清河公主容貌当数第一，将之匆匆纳入宫来，没想到看见其弟慕容冲，才发现清河公主的美貌逊了三分风骨，姊弟站在一块，高下立判。于是不顾风言风语，不顾谋士劝阻，不顾天下非议，硬逼着慕容俊献子入宫，夜夜专宠。

因慕容冲小字凤皇，秦王以凤凰殿赐之。殿中栽满梧桐，取凤栖梧桐之意，还不顾规矩赐了张凤床，以示恩宠。民间亦有歌云："凤皇凤皇止阿房。"朝臣得闻，争相进谏，秦王不以为意，哈哈大笑。

今夏暴雨尤厉，雷声滚滚过。

小宫女有些畏缩，悄悄问："今夜大王不来了吧？"

老宫人微微颔首："清河夫人禀性柔弱，最畏雷鸣，大王应该在鸳鸯殿陪她。"

"那就好。"小宫女松了口气，扫向凤床，眼神略带怜惜。

虽说时人多有好男风，但提起娈童男宠还是颇为不齿，只有一些穷人家或奴才们迫于生计才将孩子送去邀宠。听说那些孩子从小苦练惊鸿步，饿出杨柳腰，香粉扑面，环佩叮当，状若好女。

可是堂堂慕容家怎会如此教育公子？

凤皇公子虽然貌美，但读的是兵书，学的是弓马，胸有大志向。他曾在林间猎过狡狐，在草原上杀过饿狼，平日里出巡，鲜衣怒马，引得闺中女儿青睐，一个个恨不得以身许之，只待他成年说亲，便让父兄踏破慕容家门槛。

燕国灭，风云变幻。

慕容家无法和苻家抗衡，只能委曲求全。

秦王虽有文韬武略，可是年纪大了，更兼相貌奇丑，头大身细，即使再擅长吹嘘拍马的弄臣也只敢夸君上有霸王之相。

凤皇公子这般风流人儿落入宫中，成天郁郁寡欢，眼看着脸色一日比一日苍白，身子也越来越瘦弱。宫人们虽然面上不敢表露，可是心里多少都有些不落忍，只盼着秦王多宠幸其他妃子，少来几趟凤凰殿。

雷声微停，天已黑，凤凰殿中烛火摇动。

小宫女低声问："听说又有大人上书劝大王，大王会将我们公子放出去吗？"

她原是慕容家的侍女。慕容家有点姿色的大侍女早被功臣瓜分一空，剩下她们这些年幼的孩子，规矩学得还不多。秦王心疼凤皇公子，希望他可以在生活中听到乡音，便选了这些不碍事的小丫头过来伺候。她们对旧主很是怜惜，更是盼着他可以早点被放出宫。

老宫人用严厉的眼神制止了她的胡言乱语，然后轻轻地摇了摇头。

雷声响，天空被撕得四分五裂，却炸不开未央宫门。

雨声急，四周将近窒息的潮湿，让人痛苦却死不去。

黑暗处，藏着一声叹息。

慕容冲在假寐。

每到雷雨天，他就睡不着，也无法睡。

宫人并不知道，清河公主不怕打雷，害怕雷声的人是他。他的阿姊年幼时最喜欢的事就是在雷雨天往窗外看雷鸣电闪，她说雷鸣是天神公公在奏乐，闪电是天后娘娘在跳舞，大地变成了舞台，比什么都美丽。

阿姊是进了未央宫后才变得胆小懦弱。她忽然害怕雷鸣，害怕老鼠，害怕黑暗，害怕所有的一切，总是娇弱地让秦王陪她。骄傲的她还学会了察言观色和讨好撒娇，只求秦王多在她的宫中宿几宿，这样就可以让他少去弟弟宫中。

他们是飞入紫宫的两只可怜鸟儿。

阿姊努力地保护着心爱的弟弟，盼望他少受些折磨和屈辱，盼望秦王对弟弟失去兴趣，早日将他放出去。

未央宫如地府，苻坚如魔鬼，吞噬了希望。

一夜夜，一月月，他反反复复地承受折磨，反反复复地盼着微火。

曾经在马背上肆意飞扬的少年变得害怕阳光，害怕干净的阳光映出身上的污秽。他更害怕夜晚，害怕黑暗中有魔鬼靠近，将他一次又一次拖入看不见尽头、令人作呕的沼泽深处。他只在乌云蔽日的阴天走出凤凰殿，坐在栏杆上，听着梧桐树摇，看在云深处挣扎着的阳光，一遍又一遍地回忆往昔，那个曾经干净纯粹、意气风发的少年……

贰

慕容冲从小就是家中的美男子。

鲜卑人喜欢好容貌，父亲对他疼爱有加，取小字凤皇，众人皆称为凤凰儿。母妃和姊妹们也极爱他，几个阿姊抢着给他做衣裳，妹妹替他缝帕子。相熟人家的女孩们看见他也喜欢围着转，“凤凰儿”“凤凰儿”一个比一个叫得亲切，引得哥哥弟弟们相妒，时不时嘲讽他长得像个娘们儿，没有男儿气概。

慕容冲虽年幼，却不愿混迹脂粉圈中。他每天跟在哥哥们后面转，最向往做鲜卑的男子汉，奈何哥哥们都不带他玩，只让他去母妃宫里玩胭脂，气得慕容冲直跺脚却又无可奈何。回头又见一堆姊姊妹妹缠着他叽叽喳喳，聊的都是鸡毛蒜皮、家长里短，他只能到处躲清静，久而久之，性子也变得有些孤僻了。

清河阿姊最是坏心肠，趁他熟睡，遣开了侍女，用串着珍珠的丝绳将他的长发尽数编成辫子，再绾成双髻，还别上了白玉花簪。

他睡得迷迷糊糊起来，想起尚未练习射箭，急匆匆就跑了出去。

清河阿姊很“贤惠”地递上自己的狐狸毛红披风，说是天寒露重，小心着凉。他只道阿姊关心自己，没有多想，披上直奔射箭场，只奇怪阿姊为何在身后笑得打跌。

射箭场上，往日里喜欢捉弄他的公子哥们，远远看着他，纷纷停了习武，交头接耳，个个眼睛发亮，互相推搡着要上前说话。他还道各位哥哥们转了性子，心里暖洋洋的，想说几句亲热话。

拓跋家那二小子名导，平日里最是捣蛋，如今却扭扭捏捏地过来了，红着脸，端端正正行了一礼问：“妹妹是谁家娘子？”

慕容冲整个人懵了。

拓跋导抬起头，再细细看了一眼，也懵了。

所有少年都懵了。

慕容冲终于发现头发好像有些不对劲，伸手摸去，拔下一支白玉花簪。

后续事情，鸡飞狗跳……

慕容冲用最快的速度拆了发饰并解释，可是来不及了。

其他少年硬生生地扭转态度，都只道自己聪慧无双，早已看出慕容冲在愚弄大家，方让拓跋导去丢颜面。任凭拓跋导再怎么解释都没用，人家笑着把饥不择食的登徒子名号落在他头上。拓跋导恼羞成怒，恨极了让他出丑的慕容冲，硬是追着要收拾他。

那年慕容冲才八岁，哪里是十四岁的拓跋导的对手。在大家的笑声中，慕容冲被揍得满场子跑，怎么解释都没用——清河阿姊在外头装得很是端庄美貌，是大家心里的女神，压根儿没人相信她会做坏事。

最后还是宇文啸仗义出手，在拓跋导的拳头下救了他。

宇文啸小字山虎，人如猛虎，虽然也是十四岁，但是身材极高大，武艺娴熟，别说在同龄少年中，就算在燕军中都可与勇士一敌，更有侠义心肠，最讨厌欺负人的家伙，每次看见他们欺负慕容冲等年纪幼小的孩子，就会护着他们。

慕容冲觉得男儿当如宇文啸，做头顶天脚踩地的大英雄。

拓跋导不是宇文啸的对手，愤愤然离开，临行前还闹腾着说此事没完。

宇文啸把受伤的慕容冲送了回去，一路走一路解释：“他们平日里调戏良家女顺手，今日丢了人，怕是要老实一阵子了。也不知是谁把你收拾成这模样，手艺真好，远远看去，竟比清河公主还美貌，我都差点儿上当了。”

慕容冲想起清河那混蛋，恨得直磨牙：“我定不会放过她。”

宇文啸大笑道：“罢了，谁让你长得细皮嫩肉，像个小丫头。”

慕容冲气呼呼地道：“虎哥也这般埋汰我！又不是我要长这样的！而且母妃说我现在年纪小，容貌清秀些也是没办法的。待我再长高长大些，定会成为虎哥这般浓眉大眼、虎背熊腰的雄伟男儿，到时候把拓跋小儿按在地下揍！揍到他喊爷爷为止！”

宇文啸笑得更开心了，把慕容冲的头发揉得乱糟糟的：“好，有志气。平日里要多吃点肉，养胖点，有力气了长大才能成为虎背熊腰的好汉子。”

慕容冲狠狠点头：“今日起，每顿必吃半斤羊排！不，我要吃一斤！”

宇文啸教育道：“习武要风雨无阻，万万不能倦怠。”

慕容冲点头：“师父说我射箭骑马不错，但擒拿摔跤不行。哥哥们陪我练习，总怕摔伤了我被母妃和阿姊们训斥，所以都让着我，不肯来真的，一点儿意思都没有。不如虎哥你教我吧，我不怕疼。”

宇文啸开玩笑道：“我教你摔跤，可有好处？”

慕容冲琢磨半晌，说：“我把清河阿姊嫁给你，她可是燕国第一美人，配你不亏。”

宇文啸笑了：“你随手就把阿姊卖了，她不恼？”

慕容冲恨恨道：“卖就卖了。”

清河那货，除了容貌什么都不好，心眼坏，在外头装得乖巧，逮到机会就捉弄弟弟，还害他出那么大的丑，这样的阿姊他才不想要呢。趁着外头不知道她干的坏事，早早嫁给宇文啸这样的大英雄，还怕委屈了英雄呢。

宇文啸笑得更大声了。

慕容冲追问：“你要不要我阿姊？”

“不要。”宇文啸弯下腰，指着心口道，“清河虽美，可是我这里有人了，她比清河美。”

慕容冲不信，大燕境内，哪有比阿姊更美的女人？莫非虎哥喜欢的是他国人？

宇文啸再次拍了拍他的脑袋：“你还小，不懂。”

慕容冲道：“反正我将来成为大英雄，定要娶个比阿姊好看、比阿姊性格好的妻室。”

宇文啸看他正儿八经的模样，笑得直打跌。

慕容冲察觉被带偏了话题，气冲冲地问：“虎哥，你到底教不教我？”

宇文啸擦去笑出的泪花，说：“教，我定把你教成虎背熊腰的大英雄，娶美人。”

这下慕容冲满意了。

回到宫中，他找母妃狠狠地告了状，母妃一边笑一边惩罚了清河。清河公主在佛前整整跪了一个时辰，念百遍经书，还被罚做十件女红。她老实了很久，日日变着花样给慕容冲做好吃的赔礼道歉，慕容冲方勉勉强强地原谅了她。

宇文啸如约教慕容冲摔跤。慕容冲为了找拓跋导那群浑小子报仇，学得很是认真，天天摔得青一块紫一块的，回来没事还喜欢在铜镜前自照。

清河公主嘲笑他长大了知道好看了，慕容冲觉得阿姊很是肤浅，他是在盼着自己的身材变得像虎哥那样高大壮实，长出像虎哥那样好看的胡子，再不被人嘲笑像女人。

春来秋去，盼来盼去。

慕容冲没有长成梦想中高大威武的男子汉，虽然他拼命地吃，身量颇高，但腰肢极细，容貌也越长越美。不论女人还是男人，停留在他身上的目光越来越多，时间越来越长。

有好事之人将他和清河公主合称“燕宫双姝”。慕容冲将他们狠狠揍了一顿，继续满怀信心地在镜前盼。

他不喜欢自己的美貌，却被美貌拖入了如噩梦般的深渊。

叁

夏日里的雷雨来得快去得也快，前夜就停了。

清河夫人百般妩媚也没有留住秦王的心，他依旧来到了凤凰殿。

帘幕外，宫人眼观鼻，鼻观心。

帘幕内，只有痛苦和绝望。

慕容冲看着悬在顶上的金线绣出的红色帘幕，一遍又一遍地数着上面的鸳鸯，五十六只鸳鸯，一百一十二只眼睛，仿佛都在嘲笑他。

他想撕碎这些羽毛华丽的鸟儿，拔毛、剥皮，挖出它们的眼睛，再一刀又一刀凌迟切碎，统统拿去喂狗。

仇恨如蚂蚁般爬上心头，密密麻麻，点作一片漆黑。

杀，杀，杀，杀了他……

指甲在掌心掐出鲜血，血让他陷入疯狂，他将手心放在唇间，用力吮吸，淡淡的腥气沁入喉间，疯狂叫嚣着想要更多……

他无数次在梦中用刀剑刺入那个人的胸腔，然后大笑着惊醒。

他反反复复地梦，反反复复地醒，醒来还在无边地狱，痛苦永不结束。

“凤凰儿，凤凰儿……”

半梦半醒间，他好像听见了来自家乡的呼唤。

雷声再次响起，响得那么近，仿佛就在身边，要将他带走。

“被雷火劈到的人，是老天认定的罪人……”

黑暗中，慕容冲恐惧地颤抖。

肆

宇文啸是个好师父。

他待慕容冲很好，教授武艺之余，经常和他讲各地风俗和故事，大漠的孤烟、西北的狼群、林间的山魈、海里的巨鲲……

他跟着父亲走南闯北，十二岁就杀了盗匪，十三岁猎过猛虎，却不太喜欢炫耀，只有在满屋子的战利品里，他才会微微露出武者的自豪。

宇文啸将虎皮送给慕容冲，鼓励道："好好练武，你也行的。"

那日，慕容冲拿出打虎的气势，将木桩一顿狠捶，捶到手背红肿都不肯休息，只恨不得立刻成为伏虎勇士。

可是宇文啸却有些神思不定，时不时长吁短叹，似乎有什么心事。

慕容冲好奇，打听着。

宇文啸将慕容冲上下打量了一番，问："你今年十岁了吧？"

慕容冲点头："嗯。"

宇文啸一把搂着慕容冲的肩膀，把他拖去角落，鬼鬼祟祟地问："你也是大小伙子了，可有心上人？"

慕容冲被问得有点懵，老实回答："没有。"

宇文啸说："好像女孩子都喜欢和你玩？"

慕容冲鄙夷道："我不喜欢和女孩子玩，她们爱哭又麻烦。"

"唉，这你就不懂了。"宇文啸满脸老成，"今天，虎哥再教你新的东西。"

慕容冲茫然地被宇文啸拖到尉迟府邸，再茫然地被塞了几朵花在手心，然后宇文啸指着院子里荡秋千的小女孩："去，把花送给那个女孩，告诉她是你摘来的，不要让她讨厌你，关系弄好点儿。"

慕容冲还想问为什么，宇文啸一脚把他踢了进去，自己却躲进了阴影中。

女孩发现了慕容冲的存在，投来疑惑的目光。

慕容冲无奈，只好把花交给了女孩。

女孩是尉迟家幺女，叫秋。她和慕容冲同龄，长得圆圆的脸蛋，没有十分的姿色却也可爱。她接过花朵，又惊又喜，脸都快红到了脖子根。她捧起花，藏住羞涩，问："你送我这些做什么？"

慕容冲愣愣地答："虎哥让我送的。"

尉迟秋的脸色瞬间变黑了，气呼呼地想打人。

女孩子的脸色变得这么快？

慕容冲看得饶有趣味，他还没开口，宇文啸就从墙角溜了出来，一只手重重地搭在慕容冲的肩膀上，抢答："因为凤凰儿说他思慕秋儿，我便让他送花给你。"

慕容冲差点喷了。他上次遇到尉迟秋还是在母妃的晚宴上，尉迟秋才六岁，黄毛丫头一个，哪里有什么思慕不思慕？他想开口辩解，可是宇文啸一直在掐他的腰，似乎在要求什么，让他有些犹豫。

尉迟秋倒是很聪慧地从他们的表情中猜出来意，笑道："燕姐姐这些天心情不好，说有只老虎还是猫儿惹了她，这花儿怕是请罪的吧？我就说怎么是燕姐姐最喜欢的桔梗。你自个儿不去说，还拖人家凤凰儿来，拐弯抹角地从我这儿走，也不怕误会。"

宇文啸神色凛然："我没有请罪，男儿怎能向女人低头？"

慕容冲怒了："所以你就卖了我？我也是男子汉，怎能低头？"

宇文啸劝道："你年纪小，不用计较这些。"

慕容冲不高兴地说："我十岁了，不小。"

宇文啸说："我是你师父，你要尊师重道！"

慕容冲："弟子一言一行都要照着师父学。"

……

两人你推我，我推你，争执不休。

尉迟秋在旁边笑得肚子疼，最后摇了摇手中的花朵："算了，最近燕姐姐因某个呆瓜心情不好，老是教训我，我就替你说说好话吧。"

宇文啸大喜，行礼："山虎谢过秋妹妹。"

尉迟秋笑道："真不知我阿姊看上你什么。"

慕容冲正色道："当然是虎哥的英雄气魄。"

宇文啸深有同感，连连点头。

尉迟秋愣了片刻，大笑，干脆利索地跳下秋千，往屋里跑，跑了几步，回头扬起手中桔梗，对慕容冲高声道："我出生在秋日，最喜欢秋天的木槿花！下次别搞错了！"

女孩笑声爽朗，说话的声音如铃铛般清脆好听。

慕容冲的心微微一动，赶紧扭过脸不去看她："不知羞的野丫头。"

宇文啸心不在焉地赞同："嗯。"

慕容冲又有点说不出的不高兴。

伍

尉迟燕算不上什么美人，她很端庄温柔，说话细声细气的，从不和人发脾气，却将宇文啸这头猛虎化作绕指柔，指东不打西，让往哪儿去往哪儿去。

慕容冲怎么也想不明白，这样的女人有什么好？竟让宇文啸舍了清河这样的绝世美人。

后来，慕容冲陪着宇文啸去了几次尉迟府邸，尉迟燕总变着花样做吃食给他们。她的手真巧，春天的鱼羹、夏天的藕汤也就罢了，秋天的菊花用蜂蜜腌浸再风干，竟也是美食。她还会酿好酒，一坛欢伯酒，竟比宫室里收藏的更香醇。

慕容冲不好酒，都忍不住多喝了几杯。酒后，他拍着宇文啸的肩膀，感叹："虎哥，我懂你了，娶妻当如是。"

宇文啸乐得不行，看着尉迟燕直笑，眼里都是浓得化不开的情。

尉迟燕轻轻用帘幕掩了羞涩的容颜，不忍去，隔帘相望。

尉迟秋凑过来，笑眯眯地说："凤凰哥哥，我也酿了欢伯酒，阿姊说，这酒埋几年喝最好，到时候你来尝尝？"

慕容冲鄙夷道："你酿出的酒，怕是酸的吧？"

尉迟秋气得直打他，两人追追闹闹，笑成一团。

尉迟秋和她阿姊性格相差甚远，是个胆大包天的野丫头。鲜卑人也不像汉人那样讲究，她从小不喜欢女红，只喜欢跟男孩儿比爬树赛快马，秋千喜欢荡到天上去，吓得侍女半死。听说四五岁时还和拓跋家的胖小子打过架，用鸡毛掸子把他揍得嗷嗷大哭，半点女儿样都没有。

慕容冲挺喜欢这样的尉迟秋，豪爽大气，没有普通女孩的扭捏。

他们经常一块儿撮合宇文啸和尉迟燕。四个人偷偷溜去赛马、猎狐，有时候还会在酒肆茶坊喝上两杯，更多的时候，尉迟燕会做很多好吃的放在食盒里，大家找个风景如画的地方，喝酒玩笑。

偶尔他们也会遇上拓跋导。

拓跋导看慕容冲和宇文啸不顺眼，百般挑衅，知道慕容冲和尉迟秋关系好后，竟联同其他坏小子一块儿把她拦下来调戏，还故意让父亲去尉迟家向尉迟秋求亲。虽然尉迟家认为女儿年幼，没应这门亲事，但还是把尉迟秋气得哭了一场，更把慕容冲气坏了，和宇文啸商量着一定要狠狠出这口恶气。

慕容冲假借尉迟秋的名义把拓跋导骗到了偏僻处。宇文啸将他的头套上布袋，带到郊外无人处收拾。

那天，天色阴沉。

拓跋导被绑在一棵大树下揍得眼青鼻肿，终于松了口，发誓再不纠缠尉迟姊妹。

慕容冲问："若是你再找尉迟姊妹，当如何？"

拓跋导苦着脸道："不得好死。"

宇文啸劝："拓跋兄弟，凤凰儿也没招你惹你，何苦总是寻事？"

拓跋导看一眼慕容冲，意味深长："我没有龙阳之好，他却长成这样，日日在眼前晃荡，就是招惹！"

慕容冲稍微想了一下，明白他话中含义，又揍了这不要脸的两拳。

拓跋导一边叫痛一边叫屈："我说实话也不行吗？谁让你长得比清河公主还美？"

慕容冲大怒："我揍死你个嘴贱的小子！"

拓跋导立马改口："好好好，清河公主比你美成了吧？"

慕容冲揍累了，也停了手。

拓跋导嬉皮笑脸地再问："若是你替我在清河公主面前说好话，我就再不说你娘娘腔。"

慕容冲狠狠瞪他："滚，就你这熊样，也敢想我阿姊？"

拓跋导凑过来讨好道："小舅子，打是亲骂是爱……"

慕容冲："滚！"

慕容冲有些胸闷，厚脸皮的男人真是难缠，明明他是来收拾拓跋导的，而且都打成这样了，怎么最后还是他吃了亏？

宇文啸在旁边哈哈大笑，慕容冲气得转身走了，宇文啸赶紧追上来安慰。

拓跋导还扯着嗓子叫："小舅子，先帮我解开绳子啊！"

宇文啸笑劝着："你气也出得差不多了，放了他吧！"

慕容冲回头看了眼，冷笑道："不，我要把那混蛋多绑一会儿。"

宇文啸耸耸肩，示意让拓跋导在树下继续反省。

拓跋导愣愣地看着慕容冲两人离去的背影，脸色有些沮丧。

一道闪电划过空中，雷鸣轰轰，大雨滂沱而下。

少年们没带雨具，瞬间被雨淋湿。

平原空旷，哪里有避雨处？

慕容冲想起了拓跋导被绑的大树，拉着宇文啸匆匆往回跑，要去树下避雨。宇文啸却舍不得爱马淋雨，便让慕容冲先去避雨，他要去牵马。

拓跋导见慕容冲回来，跺脚大笑道："你终归还是舍不得爷！小舅子，快放了我！"

慕容冲气得停住了脚步，犹豫片刻才走过去。

忽然，闪电划过天空，一道惊雷砸向大树。百年老树竟从树冠处裂开，燃起熊熊烈火。

拓跋导来不及发出惨叫，瞬间被雷火吞没。

燕国年年征战，慕容冲也曾见过杀人，可是没见过天杀人。

任凭你勇猛无比，英雄盖世，任凭你是红颜绝世，国君谋士，在天雷面前都是那么的渺小……

乌云涌，雷声急，视天下众生如蝼蚁。

雨水将火焰浇灭，剩下一片焦黑，拓跋导的身体已化成黑炭。

如果他没有被拓跋导激怒，如果他没有离开，如果他早点赶到树下……

慕容冲缓缓跪坐在地，看着拓跋导面目全非的尸体，仿佛在看自己的尸体，差一点儿，只差一点点……

拓跋导是被他骗出来的，是被他绑在大树下的，他无法逃脱，所以死了。

他却因拓跋导之言慢了脚步，因此得救……

传说中，天雷只劈有罪之人。

拓跋导不该死却死了，他该死却没有死。

天要杀的人，到底是谁？

慕容冲恐惧地看着天，在雷声中颤抖。

陆

拓跋导被天雷所杀，是罪人。

拓跋家族感到羞愧，不愿声张，所以没有追究，也没有怪罪任何人，他们悄悄地将拓跋导移出了家谱，匆匆入殓。

慕容冲没有办法将真相说出，只是每个雷雨天，拓跋导的死都会在他眼前一遍又一遍地重现。他陷入无边无际的愧疚和恐惧之中，他害怕雷声，害怕老天追究他逃脱死亡的幸运……

男子汉头顶天，脚踏地，堂堂正正活在天地间，怎能害怕雷声？

慕容冲不敢将心中的恐惧告诉别人，他强装坚强，很少在雷雨天出门。

宇文啸仿佛察觉了他的心思，经常在雷雨天带着好酒来看他，陪他谈天说地。慕容冲总会在宇文啸天不怕地不怕的笑声中，暂时忘记雷声，忘记不安。

宇文啸说：“好男儿与天争命！”

宇文啸说：“生死看淡，提刀就砍！”

宇文啸说：“死人不算什么，杀便杀了，莫要多想。”

……

更多的时候，慕容冲会在练武场玩命地练武，他想强大一点，再强大一点。

如果他可以像宇文啸那样强悍，便可无惧天地。

如果他可以像宇文啸那样上战场，砍人头，他便不会害怕死亡。

练，狠狠地练。

兵书、刀剑、拳脚、骑射……

他盼望无所畏惧。

可是，老天没有给他这个机会。

燕国灭，苻坚逼慕容俊献子入宫。

慕容冲是不愿意的，他堂堂男儿，燕国的中山王、大司马，怎能做妇人姿？

可是成王败寇，苻坚以整个慕容家族的性命相逼，容不得拒绝。

那一夜，父亲和兄长们都求他入宫，他甚至在父亲脸上看见了从未见过的眼泪。

国亡，子辱，可奈何？

大家都说个人的情感已无关轻重，只有留下青山，才有复起的机会。

慕容冲没有选择，他默默地脱下盔甲，换上华裳，踏入未央宫。

未央宫内红烛暖，秦王温柔献酒，慕容冲的心却是冷的。

鸳鸯帐内，他笑着喝下了那杯酒，却发誓要将所受的耻辱和痛苦统统奉还。

柒

夜已过，雷声停，恶魔远去。

慕容冲深呼一口气，推开窗，窗外梧桐树被雨洗得通碧，空气中有新鲜的气息，仿佛老天爷的赦免，让他又活过了一天。

纵使身在地狱，只要活着，就会有希望。

花无常开，秦王爱他美色，可是少年的美丽总会随着年龄褪去，待再无恩宠时，就是他的机会。

忍，再忍忍，复仇的日子终会到来……

慕容冲并没有等太久。

十四岁少年开始变声，他清亮的嗓音变得如鸭子般难听，很是扫兴，秦王好些日子都没来凤凰殿。

本就不赞同此事的王猛再次上书谏言，希望将慕容冲放出宫去。秦王犹豫了多日，终于应下，将其封为平阳太守。

捌

有些事情，只要做过就再也无法回头。

秦王带给慕容冲的耻辱烙印是刻在骨子里的，哪怕是离开，也无法洗掉。

“凤皇凤皇止阿房……”平阳人悄悄唱着长安传来的歌谣，用好奇或异样的眼光打量着慕容冲，他们想知道是什么样的男人能让秦王神魂颠倒，恩宠有加。

慕容冲比刚入宫的时候清瘦了很多，因为长期躲在凤凰殿内，皮肤也变得极白皙。

所有人都惊叹他的美貌，纷纷在私下议论。

“桂花坊的妙姐儿也是绝色佳人，可是凤皇公子比她更美……”

“你竟用花魁娘子和太守大人相比？”

“听说太尉家新纳的小妾，那双眼睛和凤皇公子有几分相似，也不知……”

“上次他骑马路过看了我一眼，我觉得魂儿都酥了，真不愧是秦王的心头肉。”

……

风言风语如刀刃，句句刺心。

慕容冲也发过几次脾气，可是没有用，他能制止他们嘴里怎么说，却无法制止他们心里怎么想。

更有自命风流的贵族子弟前来，在他面前做出百般丑态，令人作呕。从那些挤眉弄眼或色欲熏心的表情里，他仿佛看到了一个又一个秦王。

宇文啸已和尉迟燕成亲，现在永宁当差。慕容冲写信让他们夫妻来自己身边帮忙，并打听旧人之事，却得知尉迟秋在两年前得了一场重病，逝世了。宇文啸有些差事，说要过些日子才能来。

秦宫之恨，人言之辱，郁结于心。慕容冲只能日日习武，发泄心中的杀意。

每天夜里，他都会做噩梦，有时候是回到未央宫，再次被恶魔侵袭；有时候是把苻坚那畜生抓住，一刀刀剐他的肉。

他总是会在梦中大笑或大叫惊醒，辗转反侧。

大部分的时候，他都在想如何向苻坚复仇，向那些造歌谣编排他的长安人复仇。

偶尔，他也会想起尉迟秋那野丫头，然后有些庆幸，至少野丫头死了，不会看到他这狼狈不堪的模样。偶尔，他也想起宇文啸，不知道当年的好友看见现在的他，是会鄙视还是……

风声鹤唳，慕容冲将宝剑放在枕边，每次只有摸着锋利的剑刃，方感到安心。

秘书监朱彤的幼子，因父亲是秦王身边的红人，最是无耻，三番四次上门调戏，被慕容冲拒绝后，他恼羞成怒，到处放话："在长安时谁不知道他和姐姐是什么货色？不过亡国之臣，靠卖弄姿色才留得性命。如今当了官，装什么贞烈？改日爷弄点迷药，摸进屋里，也尝尝他迷倒秦王的手段。"

慕容冲恨极，碍于他父亲是朝中重臣才隐忍不发，处处小心警惕。

谣言愈演愈烈，坊间还出现了许多新的段子，污言秽语，难以描述。

玖

那夜，平阳县下起了雷暴雨，闪电划过天空，雷声轰轰落下。

慕容冲命侍女退出卧室，然后紧紧抱着他的宝剑，脑海里不断地浮现出各种噩梦，怎么也睡不着。他的心好像带着重重的枷锁，压得他快要窒息，明知道男子汉不应恐惧，却怎么也逃不出这黑暗迷宫。

夜快点过去，雷雨快点结束……

慕容冲默默地期盼着。

忽然，电光划过，雷声落在近处，青纱帐外竟出现了一个高大的身影，手里拿着些什么东西，越逼越近。

恶魔又来了，这次他手中有剑。

慕容冲笑了，待黑影欲揭纱帐时，他不管不顾地跳起，抽出宝剑，带着满满的恨意，隔着纱帐，用全身的力气刺了过去。

他刺得是那么快，那么狠，不留半点余地。

帐外，有瓦罐摔碎的声音……

浓烈的酒气瞬间弥漫整个房间，湿湿润润的酒水浸湿了他的锦袜。

这是欢伯酒？

慕容冲弯下腰，捡起一片碎瓦，忽然意识到什么。

他飞速地找到火折子，点起青铜灯，照向地上的男人，不敢置信地问："虎哥？"

愧疚和痛苦席卷而来，紧接着却是个恐怖的疑问——为什么宇文啸要半夜闯进他的房间？这种行为和朱彤家的卑鄙小人有什么区别？

他又恼又怒又后悔，用沙哑的声音一遍又一遍地问："为什么？"

他却不知自己在期盼着什么答案。

宇文啸倒在血泊中，无法回答，耳边只剩雷声轰鸣。

慕容冲缓缓推开房门，冲入雨中，向老天张开双臂，疯狂大笑：“来吧，你若认为我是罪人，便降雷电烧死我！”

无数雷光落到近处，轰得耳朵疼痛，慕容冲在雨中傲然而立。

没有火焰，没有死亡，老天没有将任何责罚降在他身上。

原来，他不是老天的罪人。

那他在无数个雷雨日里提心吊胆是为了什么？

真可笑……

次日，慕容冲问了侍从，都说没看见宇文啸通报，他是自己溜进来的。

慕容冲越发相信自己的判断，恨到了极点，他命人将宇文啸收殓，并派人警告了朱彤家的小子。那懦夫见宇文啸都被慕容冲不留情面地杀死，知他武艺高超，面冷心狠，便收敛了行径。

大家都知道，慕容冲能杀最好的兄弟，就能杀任何人。

平阳县内的谣言渐渐止息，暧昧的眼神变成了恐惧，原来一切都那么简单。

慕容冲在权势和敬畏面前，感到了前所未有的快乐。

如果杀人能让大家害怕，他就杀更多的人。

百人，千人，万人……

他要所过之处血流成河，他要用恐惧来支配所有人。

拾

淝水之战后，慕容泓在关东结集了几千鲜卑人，偷偷渡河入关，在华阴起兵，杀秦王儿子苻睿。

慕容冲也以两万兵起事，攻打蒲坂，被窦冲大败于河东，后带八千骑兵越过黄河，投靠慕容泓。

同年六月，高盖、宿勤崇杀济北王慕容泓，推中山王慕容冲统率全军，为皇太弟。

同年七月，慕容冲与秦王儿子苻晖大战于郑西，大破苻晖，很快又在灞上打败秦王少子苻琳和前将军姜宇，占据阿房。

同年九月，慕容冲兵临长安城下，秦王送去锦袍求饶，未果。

同年十二月，慕容暐计划谋害秦王失败，被杀。慕容冲在阿房继承皇位，改元更始。

次年五月，慕容冲攻长安城。

慕容冲将关中屠城，尸体成山，血流成河，富饶城池变成阿鼻地狱。

“凤皇凤皇止阿房。”

凤凰儿杀死了所有唱过这首歌谣的人，回到阿房宫，成为这里的主人。

拾壹

慕容冲坐在高高的皇帝的宝座上，宝座下堆满了尸首。

他杀了很多人，再没人敢嘲笑他的外表像女人，再没人敢提起秦宫往事，每个人看他的脸上都充满了献媚和畏惧。

他不需要亲人，不需要朋友，不需要爱情，不需要任何美好的东西。

他不再做噩梦，因为他让所有人陷入了噩梦。

这样的生活，真好……

那一天，他出宫视察，在流民群中看见了尉迟燕。原本的贵族少女早已被生活折磨得失去了光彩，她的皮肤粗糙，眼角有化不去的忧伤，年纪轻轻，头发已有了许多花白，看起来比实际年龄老了十岁有余。

慕容冲想起了往事，饶有兴致地召见尉迟燕，想知道这可怜的女人对自己丈夫跑去男人房间被杀有什么看法。

尉迟燕愣了许久，道：“燕王，你怕雷。”

慕容冲心中秘密被她猛地揭开，脸色微变。

尉迟燕柔声道：“凤凰儿从小倔强，想做男子汉，害怕打雷却不愿让人知道，所以每到雷雨天总会躲在屋子里不见人。虎哥不愿揭穿你，只是每到雷雨天，他就找各种借口去寻你，希望你不要害怕。”

窗外天阴了，似乎要下雨……

慕容冲的手开始微微颤抖，他不想听，却又不能不听。

尉迟燕的言语虽轻柔，却像利刃，比当年的风言风语刺得更重、更痛：“虎哥听到你回来，特别高兴。他赶到平阳时，遇上大雷雨。他知道你害怕，也知道你不愿让人知道你害怕，所以带了欢伯酒悄悄去寻你，想给你一个惊喜。他说想看看凤凰儿长大了，是不是成了头顶天、脚踏地的男子汉……”

闪电动了，这次的雷雨特别可怕。

尉迟燕笑着问：“你知道那坛欢伯酒是谁酿的吗？”

雷声落下，未央宫仿佛在颤抖。

慕容冲喉咙作痛，无法说出话来。

尉迟燕的眼泪一滴滴落下："那是秋儿酿的酒，天下间独一无二的欢伯酒。她死前还惦记着，要问你一句她酿的酒可好。那酒，你喝了吗？"

浑身是血的宇文啸，破碎的酒坛，满地酒香……

错了，一切都错了。

慕容冲想伸手，可是什么都没有了。他喃喃道："对不起。"

"我们不需要道歉，虎哥不会在意你误杀了他，我更不会违背虎哥的意愿，怪罪他最重要的朋友。"尉迟燕逼近两步，喝问，"我和虎哥只想知道，凤凰儿，你在关中杀了那么多人，老弱妇孺无一幸免，你成为头顶天、脚踏地的男子汉了吗？"

没有，他没有。

尉迟燕露出轻蔑的笑容，缓缓转身离去，荆钗布裙，从容依旧。

慕容冲缓缓滑坐在宝座上，呼吸再次急促起来。

雷声轰鸣，仿佛近在身边。

古老的传说再次浮现耳边——天雷只劈有罪之人。

兄弟的血，亲人的血，关中累累血债。

这世间还有比他更罪孽深重之人吗？

慕容冲惊恐地看着窗外，身体再次颤抖起来。

拾贰

更始元年，慕容冲占领长安，畏惧慕容垂强大，不敢东回鲜卑人故地，因此军心思变。

更始二年，左将军韩延杀慕容冲，变军拥立将军段随为西燕王。

慕容冲死时，年仅二十七岁，谥号"威皇帝"。

史料记载，"威"这个谥号一般是给骁勇善战的进攻型武将，很少封给帝王。慕容冲的一生充满了传奇色彩，却没有任何妻族后妃的记载。

【第十一章】神仙术

隋大业十四年，骁果军在江都发动兵变，杨广被叛军缢杀，隋灭。

壹

皇泰二年，九月。

今年的夏天格外闷热，知了在树上闹得人心烦。偶有马铃声响，是过往的商队受不住烈日灼烤，纷纷走进茶肆里休息来了。

他们让小二送上两碗用井水冰过的茶水，天南海北地侃大山。东边的客商说打过猛虎，西边的客商说遇过巨象，海边的客商不甘示弱地说他在滔天巨浪里看见过疑似鲛人的影子，山里的客商将美丽多情的山鬼描述得有鼻子有眼，个个都是见多识广不同凡响的好汉子，听得周围的人羡慕不已，心生向往。

茶肆门口坐着两个衣衫褴褛、满脸黑灰的小乞丐，十四五岁的年纪，一个健壮，一个瘦弱，两人都听得入神，竟忘了讨饭，直到店小二上前驱赶才回过神来，却恋恋不舍，不愿离去。

健壮些的小乞丐朝茶肆里的客商们行了一礼，带着歉意道："我与弟弟路过此处，无意间听见各位英雄的经历，心生敬仰，竟忘了离去，还请见谅。"

客商细细看去——这小乞丐虽然脏脏的，但五官很是硬朗，颇有几分不凡处，他试图做出一副老练的江湖子弟模样，却被眼里透出的天真出卖；另一个瘦弱的孩子则像只受惊的兔子，在他背后瑟瑟发抖，偷偷打量周围，仿佛在害怕什么。两人都不像是穷人家的孩子。

客商叹了口气，如今隋灭乱世起，很多富贵人家破落，连带着家族根基毁灭，不管是公子哥儿还是豪仆，沦为乞丐都不稀罕，这两个少年在江湖上能生存多久呢？

客商心生怜意，招手叫来店小二，送了两个粗面窝头和两碗茶给这对兄弟。

哥哥接过窝头和茶水，行礼谢过，却将食物递给了躲在身后的弟弟。弟弟接过窝头，犹豫片刻，然后狼吞虎咽地吃起来，没几口就被噎住。哥哥很轻柔地替他拍背，弟弟缓了半天才缓过气来，不好意思地将剩下的一个窝头塞进哥哥手里。

这两兄弟，兄友弟恭，感情和睦，乱世里更显难得。

客商看在眼里，心里更怜，赏了几文钱，许他们坐在台阶上听大家讲故事。

茶过几碗，故事越说越玄，只道是无所不见、无所不闻。更有中州来的粮食贩子说得口沫横飞，直道自己见过神仙。

两兄弟听得入神，哥哥起身问："敢问郎君，你真见过神仙？"

粮食贩子吹得兴起，哪能说没有，当下就道："当然见过。"

两兄弟闻言大喜，哥哥从台阶上跳起来，规规矩矩地行礼问："敢问郎君，神仙在何处？"

粮食贩子被问得大窘。众人挤眉弄眼，皆嘲笑他吹牛。粮食贩子哪里低得下头，当时便梗着脖子道："中州境内南陀山，南陀山上静云观，静云观内活神仙，我亲眼见过的。"

哥哥焦急地问："敢问郎君，神仙有何能？"

粮食贩子道："神仙自有神仙术，观星测地，博古通今，无所不知，无所不能。"

众人不信，纷纷起哄。

粮食贩子有些急了，为自己辩解："我是说真的，就是前些日子路过南陀山时，因为大旱，村民找活神仙求雨，我看见活神仙说了句'雨来'，不过半刻钟，雨就下起来了！他还替我算了卦，说是有水难，我不信，结果没走多远桥就断了，差点落水被淹死。还有，我被救上来后听村民说，那活神仙可厉害了，会各种道术，能去天上摘蟠桃、海里捞明珠，他还能断人生死，说谁活就活，说谁死就死。"

众人听得连连摇头，不信。

粮食贩子赌咒发誓，茶肆里喧喧闹闹，没人发现两个小乞丐早已不见了。

贰

南陀山，静云观，李淳风放下手中书卷，重重打了两个喷嚏。

他父亲原是小吏，厌弃官场后求仙问道，道号黄冠子。李淳风受父亲影响，钟情道学，九岁便随父来静云观和至元道长修行。至元道长是父亲的挚友，有大能，他对聪慧的李淳风很是疼爱，将毕生所学倾囊相授。父亲仙逝，遗愿是留在南陀山，李淳风便向秦王告了长假，回到静云观一边学习一边守孝。

至元道长和南陀山附近的村民关系甚好，经常替他们算卦解惑，收受香火。如今他年纪大了，闭关修行，无暇理会俗事，村民便将目光投向了道长的亲传弟子。李淳风耐不住村民的再三恳求，帮他们解决了些疑难问题，竟被称为不世出的高人，连带静云观里的香火都旺了几分。

李淳风刚满十九岁，少年心性比较重，他觉得有趣，便由着村民传谣去了，偶尔还会借谣言捉弄一下人，结果事情一传十、十传百，越说越玄乎，他就从高人变成神仙转世，最后成了活神仙。

等李淳风发现自己好像玩过头时，谣言已经收不回来了，怎么澄清都没用，静云观里各方香客纷纷登门，问卦的、算命的，甚至还有求子的……李淳风被大家的热情左右包抄，烦不胜烦，只好天天躲在道观里研究父亲写的《天文大象赋》，每次出门都要乔装打扮，偷偷摸摸，很是不便。

唉，再麻烦也就是麻烦三年。

李淳风默默地想着，三年后他就要回秦王府，神仙之说会随着时间的流逝而消失，可是他万万没想到，会有人死缠烂打要给他做徒弟。

此人叫奚灵，约莫十五六岁，看着人模人样，还练得一身好武艺，也算是个人才，性子却比牛还犟。他带着弟弟阿七一路风餐露宿来到南陀山，找村民问清楚活神仙的容貌后，便直奔静云观，一见到正在观星的李淳风倒头就拜，口里只道："求道长收徒。"

月黑风高，有扫把星划过天际。

李淳风见他来势汹汹，以为遇到强人，险些将兜里的银子都掏出来。

奚灵和阿七在地上跪得端正，满脸单纯。

李淳风连连摆手："我不收徒。"

奚灵闻言，连眉毛都没动一下："道长，我吃得了苦，我有决心。"

"嗯，吃得了苦很好，但是我收徒有要求。"李淳风见他们年纪比自己小不了几岁，却傻得如此认真，顿时起了戏弄之心。他摆出高人的架势，装模作样地掐指一算，摇摇头："不行，你们的资质不合适。"

奚灵不解地问："我们是什么资质？"

李淳风笑了笑："你们是傻子啊。"

说完他用最快的速度跳下观星台，逃了，留下两个傻子跪在风中凌乱……

叁

“奚灵，我们真是傻子吗？”

“阿七绝不是傻子。”

“奚灵，对不起，为了哥哥……我让你陪着我，像个傻子般寻找虚无缥缈的神仙，还被骗子哄了钱财，流落街头，吃尽了苦头。”

“我不苦。”

“奚灵，对不起，让你陪我任性。”

“我愿意。”

“奚灵，对不起，我太坏了，不是好女孩了。”

“你是。”

“奚灵，对不起……”

“你永远不需要说对不起。”

“……”

雷声划过，仿佛鬼魅在笑，雨声落下，如天地在哭，掩盖了静云观附近破屋里的秘密私语。

奚灵用荷叶打来了清水，替阿七细细洗去了脸上的黑灰，梳顺了盘得乱七八糟的长发。黑灰下竟是一张稚嫩娇美的少女面孔，但少女的嘴角没有笑容，只有满满的忧愁。

奚灵看着她，阵阵心痛。

他记忆里的阿七最喜欢笑，她是阳光下最美的花，是自由自在的燕子，是不知烦恼的小仙女。

曾经的阿七是那么温柔善良，天真快乐，她笑起来可以温暖身边所有人的心，从父母长辈到仆役下人，没有人舍得让她受一点儿委屈。如今的阿七，穿着破破烂烂的衣服，缩在黑暗里，用力咬着自己的手，就连哭都不敢发出声音。她是那么委屈，那么可怜，可是奚灵却什么都做不了。

奚灵的心早已被阿七的眼泪割成一片片，他拳头紧了又松，松了又紧，想将她抱入怀里，却又不敢，想要安慰，却笨嘴笨舌，不知道说什么，只有悲伤的呼吸声在黑暗中挣扎、叹息。

风吹过破烂的窗户，树影晃动，黑暗中仿佛藏着思念的灵魂。

阿七愣愣地看了好一会儿窗外，呜咽道：“奚灵，我想阿哥了。”

奚灵替她洗净了擦泪的帕子，依旧沉默。

两人默默相视，悄然无声。

阿七再次开口，期望地道：“奚灵，你说……李道长那么年轻，他真是神仙吗？”

奚灵答：“嗯，我问了很多村人，他们都说李道长自幼遇仙，得北斗星附身，如今在凡间历练红尘，不能和寻常少年相提并论。他知天文地理，有呼风唤雨之能。”

阿七点头道：“我也觉得他不像我们以前遇过的骗子。”

奚灵肯定道：“村人都说李道长帮人占卜问事，呼风唤雨，从不收钱。而且他特别善良，有慈悲心，人品操守绝不是那些恶棍骗子可比的。”

阿七叹气：“可是，他不肯收我们为徒。”

奚灵答：“我们好好哀求他。”

阿七问：“他要还是不肯呢？”

奚灵想了想，坚决道：“我们拼命求他，每天跟着他，走哪里都跟着他，好好地求，让他看见我们的诚心和毅力。我父亲说过，只要有毅力，没有办不成的事。”

阿七犹豫地问：“真的吗？”

奚灵坚决道：“对！我有毅力，所以带着阿七逃到了南陀山，我也有毅力让神仙师父收下我们做徒弟！所以放心吧，我一定做得到！”

月色下，少年的眼神格外纯净，格外倔强。

他母亲是阿七的奶娘，所以他和阿七两人从小一起长大。他三岁时为了哄阿七去佛前偷佛手，被母亲打得嗷嗷大哭；五岁时爬上高大梅树为阿七摘风筝，结果掉进假山险些摔断骨头；七岁时因为阿七想看灯会，他带她偷钻狗洞险些被父亲打断腿；十二岁时他和调戏阿七的纨绔公子打架，被罚跪了三天；十五岁时，他带着阿七远远离开了家……

从小到大，只要是阿七想要的，他上天下海都要为她找到；只要是阿七想做的，他拼尽全力也要为她做到。

为了阿七，他什么苦头都能吃，什么罪都能受，也不在乎任何对错。

他只要阿七回到那阳光灿烂的岁月，忘记忧愁，重展笑颜。他愿意抛弃所有的尊严，不择手段也要实现她的愿望。

奚灵默默地发誓。

肆

李淳风倒了大霉。

他见过拜师的，也见过死缠烂打地拜师的，但真没见过死缠烂打拜师到这种地步的家伙。

那个叫奚灵的小伙子和他铆上了。他不知用什么法子说服了静云观的其他道士，带着弟弟以不要工钱为代价，在观里做起了杂工。他手脚麻溜，而且什么活都肯干，什么苦都肯吃，从不偷奸耍滑，深得大家的喜爱。

那个叫阿七的小子，虽然身体瘦弱，手脚笨拙，但跟着厨工学习也颇能吃苦，还将很多罕见的食谱不藏私地告诉他人，做出的桂花糕正对喜爱甜食的至元道长的胃口，被夸了好几次。

李淳风每天一打开门，就会看见奚灵端着脸盆站在门口请他梳洗。水温调得不冷不热，连手巾都拧好送上，之后的饭食也精致，有七八道，粥粉饭面一应俱全，如果李淳风抱怨一句油腻，他瞬间就会拿出腌制小菜来……

每天走哪里跟哪里，叨念十七八次求他收自己做徒弟也罢了，最最可怕的是，某天晚上李淳风去厕所忘了带厕简，正在发愁，外头就有人将之递了过来……

这种热情李淳风受不住啊，他再聪慧也就是个十九岁的少年，哪里经得住两个男人用热情如火的眼神天天盯着，日日盯着，变着花样儿地伺候着，他记得他家附近那如花似玉的豆腐西施都没受过这般待遇吧？

静云观的道士们看着受师父夸奖的天才每天被折腾得窘态百出，心里也有几分幸灾乐祸，觉得这都是他往日里恶作剧的报应，快活极了。他们对李淳风把两人送走的要求装聋作哑、百般推脱，对李淳风是神仙之说也坚决不解释。

李淳风知道他们看笑话的心思，却也无可奈何。

李淳风说："我年纪小，还没到收徒的时候。"

奚灵答："我愿等师父到可收徒的时候。"

李淳风说："我起码要五六十岁才收徒。"

奚灵态度很坚决："我愿伺候师父到五六十岁。"

李淳风被他的决心吓坏了，再劝："不不，我研究的东西枯燥无味，而且算数艰难，星象无聊，很难出人头地，不值得你学习。我认识几位大儒和将军，不如介绍你投入他们门下，凭借你的武艺很快就能出头，荣华富贵指日可待。"

奚灵说："我不求荣华富贵，只求师父收徒，传我神仙术。"

李淳风嘲讽地笑道："神仙术？难道你想求长生不老，得道飞升？我若有这般法子，早就救自己的父亲了。"

奚灵轻轻摇头："不，我不求长生不老，得道飞升。"

李淳风有点奇怪："那你求什么？"

奚灵迟疑许久，摇摇头，坚持道：“我只求拜入师门，学神仙术。”

世人求神拜佛，大多是为了财禄寿，顶多再加上女子求姻缘。

李淳风被无知的村人传为活神仙，也是因为他看透了这些人的心思，擅长对症下药，如今他竟看不出奚灵的来意，心里也有些纳闷。李淳风再次将倔强的少年上下打量了几次，发现他眼神略有闪烁，似乎心里有什么秘密，更是起了疑心。

奚灵意识到李淳风在窥视自己，把头垂得更低了些，藏在了黑暗中。

李淳风缓缓开口问道：“你要学怎样的神仙术？”

奚灵咬咬牙，答道：“断生死、知天命的神仙术。”

李淳风摇头：“我不会这样的神仙术。”

奚灵道：“你会。”

李淳风反问：“何以见得？”

奚灵再次仰起头，看着他的目光有些狂热：“我在附近走访了三个村庄，听了很多你的传闻。前些日子大旱无雨，村人带着三牲来找你求雨，你朝天一指，说已沟通好雷公电母，半日内必有雨来。不到三刻钟，万里无云的晴天便滚起了乌云，电闪雷鸣，倾盆大雨。此事亲眼看见者共十九人，描述完全一致，可证你有通天之能。”

“我是骗人的。”李淳风无奈地解释道，“我自幼跟至元道长学的是观星看天，老天把晴雨清清楚楚地写在身边，只是很多人不注意。那天日出红云，水蛇过道，更重要的是我师父的膝盖痛又发作了，这些都是下雨的征兆。我只是见他们正儿八经地求雨，觉得解释麻烦，便开了个玩笑。”

奚灵又说：“中州来的粮食贩子说你替他算过卦，提醒他有水难，他处处小心，依旧被暴雨冲断的桥梁卷进水里，幸好事先提防，没有发生大意外。”

李淳风摆摆手：“那也是骗人的。那粮食贩子缠了我半天，非要算卦，我推脱半天他都不信，只好随便说了句水难打发了他。而且我看出那粮食贩子是往北去的，北边必经积善桥，积善桥是木头做的，已经好几十年了，早已有腐朽的迹象，我提醒过村人修理却没人管。粮食贩子带着几千斤的货物，雨后踏上积善桥是很危险的事。”

奚灵目瞪口呆：“若是他没落水呢？”

李淳风拂袖道：“他没落水自然是好事，应求神拜佛谢天谢地，还能找我算账，非让我给他弄点儿倒霉事不成？更何况，我又没说他什么时候有水难，说不准他九十岁那年被一口水噎着了呢？”

奚灵再问：“那李家的小娘子，你说她命中晚婚，越晚越好，结果她二十二岁终于嫁到了如意郎君……”

李淳风满脸高人风范："李家小娘子来问姻缘时年纪已不小了，定是姻缘不顺，我当然要说她晚婚啊！你想想，李家小娘子和她娘的性格都那么泼辣，要是我说她很快就会遇到如意郎君却没有成真，她不来砸我场子吗？我那么文质彬彬的一个道人，哪里打得过两个悍妇？"

奚灵想想不对，再问："如果她很快就找到如意郎君了呢？"

"你傻啊？"李淳风痛斥，"如果她很快就找到如意郎君，心里高兴都来不及，哪里还会和我计较算卦准不准，早就把卦象忘脑后去了。你见过有人因为心想事成来砸算命摊子的吗？"

奚灵看着李淳风的"道骨仙风"，半晌说不出话来。

李淳风点了点他的脑袋，循循善诱："所谓的神仙术，不过是我脑子好使，读的书多，对事情观察更仔细罢了。"

奚灵喃喃自语："没有神仙术，阿七该怎么办呢？"

李淳风问："告诉我，阿七是谁？你又是谁？"

奚灵仿佛没听到他的问话，只是反反复复叨念着阿七，失魂落魄地走了。

风云早已变色。

李淳风看着他走路的步子，想起他这些日子的表现，再想到那个叫阿七的少年拿出的罕见食谱，忽然想到了一种可能性。

他在秦王府时曾听说，元德太子杨昭有三子五女，隋灭后，各方争雄，前阵子次子杨侗被王世充胁持称帝，事后被杀。幼子杨侑则禅位于李渊，后被降封为酅国公，闲居长安。公主里好像有位排行第七的，胆子特别大……

李淳风想着想着，脸上变了颜色，赶紧给东都旧友去了封信。

伍

静云观外，大树遮蔽了阳光，连带着心都变得阴冷。蝉鸣声烦，偶尔传来的牧童欢笑声更是吵得人心乱，连带着夏天都变得面目可憎，让人讨厌。

阿七想起了往年的夏日，大明宫内绿意盈盈，充满了阳光和快乐。

每当风起时，杨侗哥哥就会带她放风筝。风筝是哥哥亲手做的，有燕子、蜻蜓、蝴蝶，风筝在风里发出悦耳的啸声，飞得最高最响的是那个美人风筝。

哥哥讨好地说风筝上的美人就是他画的，画的是宝贝阿七长大后的模样。

阿七当时可生气了，她才没有哥哥画的美人那样瘦，她要多吃饭多吃肉，变成像姐姐那样丰满漂亮的美人。

杨侗哥哥笑着夸她有志气，说要给她找个像宇文士及那样的才子做夫君。

其他姊姊也跟着打趣，一个说要替她找个大将军夫婿，一个说要把她嫁给正直刚毅的重臣，一个说要给她找个名满天下的文豪，就连最小的妹妹也跟着凑趣，奶声奶气地问姐姐是不是要嫁给神仙。

阿七都快被这群不要脸的羞死了，气得要咬人。

那时候，兄弟姊妹闹成一团，到处都是笑声。

奚灵身为她的侍卫，却像个木头，只知道静静地站在旁边看着她，不喊不动，也不知道帮她撕了姐姐们的破嘴。

那时，她每天都跟奚灵抱怨时间太慢，嫌自己还是个孩子。

如今，她每天都跟奚灵抱怨时间太快，嫌自己来不及长大。

她原以为宫中的生活挺无趣，盼望着宫墙外的世界，如今却只恨记不得更多的快乐时光。

繁华已逝去，爷爷死了，哥哥死了，姊妹四散。她身边只剩下奚灵这个木头。

这木头从小就不会说好听的话，但他的衣袖用来擦眼泪鼻涕可好用了。念及此，阿七用力瞪了奚灵一眼，再狠狠地擦了两把眼泪，将脑袋埋入他的怀里，哭得更伤心了。

她很感激奚灵冒险带她逃离了东都，但她满心的仇恨和痛苦，该往何处宣泄？

她想为哥哥报仇，可是她的力量是那么微不足道，如蝼蚁撼不动大树，只有神仙术……

静云观后院，杂役们居住的厢房里，奚灵静静地陪着小公主悲伤，无能为力。

阿七不断地自言自语："这世间真有神仙术吗？"

奚灵无法作答。

"有的，我六岁时曾亲眼看见仙术杀人。"阿七再次自言自语地回答，"那时候宫里的陈美人深得父王宠爱，但她性情不好，经常苛待人。有宫女做了个人偶，行巫蛊术诅咒陈美人。我躲在母后的帘子后，偷偷看他们审问，我看见那个人偶，被扎得非常恐怖……当时大家都不信仙术，母后处死了那个宫女。他们说那个宫女死前在凄厉地尖叫，说她是天上的神女转世，陈美人是千年狐狸化身，迷惑君王，她替天行道，用神仙术除掉奸恶，救黎民百姓于水火之中……没过多久，陈美人就难产而死了。我听宫女们私下议论，说那宫女真的会用仙术杀人，说陈美人真是狐狸……"

奚灵小心翼翼地问："这事会不会是巧合？"

"不会的。"阿七拼命摇头，"太医曾说过，陈美人身子骨好，那胎怀得也很稳当，她又处处小心身体，怎会难产？太医也说是宫女的诅咒惊吓了陈美人，或许和巫蛊什么的有关系。”

宫里太多的弯弯绕绕，年幼的小公主根本看不明白，眼里只有公主的小侍卫也想不明白。他们坚定地相信是神仙法术导致了陈美人的死。

爷爷杨广晚年无德，被叛军所杀，阿七搞不清凶手是谁。大家都说隋朝国运如此，也怪不得别人。

但是哥哥杨侗善良仁慈，他在乱世中苦苦挣扎，甚至愿意青灯古佛了此一生。王世充也答应了封他爵位，让他安好一世，没想到王世充得了皇位后翻脸不认人，把他杀了。

阿七要为哥哥复仇，杀了王世充那出尔反尔的小人。

可是，王世充称帝，定国号为郑，手下还有秦叔宝、程知节等多员大将，人才济济。

阿七不过是个亡国公主，没有势力，身边只有一个武艺初成、忠心耿耿的奚灵，她要怎样才能杀了王世充？

阿七求天不应，告地无门，只能求助鬼神。

她跪在地上悲伤地哭着，不小心滑落衣袖，奚灵忽然看见她手腕处再次出现了几道伤痕。他一把抓住了阿七的手，阿七意识到被奚灵发现，想将手藏起来，却来不及了。

奚灵痛心地问：“你又做了？你不是答应我了吗？”

阿七缩了缩脑袋，没有辩解。

奚灵明白了。他从阿七的箱子里翻出七八个人偶，布做的、稻草做的、木头刻的，每个人偶的形态都很恐怖，她在上面用血写了王世充的名字，还扎满了长针。她用了无数种咒文招妖降魔，甚至用刀割开手指，用鲜血做代价，要将灵魂卖给魔鬼。只要能让王世充死，她什么都愿意做，哪怕下十八层地狱也在所不惜。

没有用……

阿七不懂巫蛊咒术，不懂神仙术，她用尽了所有方法，却无法把这种心愿传达给恶魔，她只能眼睁睁地看着王世充活得越来越好，越来越滋润。于是她拼命地收集乡野里记载的杀人咒术，用的法子也越来越疯狂。

阿七嗫嚅地说：“奚灵，对不起，我答应过你不再做这些事的。”

奚灵深吸一口气，心疼地抚过她手腕上的伤口，闷闷地说：“公主千金之躯，不应损害自己。而且我听说咒术弄不好是会反噬自身，让施术者承受报应的，所以阿七不合适，以后这些事情就让奚灵来替阿七做。”

阿七缓缓从他掌心将手抽回，感受着他碰触过的温度，没有点头，也没有摇头。

奚灵惊醒：“奚灵逾越了。”

阿七看着他，再次流下两行清泪。

◈陆◈

李淳风躲在窗外，偷偷听两人的动静，大概明白了事情的全貌。

阿七是元德太子之女，奚灵是她的侍卫。两人在深宫长大，被父母保护得太好，导致对人情世故一点儿不懂。

隋帝薨后，杨侗被王世充挟持称帝，接着废杨侗，将杨侗囚于含凉殿。

前阵子，王世充自称“大郑皇帝”，建元“开明”，改封杨侗为潞国公，随即派人毒死了他。

阿七应该是杨侗的妹妹，也被囚禁着。但王世充的注意力都在杨侗身上，杨侗死后，也没人在意这小女孩的死活，所以阿七在隋朝旧人的帮忙和奚灵的保护下，从王世充身边逃了出来。

奚灵虽然勇敢忠心，但年龄不大，从来没离开过皇宫，两人都是天真烂漫之人，哪里懂得人情险恶？他们一路行来，遭遇各种流民乱贼和江湖骗术，堂堂公主和贵族子弟沦落成这般模样，可悲可叹。

至于巫蛊之术，公主深居后宫，平日里接触的都是无知妇人和喜欢求神拜佛的嫔妃，所以对神仙术的说法深信不疑。

至于陈美人之死，妇人生产是半只脚踏进鬼门关，就算身体强健也有凶险。宫中又多有龌龊之事，太医怕担责任，就顺水推舟将罪责推给宫女，你好我好大家好方是为官之道。

至于那死去的宫女，八成最后是疯了……

李淳风敢断言，宫女的巫蛊咒术成功只是一种巧合。

阿七和奚灵却在走投无路之下，对此深信不疑，所以四处寻求可以诅咒杀人的神仙术，再通过种种乡间传言，找到了他头上。

乱世无错，稚子何辜？

诅咒之术，伤人更伤己。

它让善良的小公主变得丑陋，将纯真的心沉入地狱。

李淳风看着这两个被仇恨淹没的孩子不断做蠢事，有些不忍。

◈柒◈

风吹过，枯枝断落，掉在李淳风的头上，李淳风吃痛，发出了轻呼。

奚灵意识到隔墙有耳，想起父亲往日教导，果断地提着刀冲了出去，誓要杀了偷听者帮公主灭口。

待看到是李淳风后，他又有点迟疑。

虽然父亲从小训练他保护公主，但公主深居宫中，从不惹事，他平日里和教头们喂招很是熟练，和公主流亡途中也和流民狠狠打过几次架，可是杀人这事，他却从未做过。

但若公主的下落泄露出去，难保不会被抓去献给王世充。为了公主的安危，奚灵硬起了心肠，再次举起了刀。

李淳风看见利刃，吓得脸都白了。

阿七追了出来，看见眼前情景，急忙喝止："住手，别杀他。"

奚灵拒绝："不行，他都听见了。"

阿七说："他是李道长。"

奚灵坚持："他是没有仙术的假道长，谁知道会不会把我们交出去讨赏？我是为了阿七的性命着想。"

"那又怎么样呢？"阿七的眼里都是绝望，"就算杀了他，我们还能逃到哪里去？我们走了那么多地方，或许这世间根本没有神仙术……没有神仙术，杀不了王世充为哥哥报仇，阿七活着又有什么用呢？所以，放了他吧，我们路上遭遇了那么多恶人，而静云观却善待了我们……"

奚灵坚决道："不！我愿意去刺杀王世充，为公主报仇！"

李淳风看着形势不妙，刀子骇人，赶紧开口："等等！我会神仙术。"

奚灵和阿七都愣住了。

李淳风痛心疾首道："你们早说不是要得道成仙不就好了吗？静云观成名那么多年，哪里是浪得虚名？我师父至元道长精通鬼神，上知天文下知地理，但是我学艺不精，还没出师，师父不让我承认自己有神仙术，否则大家都找到静云观来拜师，岂不是坏了修行？巫蛊之术不过雕虫小技，咱们静云观里人人都会，只是有伤阴德，一般不做这事。"

奚灵不信道："你说你是骗子，你算卦都是骗人的。"

李淳风随意地看了他一眼："你叫奚灵吧？我为你起了一卦，算出你母亲是公主的乳母，但你幼年丧母，少年丧父，幸得贵人扶持青云直上。还有，我还算出你将来的婚事可心想事成，妻子贵不可言。"

奚灵的心事被揭破，浑身热血上涌，脸上又恼又羞。他偷偷瞄了一眼阿七，却见阿七一脸懵懂，似乎不明白李淳风话中含义，心里有几分安心又有几分失落。

他赶紧岔开话题，喝问："我父亲被叛军所害，也不怎么难猜，但你怎知我幼年丧母，母亲是公主的乳母？”

阿七问：“对，奚灵的娘亲是我乳母，在他三岁时就去世了。你是怎么知道的？”

李淳风满脸的高深莫测：“太上老君卦术，不可说。”

他就是瞎蒙的！

朝中没听过什么姓奚的大将或名人，奚灵却年纪小小成了公主的护卫，从他们的相处和对话看来，还是从小一起长大的青梅竹马，这不合规矩，应该有什么特殊原因在里面。鉴于奚灵和公主年龄相仿，奚灵的父亲只是个侍卫，所以他母亲是公主乳母的可能性最高。至于幼年丧母……宫里的女人都是人精，虽然奚灵把感情隐藏得很深，但如果奚灵能有母亲看顾着长大，母亲岂会看不出儿子的心意？她早就把两人分开了。而且，有母亲教导的男人，在女人面前也不会是他那木头德行。

算卦这事，半真半假，三分推理，六分话术，还有一分靠胆量。

李淳风带着七八分的肯定，瞎蒙，蒙中了。

李淳风乘胜追击：“你不信？你不信哪段？你的过去，还是你娶贵妻的未来？”

他说中的是奚灵内心最深的渴望，也是奚灵最愿意相信的未来。

当人们希望卦象是真的时候，算卦先生说的话也会变得真实可信起来。

奚灵张口数次，都无法对李淳风的卦象提出异议。

阿七天真，更是被唬得一愣一愣。

李淳风委屈道：“我学艺不精，卦象不敢说满十成，马贩子遇水难，李家小娘子嫁人……我算错了吗？我又不是算卦先生，若让你们知道我这本事，岂不是更加缠着我没完没了？当然要用词遮掩遮掩。”

阿七问：“你真会巫蛊之术？”

李淳风正气凛然：“我曾是秦王幕僚，听过很多内情。秦王说王世充不是个好东西，虽说紫微星动，乱世是天命，但也没必要祸及皇室无辜人嘛。杨侗公子宅心仁厚，轻信了王世充，导致悲剧。王世充特别不要脸，他是禽兽！禽兽不如！但是秦王不一样，他对杨侑公子可是厚待得很，痛恨王世充那狗贼！早知道公主你要杀的人是王世充，我定帮你实现心愿！”

阿七大喜过望：“你怎么帮？”

李淳风道：“我私开师父的炼丹房，升三昧真火，炼化出恶鬼，向王世充索命。”

阿七迟疑：“有用吗？”

李淳风道：“你还记得前朝有个狗官叫王大虎吗？”

阿七住在深宫，对朝廷事务不太清楚，摇摇头：“不太记得……”

李淳风打包票："狗官在附近贪污受贿，只手遮天，闹得民不聊生。他还强占民女，硬生生逼死了一家三口。那家还剩下一个小儿子，他满腹冤屈无处诉说，在静云观外的歪脖子树上上吊，被我师父救下了。师父怜他遭遇，便用了恶鬼咒，不到三天，那狗官便七窍流血，死在家中。不信你可以打听去，但一般人不知道这是我师父做的。你们也知道，用巫蛊杀人这种事，要是让人知道了，咱们静云观的声誉……"

此时的至元道长正在吃桂花糕，冷风吹过，忽然打了几个喷嚏。

李淳风道："你们若有复仇的决心，便在三日后的子时来炼丹房寻我，我让你们见识神仙术。"说完他拂袖而去，仿佛得道高人隐世而去……

奚灵和阿七被震惊得忘记灭口了。

捌

奚灵在附近村落打听了一圈，确认曾有贪官王大虎莫名在家暴毙之事。

阿七如绝望中捞到救命稻草的人，对李淳风的故事全盘相信。

奚灵等了三日也没见官兵来捉拿自己，又见李淳风在认真采买符咒炼丹用品，不像演戏，也放下了戒心，陪着阿七信了这荒诞的神仙术。

三日后的子时，两人悄悄潜进炼丹房。

炼丹房里供奉着太上老君像，炉子里早已升起熊熊烈火，桌上放着各色法器还有一碗面条。

李淳风穿着飘逸道袍，坐在蒲团上作法。他左手挥去，一张黄色符纸在他指尖自燃起来，然后他将符纸放入盘中，跪在太上老君像前念着含糊不清又神秘的咒语。

忽然，神台前的蜡烛自己亮了起来。

李淳风兴奋地道："神仙来了！"他捧起桌上的面条，高喊着，"请神仙吃面。"再把碗往地上泼去，地上只有面汤，面条早已消失不见。

"天啊，神仙真的来了。"阿七和奚灵哪里见过这阵势，原本的八分相信变成了十分。他们赶紧跪在太上老君面前，双手合十，不停祈祷。

李淳风对着虚空中自语，仿佛在和神仙交谈，然后他将各种材料丢进炼丹炉，炉火变得旺盛，空气中弥漫着怪异的味道。

忽然，李淳风回首，他仿佛被神灵附体，表情不再像个少年，目光中带着点阴森恐怖，他问："鬼神已至，问杨氏阿七，你欲咒杀何人？"

阿七急切道："逆贼王世充。"

李淳风步步紧逼，问：“祭品何在？”

阿七茫然：“什么祭品？”

李淳风打开炼丹炉，露出狰狞的笑：“巫蛊之咒，天理难容。施咒者必须跳入丹炉，将自己炼成恶鬼，方能索命。”

阿七看了眼丹炉中的熊熊烈火，原本以为不怕死的她，终于露出了恐惧。

可是，无论多害怕，她都要为哥哥报仇。阿七鼓起勇气，一步步走向丹炉，可是奚灵死死地挡在她面前。

奚灵说：“我愿替阿七化作恶鬼。”

阿七哭着摇头：“不，你为我们杨家做的已经够多了。乳娘去世前，让你保护我，你已经做得够多够好了。我如今是个落魄公主，什么都给不了你……至少我不能让你为了我的愿望去死。”

奚灵笑了：“不，我不是为了杨家，我只愿为你去死。”

阿七抬起头，满脸的泪：“因为，我是你的公主吗？”

奚灵俯下身，轻轻吻了吻她的额头：“因为，你是我的阿七。”

奚灵转身，毫不犹豫地走向丹炉，走向烈火。

阿七要拉，却被李淳风拦下。

李淳风喝止道：“让他去，女身不洁，应由男身献祭。”

阿七愣愣地看着奚灵的背影，她忽然明白了奚灵平日里看她的眼神的含义，她什么都懂了。

没有人可以为另一个人付出全部，除了爱，只有爱。

她也明白了奚灵在自己心里的位置，不是忠心的侍卫，不是青梅竹马的玩伴，那是她的奚灵，独一无二的奚灵……

为了复仇，失去奚灵，值得吗？

阿七一口咬在了李淳风的胳膊上，然后猛地推开他，扑向奚灵，发出了撕心裂肺的惨叫：“不！把奚灵还给我！”

丹炉前，她死死地抱住奚灵，唯恐他被恶鬼拉进地狱，消失不见。

心中的仇恨瞬间消散，心如老树枯枝长出了嫩芽，死而后生。

王世充还活着，她并没有复仇成功，可是她已经不恨了。

善良褪去了黑暗的影子，阳光再次回到了心里。

阿七委屈地抱着奚灵，哭得像个孩子。

隋朝灭了，哥哥死了，她不再是公主了。可她并非一无所有，她的生命中还有很多值得珍惜的东西。只要奚灵在身边，再难的路，她都有勇气走下去，不害怕。

从今往后，没有仇恨，没有黑暗，只有善良和温柔。

奚灵的阿七回来了，再不分离。

玖

李淳风关上了炼丹炉，脸上笑眯眯的，心里却有点郁闷。

他往地上倒的掺杂了蜂蜜的面汤、到处乱丢的磷火、含有白磷的蜡烛，还有在炼丹炉外层用的磷火，可都不好收拾……可千万得收拾妥当，万一被师父发现了，不知要怎么罚他……而且眼前黏在一块的罪魁祸首，看着也有点碍眼……

阿七和奚灵回过神来，认真向李淳风道谢。

两人对未来还有些迷惘，阿七想到不能为哥哥复仇，终归有些愧疚。

李淳风叹了口气，继续装模作样：“公主不必愧疚，我给王世充算过一卦，他不是帝星却强占帝位，乱了天命。你且放宽心等上几年，自有满意的结果。”

阿七眼前一亮，问道：“道长，你是说王世充会死？”

李淳风满脸高深莫测。

阿七当他默认，欢喜不已，又问：“帝星何在？”

李淳风继续含糊道：“唐皇李渊，不是王世充那种出尔反尔的小人，他厚待你兄长杨侑，还让其子秦王娶了你姐姐为侧妃，你可去长安投靠兄长和姐姐，可得平安。”

阿七大喜，再三追问。

李淳风闭目养神，再不发一言，真真儿是高人风范。

拾

奚灵与阿七来到长安寻得兄长，唐皇颇有胸襟，果然没有为难前朝小公主，反而赏宅赐地，厚待了她。

阿七早已认定隋灭是天意，又知道了哥哥杨侗死前的遗言是“愿不生在帝皇家”，很是认可，因此对唐皇没什么怨恨，更没有什么复国心思，对待她姐姐很好的秦王更是有几分亲近之情。

姐姐请秦王做主，给奚灵封了个小官，再将妹妹嫁给他。

前朝公主和当朝官员，倒也相配。

武德四年，独孤修德私自带人将王世充乱刀砍死，为父复仇。王世充的儿子王玄应和哥哥王世伟等人在流放途中阴谋叛乱，受了死刑。王世充篡夺皇泰主的帝位之后，不过三年时间就灭亡了。

阿七闻讯，高兴地给太上老君上了三炷香，将喜讯告知哥哥。

李道长是活神仙之说渐渐遍布大唐。大家都说他可以看出朝代气运，可以预言未来，天文地理无所不知……

听说前朝七公主认识李淳风，有好奇之人来求证。

阿七斩钉截铁地说："对！李道长就是这样的神仙！他说的话，每一句都是真的！"

李淳风在观星台上重重打了三个喷嚏。他放下观星工具，环顾四周，感觉有点冷，或许夏天过了，是到该添衣服的时候了。最近街口的小二子有很多烦恼，或许……再去开个玩笑？

李淳风是唐代著名的数学家、天文学家和历算家。他编著《晋书 · 天文志》时，总结的彗星尾"夕见则东指，晨见则西指"、常背太阳的规律，比西方早九百多年。他被李约瑟誉为"天文学知识的宝库"，对后世的天文学发展影响深远。他也是世界上第一个为风力定级的人。

后世很多野史都认为他精通风水，有仙术。李淳风与袁天罡并著有被誉为中国第一预言奇书的《推背图》。

芥子
贰
JIE ZI
【第十二章】玫瑰颂

壹

寒冬已过，春日里的阳光格外温暖，小特里亚农宫花园里的鲜花开得茂盛，玛丽·安托瓦内特皇后将沙龙移到了小特里亚农宫的花园里。她让花匠们用无数的玫瑰、西班牙茉莉和紫罗兰扎出美丽的亭子。金色的花瓶里插着优雅的水仙，浓烈的花香比任何香料都要高雅。粉红色的玫瑰桌上铺着绣有花鸟的淡蓝色桌布，上面堆满了五颜六色的甜点。

贵妇们纷纷拥来参加皇后的春日盛宴，她们头上发髻高耸，装饰着羽毛、缎带、珍珠、钻石、宝石甚至黄金做的帆船；她们身上紧紧勒着鲸骨做的胸衣，用厚厚的香粉将脸蛋扑得和瓷娃娃似的，穿着丝绸或锦缎做的裙子，缀满无数的蕾丝和蝴蝶结，手里拿着各式各样的扇子，用巨大的裙撑将整个亭子挤得满满当当。她们一边优雅却不失亲密地行着贴面礼或吻手礼，笑着呼唤对方的小名，叽叽喳喳地讨论着最近流行的时尚，一边用极其严苛的目光打量其他女人，从发饰到鞋子，试图挑出她们穿着打扮里的错处，大加嘲笑。

“昨天伯爵夫人的晚会里，凯瑟琳夫人手里拿着的刺绣扇子真是丑陋，远看就像一团乱糟糟的草。”

“亲爱的，她是葡萄牙人，怎会懂得优雅的法国时尚？”

“我想起她刚来法国时穿的那条怪模怪样的裙子了，领口特别高，胸口都不露出来，脸上也不涂粉，走起路来像只灰鸭子。”

“天啊，你们快看，谭纳夫人穿的鞋子还是她上次宴会时穿过的那双。”

“这么说，她家没落的传闻是真的？”

“嘘，宝贝，别让她听到了。”

“真丢人，我是绝不会穿着同样的鞋参加第二次宴会的，何况是皇后的沙龙。”

“皇后的打扮才是法国的骄傲，上次晚宴上她穿的蓝色丝绸裙子真美丽。”

“我请裁缝做了条类似的裙子，镶嵌了五道蕾丝花边。”

……

六岁的玛丽·泰瑞丝公主躲在亭子附近的花丛里玩捉迷藏，等着乳母来找她。可乳母是个笨蛋，不知道找哪儿去了。

小公主百般无聊地等了好久，就是等不来乳母，心里有些郁闷，便随着贵妇们的对话胡思乱想起来。

她觉得这些讨论衣服鞋子的女人都很无聊，唯一能让她赞同的是，她的母亲玛丽皇后是法国的骄傲，她是法国最美的女人，而法国最美的女人便是全世界最美的女人。

听说母亲年幼的时候曾迷得天才少年莫扎特向她求婚，她嫁到法国时引起了全国轰动，都说奥地利给法国送来了一个真正的天使。

母亲当然是天使了，她温柔善良，待人和气。每次她生病的时候，母亲都会彻夜陪伴在她身边，亲自照顾。不管病情多难受，只要睁开眼睛看见母亲的微笑，她就不再痛苦，只要闭上眼睛能听见母亲吟唱的轻柔童谣，她就能安心入睡。

但母亲对她的教育很严格，母亲希望小公主不要像她的姑姑们那样目中无人，也希望小公主不要像她年轻时那样不懂世事，于是母亲经常召集出身较低的孩子陪她玩耍进餐，让她学习温柔地对待每个人。

去年冬天的时候，母亲还带着一些漂亮的玩具来到小公主房中，告诉她：“我本想把这些作为新年礼物送给你，但是冬天很难熬，有一群不快乐的人，他们没有面包吃，没有衣服穿，没有柴可以生火。我想把这些礼物送给他们，让他们过一个快乐的冬天。”她乖巧地答应了，母亲便让她将玩具送给了贝妮。

贝妮是宫中花匠的女儿，出身贫寒，她母亲在她小时候就去世了。贝妮和公主年龄相仿，却很瘦弱，相貌也不美丽，脸上有很多雀斑，杂乱的红发怎么梳都是乱糟糟的，每次说话时都带着可怜巴巴的神情。

贝妮接过公主的礼物时，脸上露出兴奋的表情，用磕磕巴巴的词汇夸赞公主的仁慈和善良，竭力地讨好着皇后与公主。

花匠十分感激，他告诉皇后和公主，贝妮体弱多病，每年冬天都会咳嗽，要吃很多药，却怎么也不好。

玛丽·泰瑞丝害怕吃药，她很同情贝妮，便将自己的小镯子也赐给了她，还允许她偶尔进宫陪自己喝茶，请宫中的医生为她诊治送药。皇后想了想，答应了公主的请求。

贝妮感动得几乎落下泪来，她亲吻着公主的鞋子，连声夸耀："你是我见过的最美丽最仁慈的小天使。"

看见贝妮快乐的表情，玛丽·泰瑞丝感受到赐予的美好，也明白了母亲的教诲。她虽然失去了手镯和玩具，可心里暖洋洋的。她觉得自己长大后也能成为一个像母亲那样的天使，仁慈美丽善良地对待每个人。

在宫中医生的治疗下，贝妮的身体渐有起色。

于是玛丽·泰瑞丝请求皇后让她成为女仆，居住在小特里亚农宫的花园里陪她玩。

贝妮会很多民间的游戏，玩起来很有意思，但是她很敬业，并不愿意让人说是吃闲饭的，总是很主动地跟父亲以及其他仆从学习各种技能。她有很多工作，不能经常玩耍，公主只好让乳母陪她玩贝妮教过的游戏。乳母捉迷藏的技术真差，比贝妮差远了，找了那么久也找不到，她不要和乳母玩了……

玛丽·泰瑞丝百般无聊地想着，阳光透过树荫晒在她身上，暖洋洋的，让人昏昏欲睡。

皇后终于来了，贵妇们麻雀般的讨论声也停了。她们纷纷起身，拖着长长的裙摆，行礼致敬，然后又悄悄地议论起来，声音里充满了不敢置信。

玛丽·泰瑞丝悄悄从树荫里往亭子里看去。

原来是因为母亲的打扮和往日不同，没有鲸骨束腰，没有宽大的裙摆，她穿着一条裁剪简单、棉布做成的白色裙子，几层流线型垂下，腰间简单地系着宽腰带，浑身上下没有半点首饰，只在头上戴着一顶编织精美的草帽，点缀着许多新鲜摘下来的玫瑰和紫罗兰。如此简单朴素的装束却无法让人忽略她的美，她带着优雅的笑容，步伐轻盈，仿佛从教堂壁画里走下来的天使，或是古希腊雕塑里的女神，将那群浓妆艳抹的女人衬托得如同庸脂俗粉。

贵妇们惊讶过后，露出惊艳的目光，瞬间确定了今年的时尚便是鲜花和白裙。

皇后在约克公爵夫人的请求下，让侍女们搬来了竖琴，和她一起为大家演奏起《长笛与竖琴协奏曲》，两人技巧都极高超，乐声悠悠，众人陶醉，看来这场欢乐的沙龙宴会会持续很长时间。

玛丽·泰瑞丝公主还不太能明白音乐的美妙之处，她听了一会儿，感觉更加无聊。她看着亭子旁边放置的瓷器，忽然想起前阵子伯爵送给母亲的大清国花瓶。

那花瓶是漂洋过海来的，先到了英国，再辗转到了法国，上面画有非常精美的缠枝花卉和鸟儿，极其稀有。听说是进贡给皇室妃子们使用的珍品，本不允许流落在外，英国商人们用了很多方法才弄到手，整个欧洲只有这么一件。

母亲对这个花瓶爱若珍宝，将它放在寝室的架子上，日日观看，除了让女仆每天拂三次尘埃，不准任何人碰触。玛丽·泰瑞丝也很喜欢这个漂亮的花瓶，她曾想拿起这个花瓶仔细看看，却被母亲禁止了，说她人小体弱，会把花瓶打碎，只准她站在旁边观看。

如今母亲不在寝室，母亲的心腹侍女不在寝室，乳母也不知去哪里了，岂不是天大的好机会？

玛丽·泰瑞丝眼珠转了转，顿时有了主意。

玛丽·泰瑞丝悄悄地溜到了母亲的寝室，那儿有两个小女仆正在打扫，她吩咐其中一个女仆去替她拿吃的，另一个女仆去替她寻找乳母，女仆们对公主的吩咐不敢不从。小公主待两人离开寝室后，迅速地爬上椅子，朝花瓶伸出手去，将它拿起，仔仔细细地抚摸。

花瓶摸在手里有些温凉，瓷身非常细滑，颜色很有品位，在阳光下闪耀着美丽的光芒，花瓶的底部似乎还有两条鲤鱼在戏水。

小公主好奇地将花瓶高高举起，放在了阳光下。不知怎么的，花瓶忽然从她手中滑落，先磕在窗台，再重重地摔到地上，碎成了好几片。

这是母亲最心爱的花瓶，也是欧洲独一无二的宝物，她却不听劝告打碎了花瓶，母亲知道后会有多么生气和伤心啊！

玛丽·泰瑞丝吓坏了，脑子里一片空白。她听见女仆们急促的脚步声越来越近，心里害怕极了，赶紧跳下椅子，提起裙子匆忙逃跑。

贰

随着年龄的增长，皇后越发厌倦宫廷生活，于是在小特里亚农宫的深处建造了一个农庄。此时大家都集中在沙龙宴会上，农庄里的仆从很少。

玛丽·泰瑞丝在女仆们的追逐下胡乱地跑着，竟跑到了农庄，还遇到了正在修剪花枝的贝妮，她仿佛遇到了救星。

玛丽·泰瑞丝哭着问贝妮：“我打碎了母亲心爱的花瓶，我不能见她，我可以躲到哪里？”

贝妮将目光转向了地下储藏室，眨了眨眼。

玛丽·泰瑞丝会意，冲进储藏室并关上了门。

沉重的大门隔开了外界的声音，阳光被隔绝，只留下通风口透下的几缕残光，玛丽·泰瑞丝蹲在阴暗处，捂着脸哭了起来。

乳母曾说外面有很多坏孩子，他们不听爸爸妈妈的话，撒谎、偷窃，甚至破坏东西，没有人会喜欢他们。玛丽·泰瑞丝也不听话，破坏了重要的东西，所以，母亲不会喜欢她了。

她必须得想出让母亲原谅自己的法子来再去道歉，可是她的脑子很混乱，怎么想也想不出。玛丽·泰瑞丝哭着哭着便睡着了。

天黑了，月神露出了美丽的容貌。

玛丽·泰瑞丝醒了，发现天黑了，残光消失，周围没有任何光亮，她有些害怕，想推开门回寝宫去，可储物间的大门不知何时被粗心的仆人锁上了。

玛丽·泰瑞丝吓坏了，她拼命地敲门："贝妮，贝妮，你在外面吗？母亲，母亲，你在哪里？"

没有人应答，有小动物的影子从背后越过，眼睛在黑暗里闪耀着诡异的亮光。

玛丽·泰瑞丝后退两步，摔倒在枯草上。

黑影发出了嘶哑的叫声，那是只不知何时混进小特里亚农宫的黑猫。

黑猫从通风孔跳了出去。

黑暗中到处都是古怪的影子，仿佛是要将她拖进深深地狱的魔鬼。

玛丽·泰瑞丝的心跳得很快，窒息感袭来，她觉得自己快要在这黑暗腐朽的地方死去……

万能的主，求求你。

玛丽再也不敢不听话，请将犯错的羔羊带出黑暗。

慈爱的母亲，求求你。

玛丽错了，请你原谅，请你带我离开地狱。

突然，储藏室的大门被推开了。

花香和青草的味道随着新鲜空气涌了进来，烛火的灯光照亮黑暗，刺得眼睛有些疼。光影处是母亲的身影，她穿着白色的裙子，手里拿着灯，脸上满满都是慈爱和担忧，就像教堂壁画上的圣母。

她走向小公主，一把将她抱在怀里："贝妮告诉我，你可能在这里。"

暖暖的眼泪滴在肩膀上。

玛丽·泰瑞丝再也忍不住，抱着母亲号啕大哭："对不起，我是不听话的坏孩子，我打碎了母亲的珍宝。”

母亲放下灯具，用白皙温柔的手拂过小公主的脸：“你错了，我的珍宝只有你，你是我的天使，我的心肝，你是法兰西最美的玫瑰。”

玛丽•泰瑞丝不敢置信地问：“母亲，你原谅我了吗？如此简单就原谅我了？”

母亲低声道：“孩子，我原谅，我愿原谅你所有的过错。”

这一刻，她不是皇后，她不是公主……

这一刻，她是母亲，她是女儿……

没有过错，只有原谅，只有爱。

小公主偎依在母亲的怀里，心里是满满的安心和幸福。

叁

1789 年，法国大革命爆发。巴黎的警钟长鸣，工人、手工业者、城市贫民纷纷拥上街头，夺取武器，开始了武装起义。

1792 年 10 月，巴黎人民起义，皇权瓦解，国王和皇后被囚禁在圣殿塔。

1793 年 1 月 21 日，国王被送上断头台。

法国人的愤怒并未平息，他们将仇恨的目光盯向了皇后。

各种恶毒的谣言在市井里流传起来。

他们说，当大臣告知皇后，法国老百姓连面包都没得吃的时候，皇后却天真甜蜜地问：“那他们干吗不吃蛋糕？”

他们说，法国的国库被皇后挥霍一空。

他们说，皇后不顾人民的死活购买了昂贵的钻石项链。

他们说，皇后私生活不检，和多名男子有不正当的关系。

他们说，皇后和自己六岁的儿子有不正当关系。

……

真相无趣，故事荒诞。

可是，没有人关心真相是什么，世人只愿意相信自己愿意相信的事情。他们一遍又一遍地重复着皇后的恶行，再为她加上更多的恶行，没有人在意证据，没有人在意皇后的辩白，他们只要将皇后牢牢钉上法国的耻辱柱来证明自己是对的。

傻子和疯子在举行盛宴，兴高采烈地吃着沾满鲜血的面包。

聪明人躲在帷幕后，不发一言。

肆

圣殿塔的囚室里，玛丽•泰瑞丝很害怕。

父亲已经死了，她又伤心又害怕。

她只有十五岁，还没有尝过生活的美好，没有品过爱情的芬芳，她不想死，却不知自己的命运将会如何。她听见了看守们数落母亲的罪名，可是她不明白那些罪名是怎么来的。

母亲的生活确实奢侈，但这是每个皇后都会做的事情，也是为了在贵族和人民面前维护皇室的尊严和体面。她的花费并不比以前的皇后多很多，她在服装上的开支甚至不如叔叔查理。

至于那条天价的项链，根本是无稽之谈，她连见都没见过。何况母亲在生了几个孩子后已放弃了奢华的服饰，她在大部分时候都穿着自己设计的小白裙。这种小白裙流传到了民间，平民们非常喜爱，很多年轻女孩都在穿。

如今，她们穿着皇后设计的简朴裙子，却叫嚣着要将奢侈的皇后送上断头台。至于母亲和儿子私通这种事……她的弟弟才六岁，这是多么愚蠢荒诞的谎言！这是多么愚蠢的人才会相信的谎言！这简直是对天下所有母亲的羞辱！

母亲有罪，她的罪绝不是奢侈和放荡，而是天真和无知。所以在审判席上，母亲高高地昂着头，竭力维护着法国皇室的尊严，维护着皇后的尊严，纵使穿着破旧的裙子，纵使头发变得苍白，纵使丈夫被砍头，自己很可能也被送上断头台，她都绝不低头。

母亲在过道里和玛丽•泰瑞丝擦肩而过的时候，轻轻告诉她："不要哭，我是法国的皇后，我应像个皇后那样死去，请不要伤心。我的宝贝，我美丽的法兰西玫瑰，我将和父亲在天堂里永远守护着你。"

玛丽•泰瑞丝泣不成声，她并不想失去母亲，她想和家人好好地活着，永远在一起，哪怕不是皇后、不是公主也没关系。

随着审判的渐渐深入，谣言越来越多。看守们看玛丽•泰瑞丝的目光越来越可怕，他们在悄悄地笑着，议论着皇后是个荡妇，她的女儿也应是个婊子，她们都应该为自己花费的税金付出代价，那都是他们的钱。

玛丽•泰瑞丝隐隐意识到了什么，恐惧着，无助着。

她好想就这样死去，可她没有自杀的勇气……谁能救她？

那天，有侍女送来了食物。

玛丽·泰瑞丝惊讶地发现，来人竟是贝妮。她激动地拉着贝妮的手，祈求她探听外面的消息，寄希望于奥地利，希望它能派兵来救她们。

贝妮将可怜的公主抱在怀里，柔声安慰："亲爱的公主，亲爱的天使，我仁慈美丽的法兰西玫瑰，请暂且忍耐苦难，你曾在冬日里给我送来快乐，我会想办法救你的。"

玛丽·泰瑞丝在她温暖的怀里感激而泣。

贝妮信守承诺，替公主探来外界的消息。情况越来越不乐观，民众叫嚣着必须杀死皇后，奥地利为自己国内的事情焦头烂额，没有出兵的意思。

囚牢里的食物越来越粗糙，粗布的衣服没有换洗，变得破破烂烂，公主的头发也变得干枯失去了光泽。某天夜里，看守们闯进了公主的囚室，没有人制止，也没有人在乎他们的罪行……

噩梦般的夜很漫长，原来地狱是这般模样，原来痛苦到了极致是没有眼泪的。

芬芳娇艳的法兰西玫瑰一点点地凋零枯萎。

玛丽·泰瑞丝睁大蓝色的眼，茫然地看着窗外的黑暗，她知道自己在地狱里，却没有挣脱的勇气，也没有逃离的能力。她不知道自己做错了什么，要遭到这般惩罚，烟草味和汗臭味中，她怀念小特里亚农宫的玫瑰芬芳，喘息声和嘲笑声中，她在回忆母亲天籁般的竖琴声。

如果能回去，哪怕只有短暂的一天，她愿意抛弃所有。

伍

次日，贝妮来了。她似乎明白发生了什么，为公主送来了干净的衣服和白面包，替她梳洗。

玛丽·泰瑞丝如木偶娃娃般任凭她摆布，一言不发。

贝妮忽然放下梳子，哭着道："公主，他们真要杀死皇后呢。"

玛丽·泰瑞丝终于转过头，良久，痛哭出来："他们要杀死母亲，可是，我们能有什么办法？"

贝妮咬咬唇，仿佛下了决心："或许，他们要杀死的只是皇后，得到皇室的权力……"

玛丽·泰瑞丝有些疑惑地看着她。

贝妮解释道："我听见了大臣们的议论，他们希望你母亲认罪。只要你们认罪，交出皇室的权势，就可以成为平民活下去。"

玛丽·泰瑞丝不敢置信地睁大了眼。

贝妮紧紧握着她的手，急切地说：“虽然没有钱，没有漂亮衣服和蛋糕，没有以前那样舒适的日子，可是你们可以活下去。只要皇后认罪，帮助他们撤销皇权，他们愿意饶恕你母亲、你和弟弟的性命，你将成为普通人，再不用重复遭遇这些可怕的厄运，我可怜的公主……”

玛丽·泰瑞丝喃喃道：“或许，我们会被送去修道院囚禁……”

贝妮：“只要皇后认罪，你就会和皇后一起被送去修道院囚禁，在主的庇佑下度过余生。”

玛丽·泰瑞丝恐惧地看了眼门外，再次确定：“没有他们？”

贝妮：“没有他们。”

玛丽·泰瑞丝道：“可是，母亲不愿意认罪，她希望像个皇后那样死去……”

贝妮打断她：“你的希望呢？你希望她像皇后那样死，还是像母亲那样活？”

玛丽·泰瑞丝趴在桌子上号啕大哭起来。

贝妮叹息着，退出了囚室。

每天日里，隔壁总会传来弟弟的哭叫声和看守的训斥声。弟弟只是个孩子，天真而懵懂，更加无法承受这些非人的折磨。曾经的他喜欢蝴蝶和夜莺，只要皱一下眉头都有人愿意为他摘下漫天的繁星，如今他哭着求饶，却只会换来更猛烈的训斥甚至殴打。

每天夜里，主的光辉无法照耀最黑暗的牢笼，只有反反复复的地狱折磨，没有止境，没有尽头。他们用最粗俗的笑声叫她“法兰西玫瑰”，叫她“法国小公主”，仿佛这样就可以得到更多的乐趣。就连她的梦里都是不堪的画面。

她不要，她不要再做公主，她只要母亲陪伴在身边。

只要可以离开地狱，她愿意做任何事，哪怕是成为农妇、侍女，乞丐都可以。

玛丽·泰瑞丝在噩梦中挣扎，号叫。

终于，她同意了叛党们的要求，踏上了审判庭，指认皇后的罪行。

皇后的头发已经全白了，脸上也出现了许多细纹，她的脊梁依旧挺得笔直，仿佛战士般面对所有的指控，决不投降。当她看见女儿玛丽·泰瑞丝站上证人席后，脸上有些惊讶，也有些不安，她的心肝已变得如此瘦弱憔悴，她不知道那些人还要对女儿做什么，她甚至无法出声呼唤女儿的名字，只能对她投以安慰和心疼的目光。

玛丽·泰瑞丝僵硬着脖子，挪开了视线，不敢多看母亲一眼。

她低着头，缓缓说出了大家希望她说的证词。

“我的母亲穷奢极侈，耗空了法国的国库。

“我的母亲和多名男性有不正当关系。

“我的母亲和弟弟有不正当关系。

“我的母亲……”

审判所寂静无声，只有少女僵硬的声音在回荡。

玛丽·安托瓦内特不敢置信地看着女儿，听着她编造的证词，脸色变得苍白。

这一次，她没有任何反驳。

这一次，她在法庭上落下了眼泪。

这一次，她倒下了，永远地倒下了。

这一次，击败高傲皇后的欢呼声和呐喊声贯彻法国。

陆

玛丽·安托瓦内特被送上了断头台。

十岁的路易·查理也患上了重病，没有医生，没有药，甚至连食物和卫生都无法保障，可怜的孩子在拖了没多久后便不治身亡。

玛丽·泰瑞丝最后见到弟弟，是在他被包裹在旧布里被送出去的时候。她甚至无法看见弟弟的遗容，只看见一只干枯瘦弱的手无力地垂在裹尸布外，和她记忆中的弟弟曾经粉嫩嫩胖乎乎的手完全不像。

没有人告诉她家人的死讯，甚至没有人告诉她她看到的孩子是弟弟。

可是，玛丽·泰瑞丝隐隐感觉到了什么，她用指甲抓着牢门，尖叫着要出去。

指甲破了，鲜血一道道划在重重的门上，她却感觉不到疼痛。

她意识到她错了，母亲才是对的。

无论认罪与否，没有人愿意宽恕他们，没有人愿意放过他们，他们只是需要将国王一家处死的理由，所以母亲希望选择体面地死，而不是背负着莫须有的罪名而死。她放弃了公主的身份，玷污了母亲的皇后身份，可是她什么都没有得到，也不会得到。

她到底做了什么？

她用可笑的愚蠢和恐惧，将利剑戳进母亲的胸口，戳了一刀又一刀，戳破了她做皇后的尊严，戳破了她做母亲的尊严。

母亲的沉默是憎恨和拒绝吗？

憎恨这个她曾放在心肝上的女儿，她甚至都不愿意再多和她说一句话。

噩梦从未醒来，当她以为已经在地狱最深处，却堕向了更深的地方。

玛丽·泰瑞丝的眼里没有泪，看守看出了她的绝望，为了防止她伤害自己，调羹餐具都换成了木头的。她试图用床单勒脖子，可是怎么都不成功。

那夜，没有和以前一样的折磨，侍女尚特蕾勒夫人带着个粗鄙的男人来到了她的门前，他送来了一些较好的面包和汤，然后用磕磕绊绊的语言告诉玛丽·泰瑞丝皇后已死，他是杀死皇后的刽子手。

刽子手道："那天在死刑台上，皇后踩到了我的脚，她却很有礼貌地和我道歉，我行刑多年，从未见到这样的事情。皇后真是个品格高贵的人，我……我对不起，希望公主安好……"

玛丽·泰瑞丝拉着刽子手焦急地问："母亲，母亲临死前有提到我吗？"

刽子手正要回答，门那边传来了重重的咳嗽声，是贝妮冷着脸盯着两人，她训斥刽子手："你在做什么？"

尚特蕾勒夫人立刻退下，刽子手也不敢多话，赶紧跟随离开。

玛丽·泰瑞丝缓缓抬起头，看着贝妮，她那张满是雀斑的丑陋脸孔上再也没有了谦卑的假笑，而是无穷尽的嘲讽。

玛丽·泰瑞丝在母亲死后已明白了许多事情，也明白了自己的天真，虽然已经来不及了，可有些问题她还是想质问这条披着羊皮的恶狼。

玛丽·泰瑞丝问："有人指使你来欺骗我，让我出庭做伪证？"

贝妮："可爱的公主，你终于明白了，我还以为你会像愚蠢的皇后那样蠢一辈子呢。"

玛丽·泰瑞丝："为什么？我们从小就是朋友，我对你那么好，将自己的玩具送给你，给你钱，请医生给你治病，你为何要如此对我？"

"为什么呢？"贝妮的嘴角勾起一条冷酷的弧线，"或许因为我从小最讨厌的人就是你。"

玛丽·泰瑞丝不敢置信地重复："你讨厌我？"

贝妮怒道："我当然讨厌你！你高高在上，所有人都围着你宠爱你，你比我好看，比我健康，还有那么好的母亲疼爱！我讨厌你！你从不需为生活担忧，不用卑躬屈膝地去讨好人，不用像狗一样摇尾巴求施舍！我讨厌你！你那么天真，那么愚蠢，却拥有那么多漂亮的衣服和首饰，你不过是将自己不要的东西施舍给我，然后说我们是朋友！你对我呼来唤去，随意使唤！寒冬腊月，你舒服地睡在铺着十八条羽绒垫的床上，我却在刺骨的冷水里洗着一条又一条的床单。你在母亲的怀里任性撒娇，我却在父亲的呵斥下努力干活！我讨厌你！讨厌老天赐予你那么多美好的东西，却吝于分给我一丝一毫！"

贝妮因太过激动，再次剧烈地咳嗽起来。

玛丽·泰瑞丝鄙夷道："你真是个可耻的人。"

贝妮笑道："随便你怎么说，看见你现在的模样我就高兴，照照镜子吧，我美丽的法兰西玫瑰，镜子里那憔悴肮脏的女人才是你现在的模样。没有奢侈的生活滋养，没有爱的包围，没有自由，你丑陋得就像玫瑰花园的虫子。我真开心，真是太开心了。"

玛丽·泰瑞丝紧紧抓住牢笼。

贝妮："对了，那些男人的事我是知道的，毕竟我丈夫是看守，我便在里面推波助澜了一把。作为曾经的朋友，我总要替你在监狱里找点乐子，对吧？"

玛丽·泰瑞丝用仇恨的目光盯着她。

贝妮："对了，你小时候逃进储藏室，是我锁上了大门，你在里面哭得可好玩了。可惜你母亲找到了附近，我只好放弃了这件有趣的事。"

人心之恶，无止境……

玛丽·泰瑞丝看着大笑着离去的贝妮，曾经娇嫩的玫瑰长出了尖锐的刺，曾经洁白的天使翅膀被染得漆黑，她恨不得将整个世界都焚烧、毁灭。反正没有了母亲，这世界不再剩下任何美好。她不再要仁慈和善良，她也不要高贵的品格，她只要将这个卑鄙的贝妮切碎撕裂。

从今往后，她的心里没有爱，只有恨。

柒

1795年12月18日，在玛丽·泰瑞丝十七岁生日前夕，为了交换被法国俘虏的革命家，玛丽·泰瑞丝被释放。她来到了由她表兄弗朗茨二世所统治的神圣罗马帝国首都，同时也是她母亲的出生地——维也纳，然后辗转到了米托。

米托有幸存下来的父亲最年长的弟弟普罗旺斯伯爵，他在玛丽·泰瑞丝的弟弟去世后宣布自己成为了法国国王路易十八。由于他没有子嗣，所以希望玛丽·泰瑞丝嫁给他弟弟的长子路易·安托万。路易·安托万是个口吃害羞的年轻人，他让父亲拒绝这桩婚事，玛丽·泰瑞丝却毫不犹豫地同意了。

婚礼后，他们一家搬到了英国居住。

1814年，波旁王朝复辟，玛丽·泰瑞丝回到了法国，结束了流亡生活。她成为了昂古莱姆公爵夫人，将父母和弟弟重新安葬。玛丽·泰瑞丝的精神出现了很大的问题，她曾多次服毒和用刀自杀，可是都没有成功。于是她对当年的仇人进行了疯狂的报复。她不相信政治，觉得那都是卑鄙之人玩弄的把戏。她毫不掩饰自己的疯狂，用带刺的鞭子抽打叛徒，甚至放火烧了雅各宾派的俱乐部，派人刺杀那些伤害过她母亲的人。可是，聪明的贝妮早早逃走了，怎么也没找到她。

丈夫苦劝多次后与她离心，两人没有生育儿女。

可是，她不在乎……

她的心里没有爱，只有恨。

生命不息，恨意不止。

捌

“不要打开窗户，我厌恶阳光和玫瑰花香。”玛丽·泰瑞丝蜷缩在黑暗中。

不知从何时起，她开始畏惧过去的一切，畏惧温暖的阳光、带着花香的清风，也畏惧凡尔赛宫的一切摆设和美好，所有和母亲相关的事情，她统统都害怕。纵使杀了当年的看守，杀了污蔑母亲的仆人，杀了那些害他们的家伙……

她依旧无法走出这片黑暗。

她不愿面对，却清晰地认识到，真正害死母亲的凶手是自己。那些暴徒们杀死的只是母亲的身体，只有她杀死的是母亲的灵魂，是她亲手将这世界上最爱她、也是她最爱的人送进了绝望。

每次想到这事，她就会发疯。

母亲的灵魂在天堂的花园里。她也想去天堂，可是她做了那么多不善良的事情，死后她无法上天堂，也无法面对母亲的责难。她的灵魂将何去何从？地狱的烈火能否烧尽她手上的罪恶？

玛丽·泰瑞丝在阴影中抽泣，仿佛当年躲在储藏室里的孩子，可是这次，母亲再不会救她了。

杀了贝妮，杀了贝妮。贝妮死了，她就能得到解脱了。

派出的探子终于传来了贝妮的消息，那卑鄙的女人竟在两年前死于结核病。

她竟连亲手复仇都做不到？玛丽·泰瑞丝浑身的力气都被抽空了，她陷入了彻底的绝望，躺在黑暗里，一遍又一遍地嘶吼、哭泣，她撕裂衣裳，砸碎瓷器，就如受伤的母兽。她再也无法得到救赎，她是否将这样痛苦地生活，痛苦地死去？

探子没有带来贝妮，却带回了一个八岁的平民女孩。

女孩笨拙地向公爵夫人行了个礼，用稚嫩的声音道：“我的父亲是刽子手，他在半年前去世了。他说当年公主向他问了个问题，可是他没有回答，所以他希望我能将答案告诉公主，将皇后的遗言告诉公主……”

玛丽·泰瑞丝在黑暗中抬起了头，她又期待又恐惧地睁大了蔚蓝的眼睛，死死地看着小女孩，等待着母亲的怨毒诅咒和训斥。她相信自己对母亲的所作所为配得上最恶毒的憎恨。

小女孩缓缓道：“皇后低声请刽子手转述给公主一句话：‘我原谅。’”

玛丽·泰瑞丝缓缓重复：“我原谅？”

母亲在生命的最后时刻说：“我原谅。”

她原谅？

她又原谅？

原谅这个愚蠢的女儿？原谅将她推入地狱的人？原谅刺伤她灵魂的人？

玛丽·泰瑞丝愣住了，没有注意小女孩是什么时候离开宫室的。她甚至忘了哭泣，忘了颤抖，忘了语言。她开始陷入了回忆，可是她在很长的时间里，都刻意不敢想母亲，以致母亲的身影在脑海里变得模糊，只剩下美丽的影子。她也不敢听母亲喜欢弹奏的乐曲，不敢面对母亲喜欢的鲜花和阳光，她拼命地拒绝思考，以致忘了母亲真正的模样。

她错了吗？

她又错了吗？

母亲，你在哪里？

狂风忽然推开了宫室的窗户，推开了重重的帘幕，灿烂的阳光洒下，带来玫瑰和茉莉的芬芳，仿佛打开了黑暗的心门。

光影交织中，玛丽·泰瑞丝看到母亲的影子，原来她一直在身边，在等待着自己。她穿着白色的裙子，带着温柔的微笑，在天堂数不尽的玫瑰花中，像圣母般朝自己张开双臂。

宛如当年，再次将自己带出黑暗……

玛丽·泰瑞丝第一次缓缓起身，蹒跚着走向光明，朝窗外伸出手。阳光如母亲般温柔，花香如母亲般温柔，她在带着花香的阳光中，就像变回了六岁时那个无忧无虑的小公主，她偎依在母亲怀里，尽情地哭泣和撒娇。

“对不起，母亲。”

“孩子，我的天使，我的心肝，你是法兰西最美的玫瑰。”

“对不起，母亲。”

“孩子，我原谅，我愿原谅你所有的过错。”

……

小公主偎依在母亲的怀抱里。

法兰西玫瑰再次绽放，开满凡尔赛宫。

只有爱，没有恨。

【《芥子·贰》完】

芥子·贰

作者
橘花散里

选题策划
知音动漫图书•新阅坊

封面&插图
古戈力

装帧设计
余诗立

图片总监
杨小娟

特约编辑
万旭进

执行编辑
邓　苗

责任发行
周冬梅

出版社
中国致公出版社

总出品
湖北知音动漫有限公司

制作出品
知音动漫图书•新阅坊

平台支持
知音漫客　小说绘

图书在版编目（CIP）数据

芥子. 2 / 橘花散里著. -- 北京 : 中国致公出版社,

2018

ISBN 978-7-5145-1351-6

Ⅰ. ①芥… Ⅱ. ①橘… Ⅲ. ①短篇小说 - 小说集 - 中

国 - 当代 Ⅳ. ①I247.7

中国版本图书馆CIP数据核字(2018)第211363号

芥子.2/ 橘花散里 著

出　　版	中国致公出版社 （北京市海淀区翠微路2号院科贸楼）
出　　品	湖北知音动漫有限公司 （武汉市东湖路169号）
发　　行	中国致公出版社
作品企划	知音动漫图书·新阅坊
责任编辑	尤　敏　梁玉刚
特约编辑	万旭进　邓　苗
装帧设计	余诗立
印　　刷	浙江新华数码印务有限公司
版　　次	2018年12月第1版
印　　次	2018年12月第1次印刷
开　　本	710mm × 1120mm　1/16
印　　张	14.5
字　　数	161千字
书　　号	ISBN　978-7-5145-1351-6
定　　价	36.00元